Agatha Christie

Wiedersehen mit Mrs. Oliver

Scherz
Bern – München – Wien

Überarbeitete Fassung der einzig berechtigten Übertragung
aus dem Englischen von Dorothea Gotfurt
Titel des Originals: »Dead Man's Folly«
Schutzumschlag von Heinz Looser
Foto: Thomas Cugini

22. Auflage 1993, ISBN 3-502-51224-8

Gesamtherstellung: Ebner Ulm

1

Das Telefon läutete. Miss Lemon, Poirots bewährte Sekretärin, legte ihren Stenoblock beiseite, nahm den Hörer ab und sagte mit gleichgültiger Stimme: »Trafalgar 8137.«
Hercule Poirot lehnte sich in seinem geradlehnigen Stuhl zurück, schloß die Augen und trommelte nachdenklich mit den Fingern auf den Tisch. Er fuhr im Geist fort, die eleganten Sätze des Briefes zu formulieren, den er eben zu diktieren angefangen hatte.
Miss Lemon legte eine Hand auf die Sprechmuschel und fragte leise: »Eine Voranmeldung aus Nassecombe, Devonshire. Sind Sie zu sprechen?«
Poirot runzelte die Stirn; der Name des Ortes sagte ihm nichts.
»Von wem werde ich verlangt?« erkundigte er sich vorsichtig.
Miss Lemon fragte nach dem Namen, dann wandte sie sich wieder an Poirot: »Von Mrs. Ariadne Oliver.«
Hercule Poirot hob die Augenbrauen. Eine plötzliche Erinnerung ... vom Wind zerzaustes graues Haar ... eine Adlernase ...
Er stand auf und nahm Miss Lemon den Hörer aus der Hand.
»Hier Hercule Poirot«, verkündete er.
»Mr. Hercule Poirot persönlich?« fragte die Telefonistin mißtrauisch.
Poirot versicherte ihr, daß er persönlich am Apparat sei.
»Ich verbinde Sie mit Mrs. Oliver«, sagte die Stimme.
Die dünne Blechstimme der Telefonistin wurde von einem volltönenden Alt abgelöst, der Monsieur Poirot veranlaßte, den Hörer schnell um einige Zentimeter von seinem Ohr zu entfernen.
»Sind *Sie* es wirklich, M. Poirot?« fragte Mrs. Oliver.
»In eigener Person, Madame.«
»Hier spricht Mrs. Oliver; ich weiß nicht, ob Sie sich noch an mich erinnern –«
»Aber selbstverständlich erinnere ich mich an Sie, Madame.

Wer könnte Sie vergessen?«
»Und doch kommt es vor – sogar ziemlich häufig«, erklärte Mrs. Oliver. »Ich glaube nicht, daß ich eine sehr bemerkenswerte Persönlichkeit bin, oder vielleicht liegt es auch daran, daß ich meine Frisur so oft verändere. Aber das gehört nicht zur Sache. Ich hoffe, daß ich Sie nicht bei einer wichtigen Arbeit gestört habe?«
»Nein, nein. Durchaus nicht, Madame.«
»Ich bin ja so froh, daß ich Sie nicht störe, Monsieur, ich *brauche* Sie nämlich dringend.«
»Sie brauchen mich?«
»Ja, sofort. Könnten Sie sich gleich in ein Flugzeug setzen und herkommen?«
»Ich fliege nie, da ich dazu neige, luftkrank zu werden.«
»Ich auch. Wahrscheinlich würde es auch gar nicht schneller gehen, als mit dem Zug zu fahren, denn der nächste Flugplatz ist in Exeter, und der ist meilenweit von hier entfernt. Kommen Sie mit dem Zug: zwölf Uhr vom Bahnhof Paddington nach Nassecombe.«
»Aber wo sind Sie, Madame? Und um was handelt es sich?«
»Nasse House, Nassecombe. Ein Privatauto oder ein Taxi wird Sie am Bahnhof in Nassecombe erwarten.«
»Aber warum brauchen Sie mich? Um was handelt es sich?« wiederholte Poirot erregt.
»Meistens steht das Telefon an den ungeeignetsten Orten«, bemerkte Mrs. Oliver. »Dieses hier ist in der Diele . . . Leute gehen vorbei, unterhalten sich . . . ich kann gar nicht richtig verstehen. Aber ich erwarte Sie . . . alle hier werden entzückt sein, Sie kennenzulernen. Auf Wiedersehen!«
Ein lautes Knacken – der Hörer war aufgelegt worden.
Poirot legte nun seinerseits den Hörer mit erstaunter Miene auf und murmelte etwas vor sich hin. Miss Lemon, die ihm mit gezücktem Bleistift und uninteressierter Miene gegenübersaß, wiederholte den letzten Satz, den Poirot ihr vor der Unterbrechung diktiert hatte.
»– gestatten Sie mir, Ihnen zu versichern, daß ich Ihre Annahme –«

Poirot winkte ab.
»Das war Mrs. Oliver«, erklärte er. »Ariadne Oliver, die bekannte Autorin – sie schreibt Kriminalromane. Vielleicht haben Sie mal eines ihrer Bücher gelesen, das . . .« Er unterbrach sich, weil ihm einfiel, daß Miss Lemon sich nur mit »wertvoller« Literatur beschäftigte und Kriminalromane und ähnliches mit Verachtung strafte. »Sie wünscht, daß ich sofort nach Devonshire komme. In fünfunddreißig Minuten geht mein Zug.«
Miss Lemon runzelte mißbilligend die Stirn.
»Da bleibt Ihnen nicht viel Zeit«, meinte sie. »Aus welchem Grund ist Ihre Anwesenheit erforderlich?«
»Eine berechtigte Frage! Leider hat sie den Grund nicht angegeben.«
»Wie sonderbar! Warum nicht?«
»Weil sie fürchtete, daß jemand zuhören könnte«, sagte Hercule Poirot nachdenklich. »Ja, das gab sie mir ganz deutlich zu verstehen.«
»Also wirklich«, empörte sich Miss Lemon, »was die Leute von Ihnen erwarten! Man kann doch einen bedeutenden Mann wie Sie nicht so einfach in ein wildes Abenteuer hetzen! Ich habe schon oft festgestellt, daß Künstler und Schriftsteller unausgeglichene Menschen sind und die Dinge nicht richtig beurteilen können. Soll ich vielleicht telefonisch ein Telegramm durchgeben: ›Bedaure nicht möglich London zu verlassen‹?«
Sie griff nach dem Telefon. Poirot hinderte sie daran, den Hörer abzunehmen.
»Du tout«, sagte er. »Im Gegenteil! Bitte bestellen Sie mir sofort ein Taxi.« Er erhob die Stimme: »George! Packen Sie meine Toilettensachen in den kleinen Handkoffer. Und bitte schnell, sonst verpasse ich meinen Zug.«

2

Der Zug hatte etwas über hundertachtzig Meilen der Gesamtstrecke von zweihundertzwölf Meilen zurückgelegt und absolvierte nun langsam vor sich hin puffend, gleichsam entschuldigend, die letzten dreißig Meilen bis zum Bahnhof von Nassecombe. Nur ein Reisender stieg aus: Hercule Poirot. Er kletterte vorsichtig aus dem Abteil – zwischen den Stufen und dem Bahnsteig war ein gefährlicher Zwischenraum – und sah sich um. Der einzige Gepäckträger war im Innern des Gepäckwagens am Ende des Zuges beschäftigt. Poirot nahm seinen Handkoffer und ging über den Bahnsteig zum Ausgang. Er gab seine Fahrkarte am Schalter ab und verließ das Bahnhofsgebäude.

Vor dem Bahnhof stand ein großer Humber-Salonwagen, und ein uniformierter Fahrer kam auf ihn zu.

»M. Hercule Poirot?« erkundigte er sich respektvoll.

Er nahm Poirot seinen Koffer ab und öffnete den Wagenschlag. Sie fuhren über die Bahnhofsbrücke und bogen in einen Weg ein, der an beiden Seiten von hohen Hecken eingefaßt war. Man hatte eine herrliche Aussicht auf einen Fluß und auf nebelblaue Hügel in der Ferne. Der Fahrer hielt einen Augenblick neben der Hecke an.

»Der Fluß Helm«, erklärte er, »und dort hinten liegt Dartmoor.«

Es war klar, daß Bewunderung erwartet wurde, und Poirot murmelte pflichtschuldigst: *»Magnifique«*, obwohl er nicht viel Sinn für Naturschönheit hatte – ein gepflegter Küchengarten hätte ihn mehr beeindruckt. Zwei Mädchen, die mühsam bergauf gingen, kamen am Auto vorüber. Sie trugen kurze Hosen und bunte Kopftücher und schleppten schwere Rucksäcke.

»Ganz in unserer Nähe ist eine Jugendherberge, Hoodown Park, bis vor kurzem das Eigentum von Mr. Fletcher«, erklärte der Fahrer, der sich offensichtlich zum Fremdenführer von Devonshire berufen fühlte. »Die Jugendherbergsvereinigung hat das Grundstück und das Haus gekauft, das im

Sommer meistens gepackt voll ist. Über hundert Jugendliche können da übernachten, aber mehr als zwei Nächte dürfen sie nicht bleiben – dann müssen sie weiterwandern. Jungen und Mädchen – hauptsächlich Ausländer.«

Poirot nickte geistesabwesend. Er dachte – und nicht zum ersten Mal –, daß kurze Hosen, besonders von hinten gesehen, nur bei wenigen weiblichen Wesen vorteilhaft wirkten. Er schloß gequält die Augen. Warum, o warum mußten sich die jungen Damen so zurichten? Diese scharlachroten Schenkel waren ganz besonders reizlos.

»Sie scheinen schwer beladen zu sein«, murmelte er.

»Allerdings, und es ist ein weiter Weg vom Bahnhof oder von der Autobus-Haltestelle nach Hoodown Park – über zwei Meilen.« Er zögerte. »Wenn Sie nichts dagegen haben, Monsieur Poirot, könnten wir sie vielleicht ein Stückchen mitnehmen?«

»Mit dem größten Vergnügen«, stimmte Poirot wohlwollend zu. Hier saß er ganz allein in einem fast leeren Auto, während die beiden jungen Mädchen stöhnend und schwitzend unter der Last ihrer schweren Rucksäcke über die Landstraße wanderten und keine Ahnung hatten, wie man sich anziehen mußte, um dem anderen Geschlecht zu gefallen. Der Fahrer ließ den Motor an, fuhr ein paar Meter weiter und hielt neben den beiden Mädchen. Ihre roten, verschwitzten Gesichter blickten ihn erwartungsvoll an.

Poirot öffnete die Tür, und die Mädchen stiegen ein.

»Ist sehr liebenswürdig, bitte«, sagte eine der beiden, ein blondes Mädchen, mit einem ausländischen Akzent. »Weg ist länger, als wir dachten, jawohl.«

Das andere Mädchen, das ein hochrotes, sonnenverbranntes Gesicht und kastanienbraune Locken hatte, die unter dem Kopftuch hervorsahen, nickte nur mehrmals mit dem Kopf, zeigte die Zähne und murmelte: »*Grazie*!« Das blonde Mädchen fuhr lebhaft fort:

»Ich nach England kommen für zwei Wochen Ferien. Ich kommen von Holland. Ich mögen England sehr viel. Ich gewesen in Stratford on Avon, Shakespeare-Theater und auf

Burg Warwick und habe gesehen Clovelly und Kathedrale in Exeter und Torquay – sehr hübsch – und jetzt komme zu berühmtem Naturschönheitsplatz – und morgen über Fluß nach Plymouth, wo Entdeckung von neuer Welt wurde begonnen von Plymouth Hoe.«
»Und Sie, Signorina?«
Poirot wandte sich an das andere Mädchen. Aber das lächelte nur und schüttelte seine Locken.
»Sie nicht sprechen viel Englisch«, bemerkte die Holländerin gutmütig, »aber wir beide sprechen bißchen Französisch, und so wir unterhalten im Zug. Sie kommen aus Mailand, hat Verwandte in England, verheiratet an Herrn mit Geschäft für Lebensmittel. Sie gestern gekommen nach Exeter mit Freundin, aber Freundin gegessen zu viel Kalbfleischpastete aus schlechtem Laden und muß bleiben in Exeter. Fleischpastete nicht gut, wenn Wetter heiß.«
In diesem Augenblick kamen sie zu einer Straßenkreuzung, und der Fahrer hielt an. Die Mädchen stiegen aus, bedankten sich in zwei Sprachen und bogen nach links ein. Der Fahrer vergaß für einen Augenblick seine olympische Überlegenheit und sagte gefühlvoll zu Poirot:
»Man muß sich nicht nur bei Kalbfleischpasteten vorsehen, andere sind ebenso gefährlich; in der Ferienzeit verwenden sie alles, was ihnen unter die Finger kommt, für die Füllung – aber auch alles.«
Er ließ den Wagen wieder an und bog in die Straße zur Rechten ein, die bald darauf in einen dichten Wald führte. Dabei gab er ein zusammenfassendes Urteil über die Bewohner der Jugendherberge Hoodown Park ab: »Ganz nette Mädchen in der Herberge«, sagte er, »leider lassen sie sich nur absolut nicht daran hindern, unbefugt fremden Grund und Boden zu betreten, und man kann ihnen auch nicht begreiflich machen, was Privateigentum bedeutet. Immer wieder kommen sie in unsere Wälder und behaupten, nicht zu verstehen, was man zu ihnen sagt.« Er schüttelte mißbilligend den Kopf.
Sie fuhren weiter – durch den Wald, einen steilen Hügel hinunter, dann durch ein schmiedeeisernes Tor und hielten

schließlich vor einem großen, weißen georgianischen Haus, mit der Aussicht auf den Fluß.
Der Fahrer öffnete die Wagentür, und auf den Stufen erschien ein großer, schwarzhaariger Butler.
»M. Hercule Poirot?«
»Ja.«
»Mrs. Oliver erwartet Sie, M. Poirot; sie ist unten beim Rondell. Darf ich Ihnen den Weg zeigen?«
Er wies auf einen gewundenen Pfad, der am Wald entlangführte und von dem aus man gelegentlich den Fluß sehen konnte. Der Pfad ging allmählich bergab und mündete schließlich in einen offenen, runden Platz, der von einer Steinbrüstung umgeben war. Auf der Brüstung saß Mrs. Oliver.
Sie stand auf, um ihn zu begrüßen, und dabei rollten mehrere Äpfel von ihrem Schoß auf die Erde. Äpfel schienen nun einmal unweigerlich zu Mrs. Oliver zu gehören ...
»Ich weiß nicht, warum ich immer alles fallen lasse«, murmelte Mrs. Oliver etwas undeutlich, denn sie kaute gerade ein großes Stück Apfel. »Wie geht es Ihnen, M. Poirot?«
»*Très bien, chère Madame*«, erwiderte Poirot. »Und Ihnen?«
Mrs. Oliver sah etwas anders aus als bei ihrer letzten Begegnung, und das lag daran – wie sie schon am Telefon angedeutet hatte –, daß sie mit ihrem Haar neue Experimente gemacht hatte. Als Poirot sie zuletzt gesehen hatte, machte Mrs. Olivers Frisur einen sturmzerzausten Eindruck; heute war ihr Haar tiefblau gefärbt, und unzählige Löckchen türmten sich im Pseudo-Marquise-Stil auf ihrem Kopf. Dieser Stil endete bei ihrem Nacken, und den Rest hätte man wohl eher als »praktische Landmode« bezeichnen können. Sie trug ein dottergelbes, rauhes Tweedkostüm und einen giftgrünen Pullover.
»Ich wußte, daß Sie kommen würden«, bemerkte Mrs. Oliver fröhlich, als sie wieder unbehindert sprechen konnte.
»Das können Sie unmöglich gewußt haben«, sagte Poirot streng.
»O doch.«

»Ich frage mich noch immer selbst, warum ich eigentlich hier bin.«
»Diese Frage kann ich Ihnen leicht beantworten: aus Neugierde.«
Poirot sah sie belustigt an.
»Ihre berühmte weibliche Intuition hat Sie ausnahmsweise einmal in die falsche Richtung geführt.«
»Machen Sie sich nicht über meine weibliche Intuition lustig. Habe ich den Mörder nicht immer sofort entdeckt?«
Poirot schwieg galant; er hätte ihr antworten können: »Vielleicht beim fünften Versuch, und auch dann nicht immer.«
Statt dessen sah er sich um und bemerkte: »Sie haben hier ein wirklich herrliches Grundstück.«
»Finden Sie? Aber es gehört mir nicht, M. Poirot. Hatten Sie das geglaubt? Nein, nein; es gehört einer Familie Stubbs.«
»Wer ist das?«
»Eigentlich niemand«, erklärte Mrs. Oliver, »schwerreiche Leute ... Ich bin nur beruflich hier ...«
»Wahrscheinlich wollen Sie Lokalkenntnisse für eins Ihrer *chefs-d'œuvre* sammeln?«
»Nein, nein. Ich bin zu einem anderen Zweck hier – ich soll einen Mord inszenieren.«
Poirot starrte sie entgeistert an.
»Keinen echten Mord«, versicherte Mrs. Oliver. »Morgen ist hier ein Gartenfest, und als ein neuartiges Gesellschaftsspiel soll anstatt einer Schatzsuche eine Mörderjagd stattfinden, die ich arrangiere. Man hat mir ein außergewöhnlich hohes Honorar dafür angeboten, daß ich hierherkommen und mir die Sache ausdenken soll. Und eigentlich macht es mir Spaß – es ist wenigstens einmal eine Abwechslung.«
»Und wie soll das vor sich gehen?«
»Natürlich werden wir ein Opfer haben und Anhaltspunkte und Leute, die unter Verdacht stehen. Alles ziemlich konventionell, Sie wissen schon, ein Vamp, ein Erpresser, ein

junges Liebespaar, ein unheimlicher Butler und so weiter. Man bezahlt zwei Shilling Eintritt, dann gibt man Ihnen den ersten Anhaltspunkt, danach müssen Sie das Opfer finden und die Mordwaffe und sagen, wer's gewesen ist, und das Motiv feststellen. Natürlich gibt es Preise.«
»Sehr bemerkenswert«, meinte Poirot.
»Das Ganze ist gar nicht so leicht, wie es Ihnen erscheinen mag«, sagte Mrs. Oliver kläglich, »weil es sich um lebende Menschen mit normaler Intelligenz handelt, und in meinen Büchern brauchen sie nicht viel Verstand zu haben.«
»Und haben Sie mich herkommen lassen, um Ihnen bei diesem Gesellschaftsspiel zu helfen?«
Poirot gab sich keine große Mühe, seinen Ärger zu verbergen.
»Nein, nein – wo denken Sie hin?« versicherte Mrs. Oliver. »Ich habe bereits das Nötige unternommen; alles ist bereit. Nein, ich habe Sie aus einem anderen Grund hergebeten.«
»Und zwar?«
Mrs. Oliver hob die Hand in die Höhe und war gerade im Begriff, sich verzweifelt durch die Haare zu fahren, als sie sich ihrer neuen komplizierten Frisur erinnerte. Statt dessen machte sie ihren Gefühlen dadurch Luft, daß sie an ihren Ohrläppchen zupfte.
»Wahrscheinlich bin ich eine alte Närrin – aber ich bilde mir ein, daß hier irgend etwas nicht in Ordnung ist.«

3

Während des darauffolgenden kurzen Schweigens starrte Poirot sie an. Dann fragte er scharf: »Irgend etwas nicht in Ordnung? Inwiefern?«
»Ich weiß es nicht ... das sollen Sie ja eben herausfinden; aber ich habe mehr und mehr das Gefühl, daß man mich unter Vorspiegelung falscher Tatsachen hergelockt hat ... meinetwegen können Sie mich für verrückt halten, aber ich kann

nur sagen, ich wäre nicht erstaunt, wenn morgen hier ein *wirklicher* Mord geschehen würde!«

Poirot starrte sie wieder an, und sie starrte herausfordernd zurück.

»Sehr interessant«, meinte er schließlich.

»Sie halten mich wohl für völlig übergeschnappt?« erkundigte sich Mrs. Oliver.

»Auf einen solchen Gedanken würde ich niemals kommen, Madame.«

»Außerdem weiß ich aus alter Erfahrung, wieviel Sie von Intuition halten.«

»Man kann die Dinge bei verschiedenen Namen nennen«, sagte Poirot. »Ich bin fest davon überzeugt, daß Sie irgend etwas gesehen oder gehört haben, das Ihren Argwohn erregt hat, aber daß Sie vielleicht selbst nicht genau wissen, *was* Sie so beunruhigt. Sie sind sich nur des Resultats bewußt. Wenn ich es vielleicht folgendermaßen ausdrücken dürfte: Sie wissen selbst nicht, was Sie wissen. Wenn Sie wollen, können Sie das Intuition nennen.«

»Ich komme mir so unbeschreiblich töricht vor, weil ich nichts mit Bestimmtheit behaupten kann«, meinte Mrs. Oliver kläglich.

»Wir werden's schon herausfinden«, versprach Poirot ermutigend. »Sie glauben, daß man Sie ›unter Vorspiegelung falscher Tatsachen‹ hergelockt hätte, nicht wahr? Können Sie das etwas deutlicher erklären?«

»Das ist ziemlich verwickelt – es ist doch sozusagen mein Mord; ich habe ihn mir ausgedacht und alles bis ins Detail geplant. Jeder, der Schriftsteller kennt, weiß, daß ihnen nichts so verhaßt ist wie die Vorschläge anderer Leute: ›Großartig, aber wäre es nicht besser, wenn A dieses täte und B jenes – wäre es nicht eine wundervolle Idee, wenn A an Stelle von B das Opfer wäre oder wenn D anstatt E den Mord begangen hätte?‹ Dann möchte ich nur antworten: ›Also gut, wenn Ihnen das besser gefällt, dann schreiben Sie es doch selber!«

Poirot nickte.

»Und das hat sich ereignet?«
»Nein, es war nicht ganz so ... man hat mir dumme Änderungen vorgeschlagen, dann bin ich aufgebraust, und man hat nachgegeben, aber trotzdem auf irgendeinem unwichtigen Vorschlag bestanden, und weil ich mich der wichtigen Änderungen wegen auf die Hinterbeine gestellt hatte, ließ ich den unwichtigen Vorschlag durchgehen, ohne daß mir das im Augenblick zum Bewußtsein gekommen wäre.«
»Ich verstehe«, sagte Poirot. »Es wird zur Methode gemacht, etwas ganz Sinnloses vorzuschlagen, auf das es aber im Grunde gar nicht ankommt. Das wirkliche Ziel ist der kleine, unwichtig erscheinende Vorschlag – meinen Sie das?«
»Das trifft den Nagel auf den Kopf«, entgegnete Mrs. Oliver. »Es ist natürlich durchaus möglich, daß ich mir alles nur einbilde, aber irgendwie habe ich das Gefühl, daß hier merkwürdige Dinge vor sich gehen und daß eine unheimliche Atmosphäre herrscht.«
»Wer hat Ihnen die Änderungen vorgeschlagen?«
»Mehrere Leute. Wenn sie nur von einer Person stammten, wäre ich meiner Sache sicherer. Aber der Vorschlag kam von verschiedenen Seiten, obwohl ich glaube, daß nur eine Person dahintersteckt – eine Person, die andere, völlig harmlose Leute vorschiebt.«
»Haben Sie eine Ahnung, wer diese eine Person sein könnte?«
Mrs. Oliver schüttelte den Kopf.
»Jemand, der sehr klug ist und sehr vorsichtig«, stellte sie fest. »Mehr weiß ich nicht – jeder von ihnen könnte es sein.«
»Wie setzt sich die Gesellschaft zusammen?« fragte Poirot. »Die Anzahl der Personen kann doch wohl nicht allzu groß sein?«
»Also, da ist zunächst einmal Sir George Stubbs, dem dieser Besitz gehört«, begann Mrs. Oliver. »Ich würde ihn als reich und gewöhnlich und nicht sehr klug bezeichnen – abgesehen von geschäftlichen Dingen, in denen er allerdings außergewöhnlich gerissen zu sein scheint. Und dann Hattie – Lady Stubbs –, etwa zwanzig Jahre jünger als er, eine schöne Per-

son, aber strohdumm; ich halte sie sogar für geistig minderbemittelt. Sie heiratete ihn natürlich des Geldes wegen – sie hat nur Schmuck und Kleider im Kopf. Dann Michael Weyman, Architekt, jung, gut aussehend, zwanglos gekleidet, mit leicht künstlerischem Touch. Er hat einen Tennispavillon für Sir George entworfen, und er repariert das Folly.«

»Das Folly – was ist das?«

»Eine Art Sommerhäuschen, das wie ein Tempel gebaut ist – weiß, mit Säulen. Diese sogenannten Follys sind zur Zeit von Königin Viktoria in vielen Parks und Privatbesitzungen erbaut worden ... Eine wichtige Rolle spielt Miss Brewis; sie ist gleichzeitig Sekretärin und Haushälterin, schreibt Briefe und kümmert sich um alles – sie ist sehr tüchtig und energisch. Und dann gibt es noch verschiedene Nachbarn, die bei den Vorbereitungen mithelfen: Alec Legge und seine Frau Sally, die ein kleines Häuschen am Fluß gemietet haben, und Captain Warburton, Sir Georges Verwalter, und Mr. und Mrs. Masterton sowie die alte Mrs. Folliat, die im ehemaligen Pförtnerhaus wohnt und deren verstorbener Mann der ursprüngliche Besitzer von Nasse war. Aber sie sind verarmt, die Söhne sind im Krieg gefallen, dann kamen die hohen Erbschaftssteuern, und sie, die einzige und letzte Erbin, mußte den Besitz verkaufen.«

Poirot überlegte einen Augenblick, aber vorläufig waren diese Personen für ihn nichts als Namen. Er kam auf den springenden Punkt zurück.

»Wessen Idee war die Mörderjagd?«

»Ich glaube, es war die Idee von Mrs. Masterton. Sie ist die Frau des Parlamentsabgeordneten des Bezirks und eine glänzende Organisatorin. Sie hat Sir George dazu überredet, das Gartenfest zu veranstalten. Das Haus war lange unbewohnt, und sie glaubt, daß die Leute gern Eintritt zahlen werden, um Haus und Park sehen zu können.«

»Das scheint mir eine ziemlich einleuchtende Idee zu sein«, sagte Poirot, »ganz plausibel.«

»Sie *scheint* plausibel zu sein, aber sie ist es nicht«, entgeg-

nete Mrs. Oliver störrisch. »Ich sage Ihnen, M. Poirot, irgend etwas ist nicht, wie es sein sollte.«
Poirot sah Mrs. Oliver nachdenklich an, und Mrs. Oliver erwiderte seinen Blick.
»Wie haben Sie meine Gegenwart erklärt? Weshalb haben Sie mich aufgefordert herzukommen?«
»Das war ganz einfach«, sagte Mrs. Oliver. »Sie werden morgen die Preise für die Mörderjagd verteilen. Alle brennen schon darauf, Sie kennenzulernen. Ich habe gesagt, daß Sie ein alter Bekannter von mir seien, daß ich Sie wahrscheinlich dazu überreden könnte herzukommen und daß Ihr Name eine großartige Reklame für das Gartenfest sein würde.«
»Und Ihr Vorschlag wurde ohne weiteres angenommen?«
»Ich erzählte Ihnen doch schon, wie sehr sich alle darauf freuen, Ihre Bekanntschaft zu machen.«
Mrs. Oliver hielt es für unnötig zu erwähnen, daß einige der jüngeren Leute gefragt hatten: »Wer ist dieser Hercule Poirot eigentlich?«
»Ausnahmslos? Hat wirklich niemand Einwände gemacht?«
Mrs. Oliver schüttelte den Kopf.
»Wie schade«, meinte Hercule Poirot.
»Sie glauben, das hätte uns einen Anhaltspunkt geben können?«
»Ein eventueller Verbrecher würde mein Erscheinen wohl kaum begrüßen.«
»Ich nehme an, daß Sie das Ganze für eine Erfindung von mir halten«, bemerkte Mrs. Oliver unglücklich. »Ich muß zugeben, daß ich bis zu dem Moment, da ich begann, mich mit Ihnen zu unterhalten, nicht wußte, wie unbegründet mein Verdacht erscheinen muß.«
»Beruhigen Sie sich«, sagte Poirot gutmütig. »Ich bin neugierig und interessiert. Wo wollen wir anfangen?«
Mrs. Oliver sah auf ihre Uhr.
»Es ist gerade Zeit zum Tee. Wir werden jetzt zum Haus gehen, und dann kann ich Sie mit allen bekannt machen.«
Sie gingen nicht auf demselben Weg zurück, auf dem Poi-

rot gekommen war; dieser Pfad schien in die entgegengesetzte Richtung zu führen.
»Auf diesem Weg kommen wir am Bootshaus vorbei«, erklärte Mrs. Oliver.
Während sie noch sprach, wurde das Bootshaus sichtbar. Es war ein malerisches Häuschen mit einem Strohdach und einem Vorsprung, der über den Fluß hinausragte.
»Hier wird die Leiche gefunden werden – die Leiche für die Mörderjagd, meine ich«, erklärte Mrs. Oliver.
»Und wer soll umgebracht werden?«
»Ein junges Mädchen, eine Tramperin, die aber eigentlich die Frau eines Atomwissenschaftlers ist«, sagte Mrs. Oliver.
Poirot zwinkerte mit den Augen.
»Natürlich sieht es so aus, als habe der Atomwissenschaftler sie ermordet ... aber so simpel ist es dann doch nicht«, bemerkte Mrs. Oliver.
»Wie könnte es, da *Sie* die Geschichte erfunden haben?«
Mrs. Oliver nahm das Kompliment mit einer huldvollen Geste zur Kenntnis.
»In Wirklichkeit wurde sie vom Gutsherrn ermordet – das Motiv ist sehr originell –, und ich glaube nicht, daß viele Leute darauf kommen werden, obwohl der fünfte Anhaltspunkt einen ganz deutlichen Fingerzeig enthält.«
Poirot zog es vor, sich nicht weiter mit den Feinheiten von Mrs. Olivers raffiniertem Plan abzugeben; er stellte statt dessen eine praktische Frage:
»Und wo finden Sie eine geeignete Leiche?«
»Bei den Pfadfinderinnen«, belehrte ihn Mrs. Oliver. »Eigentlich sollte Sally Legge das Opfer sein, aber dann wurde entschieden, daß sie sich lieber als Wahrsagerin verkleiden und die Zukunft voraussagen solle. Wir haben statt ihrer ein anderes junges Mädchen gefunden; es heißt Marlene Tukker, ist nicht übertrieben intelligent und schnüffelt ein bißchen. Wir brauchen nur einen Rucksack und ein Bauerntuch, und alles, was die Gute zu tun hat, ist, sich auf den Boden zu legen und sich einen Strick um den Hals zu legen, sobald sie jemanden kommen hört. Ziemlich langweilig für die arme

Kleine, allein im Bootshaus zu bleiben, bis sie gefunden wird, aber ich werde ihr einen Stapel Witzblätter und illustrierte Zeitschriften geben, mit denen sie sich die Zeit vertreiben kann – auf einer der Zeitschriften ist übrigens ein weiterer Hinweis auf den Mörder angebracht –, und so ergibt sich eins aus dem anderen.«

»Ihr Erfindungsgeist ist einfach fabelhaft!« meinte Poirot. »An was Sie alles denken . . .«

»Mir fällt es niemals schwer, mir Dinge auszudenken«, sagte Mrs. Oliver. »Mein Unglück ist, daß mir zuviel einfällt; dann wird alles zu kompliziert, und man muß auf einige der Einfälle verzichten, was einem natürlich nicht leichtfällt. Wir gehen jetzt diesen Weg hinauf.«

Sie begann einen steilen Zickzackweg hinaufzusteigen, der in ziemlicher Höhe parallel zum Fluß verlief und schließlich auf einen Platz mündete, in dessen Mitte sich ein kleiner, weißer, von Pilastern umrahmter Tempel befand. Davor stand ein stirnrunzelnder junger Mann in abgetragenen Flanellhosen und einem giftgrünen Sporthemd. Er drehte sich schnell zu ihnen um. »Mr. Michael Weyman, M. Hercule Poirot«, stellte Mrs. Oliver vor.

Der junge Mann antwortete mit einem leichten Kopfnicken.

»Die Leute errichten diese Lusthäuschen wirklich an den unmöglichsten Orten«, sagte er bitter. »Dieser Tempel hier ist erst vor einem Jahr erbaut worden – er ist nicht einmal besonders häßlich und paßt zum Stil des Hauses –, aber warum steht er gerade hier? So etwas sollte man sehen können, es sollte auf einem erhöhten, freien Platz stehen, inmitten eines Rasens, der von einer hübschen Blumenrabatte umgeben sein müßte. Aber dieses arme kleine Ding steht hinter Bäumen verborgen und ist unsichtbar; man müßte erst einmal etwa zwanzig Bäume fällen, damit man es wenigstens vom Fluß aus sehen könnte.«

»Vielleicht war das der einzig mögliche Platz«, meinte Mrs. Oliver.

Michael Weyman grunzte ärgerlich.

»Der Grasabhang neben dem Haus wäre der ideale Platz ge-

wesen; aber nein, diese Big-Business-Typen sind alle gleich – keinen Sinn fürs Künstlerische. Sir George will ein Sommerhäuschen haben, ein Folly, wie er es nennt, und bestellt sich eins. Er sucht nach einem Platz, auf den er es stellen kann; da stürzt zufällig bei einem Sturm eine riesige Eiche um und hinterläßt eine häßliche Lücke, ›Da werden wir das Folly aufbauen‹, sagt der dumme Kerl, ›dann haben wir zwei Fliegen mit einer Klappe geschlagen . . .‹ Diese reichen Leute! Ein Wunder, daß er nicht Geranien und Stiefmütterchen vors Haus gepflanzt hat! Solchen Leuten dürfte es gar nicht erlaubt sein, so schöne alte Besitzungen zu kaufen . . .«
Er schien erregt.
Dieser junge Mann kann Sir George Stubbs offensichtlich nicht ausstehen, dachte Poirot.
»Der Tempel hat ein Betonfundament«, erläuterte Weyman, »und darunter ist lockere Erde; der Beton ist bereits an mehreren Stellen gesprungen; bald wird es lebensgefährlich werden . . . am besten sollte man das Ganze abreißen und oben am Grasabhang neu aufbauen. Das ist mein Rat, aber der halsstarrige alte Narr hört nicht auf mich.«
»Und was ist mit dem Tennispavillon?« fragte Mrs. Oliver.
Das Gesicht des jungen Mannes verfinsterte sich noch mehr.
»Er will eine Art chinesischer Pagode haben«, erklärte er stöhnend. »Vielleicht noch mit Drachen! Und nur deshalb, weil Lady Stubbs gern Kulihüte trägt. Da kann man die Lust daran verlieren, Architekt zu sein! Leute mit gutem Geschmack haben nicht das Geld, sich etwas bauen zu lassen, und die anderen bestellen sich die größten Scheußlichkeiten.«
»Darf ich Ihnen mein volles Mitgefühl aussprechen?« sagte Poirot.
»Wofür hält sich Sir George Stubbs eigentlich?« fuhr der Architekt ärgerlich fort. »Während des Krieges hat er für die Admiralität gearbeitet – an einem sicheren Ort in den Bergen – aber er hat sich einen Vollbart wachsen lassen, um anzudeuten, daß er aktiv bei der Marine war – das wird allgemein gesagt! Und schwerreich ist er – er stinkt vor Geld!«

»Schließlich müßt ihr Architekten jemanden finden, der Geld ausgeben kann, sonst wärt ihr arbeitslos«, meinte Mrs. Oliver mit unbestreitbarer Logik. Sie ging entschlossen auf das Haus zu; Poirot und der verstimmte Architekt folgten ihr.
»Diese Industriekapitäne haben keine Ahnung von Architektur«, bemerkte Weyman bitter. »Wenn die Fundamente morsch sind, ist alles morsch.«
»Das sind weise Worte«, sagte Poirot, »sehr weise.«
Jetzt wurde das Haus sichtbar; es hob sich weiß und imposant vom Hintergrund der großen, dunklen Bäume ab.
»Wirklich ein herrliches Haus«, murmelte Poirot.
»Er will einen Billardsaal anbauen«, zischte Weyman giftig.
Auf dem Grashang war eine alte Dame damit beschäftigt, mit einer Gartenschere die Sträucher zu stutzen. Sie kletterte schwer atmend zu ihnen hinauf.
»Alles hier ist jahrelang vernachlässigt worden«, erklärte sie, »und heutzutage ist es schwer, einen Gärtner zu finden, der etwas von Sträuchern versteht. Der Hügel sollte im März und April eigentlich wie ein Farbenmeer aussehen, aber dieses Jahr war es sehr enttäuschend – alles dies tote Holz hätte bereits im vorigen Herbst abgesägt werden sollen . . .«
»M. Hercule Poirot – Mrs. Folliat«, stellte Mrs. Oliver vor.
Die alte Dame strahlte.
»Also Sie sind der große Hercule Poirot! Wie reizend von Ihnen, daß Sie uns morgen helfen wollen. Diese kluge Dame hier hat sich ein hochinteressantes Problem ausgedacht – etwas ganz Neues!«
Poirot war über das huldvolle Auftreten der alten Dame leicht erstaunt. Sie benahm sich, als wäre sie die Gastgeberin.
Er erklärte höflich:
»Mrs. Oliver ist eine alte Freundin von mir, und es ist mir ein Vergnügen, ihr behilflich sein zu können . . . Ein prachtvoller Besitz und ein außergewöhnlich schönes und herrschaftliches Haus!«
Mrs. Folliat nickte wohlwollend.

»Er ist vom Urgroßvater meines Mannes im Jahre 1790 erbaut worden. Früher stand hier ein elisabethanisches Haus, das bereits verfiel, als es im Jahre 1700 durch einen Brand völlig vernichtet wurde. Unsere Familie hat hier seit 1598 gelebt.«
Ihre Stimme klang ruhig, fast unbeteiligt. Poirot sah die alte Dame aufmerksam an. Sie war eine sehr kleine, aber kräftige Person in einem etwas schäbigen Tweedkostüm. Am auffallendsten waren ihre klaren, porzellanblauen Augen. Über ihrem grauen Haar trug sie ein festanliegendes Haarnetz. Obgleich sie keinen großen Wert auf ihr Äußeres zu legen schien, machte sie unbedingt den Eindruck, jemand zu sein; sie besaß das gewisse Etwas, das sich schwer erklären läßt.
Während sie zusammen zum Haus gingen, bemerkte Poirot schüchtern: »Es kann nicht leicht sein für Sie, Fremde in Ihrem ehemaligen Haus wohnen zu sehen.«
Mrs. Folliat antwortete erst nach einer kurzen Pause; ihre Stimme war klar und deutlich und erstaunlich kühl.
»So vieles ist nicht leicht, M. Poirot«, sagte sie.

4

Mrs. Folliat ging voran ins Haus, und Poirot folgte ihr durch eine Tür auf der linken Seite, die zuerst in einen kleinen, reizend möblierten Salon und dann in ein großes Wohnzimmer führte, das voller Leute war. Ein lebhaftes Stimmengewirr herrschte; alle schienen gleichzeitig zu sprechen.
»George«, sagte Mrs. Folliat. »Das ist M. Hercule Poirot, der uns freundlicherweise helfen will. Sir George Stubbs.«
Sir George, der gerade mit lauter Stimme gesprochen hatte, drehte sich rasch um. Er war ein großer Mann mit einem lebhaften, roten Gesicht und einem Bart, der irgendwie nicht zu ihm zu passen schien und durch den er den Eindruck eines Schauspielers machte, der sich noch nicht recht entschieden hat, ob er den Landedelmann spielen soll oder den ungehobelten Naturburschen aus den Kolonien. Bestimmt hätte man

ihn, trotz Michael Weymans Bemerkung, nicht für einen Seemann gehalten. Sein Benehmen und seine Stimme waren jovial, aber seine kleinen, durchdringenden blauen Augen hatten einen gerissenen Ausdruck.

Er begrüßte Poirot herzlich.

»Wir freuen uns außerordentlich, daß es Ihrer Freundin, Mrs. Oliver, gelungen ist, Sie herzulotsen«, sagte er. »Das war wirklich eine glänzende Idee. Sie werden eine enorme Attraktion sein.«

Er sah sich etwas suchend um.

»Hattie?« Er wiederholte den Namen in einem etwas schärferen Ton. »Hattie!«

Lady Stubbs saß, von den anderen etwas entfernt, in einem bequemen Sessel. Sie schien sich für die Vorgänge im Zimmer nicht zu interessieren und blickte lächelnd auf ihre Hand, die auf der Sessellehne lag. Sie drehte sie hin und her, so daß sich das Licht im grünen Schimmer des Smaragdringes an ihrer Linken brach.

Jetzt blickte sie mit einem leicht erstaunten, kindlichen Ausdruck auf und sagte: »Ich freue mich, Ihre Bekanntschaft zu machen.«

Poirot beugte sich üher ihre Hand.

Danach machte Sir George ihn mit den übrigen Anwesenden bekannt.

»Mrs. Masterton.«

Mrs. Masterton war eine imposante Frau, die Poirot ein wenig an einen Bluthund erinnerte. Sie hatte einen vorstehenden Unterkiefer und große, traurige, leicht blutunterlaufene Augen.

Sie neigte sich grüßend und setzte dann ihre Unterhaltung fort. Sie hatte eine tiefe Stimme, die Poirot wiederum an das Anschlagen eines Bluthundes erinnerte.

»Dieser alberne Streit um das Teezelt muß beigelegt werden, Jim«, stellte sie mit Entschiedenheit fest. »Sie werden Vernunft annehmen müssen; wir dürfen es nicht zulassen, daß unser Gartenfest ein Fiasko wird, weil sich die Frauen aus dem Dorf nicht einigen können.«

»Sehr richtig«, erwiderte der Mann, an den ihre Worte gerichtet waren.
»Captain Warburton«, stellte Sir George vor.
Captain Warburton, der eine karierte Sportjacke trug und ein Pferdegesicht hatte, lächelte und entblößte dabei eine stattliche Anzahl weißer Zähne, dann wandte er sich wieder Mrs. Masterton zu.
»Machen Sie sich keine Sorgen, ich werde die Angelegenheit in Ordnung bringen«, sagte er. »Ich werde ihnen zureden wie ein guter Onkel. Wo wollen wir das Zelt der Wahrsagerin aufstellen? Bei der Magnolie oder am anderen Ende der Wiese bei den Rhododendronsträuchern?«
Sir George führte Poirot zu einem jungen Paar.
»Mr. und Mrs. Legge.«
Mr. Legge war ein hochgewachsener junger Mann, dessen Gesicht sich infolge von Sonnenbrand stark schälte. Er lächelte liebenswürdig. Seine Frau, ein reizvoller, sommersprossiger Rotschopf, nickte freundlich, um sich gleich darauf in eine lebhafte Auseinandersetzung mit Mrs. Masterton zu stürzen; ihre sympathische, helle Stimme und Mrs. Mastertons Bellen klangen wie ein Duett.
»Auf keinen Fall bei der Magnolie – das ist eine Sackgasse.«
»Man muß die Zelte unbedingt etwas verteilen – falls Schlangen entstehen sollten –«
»Aber es wäre viel kühler – wenn die Sonne voll auf das Haus scheint –«
»Die Wurfbude mit den Kokosnüssen darf nicht zu dicht am Haus sein; die Jungen schleudern die Nüsse mit aller Gewalt.«
»Und das ist Miss Brewis, der wir alle gehorchen müssen«, erklärte Sir George.
Miss Brewis saß hinter dem silbernen Teeservice. Sie war eine magere, tüchtig aussehende Frau um die Vierzig mit einer frischen, freundlichen Art.
»Sehr erfreut, M. Poirot«, sagte sie. »Ich hoffe, Sie hatten eine angenehme Reise. Um diese Jahreszeit sind die Züge leider oft entsetzlich voll. Darf ich Ihnen eine Tasse Tee ge-

ben? Milch? Zucker?«
»Sehr wenig Milch und vier Stück Zucker bitte, Mademoiselle.« Während Miss Brewis seine Anweisungen ausführte, fügte er hinzu: »Wie ich sehe, sind Sie alle ungeheuer beschäftigt.«
»Ja, allerdings. Im letzten Augenblick sind immer noch so viele Dinge zu tun, und außerdem sind die Leute heutzutage schrecklich unzuverlässig. Die Lieferanten, die für Zelte, Stühle und Geschirr verantwortlich sind, müssen ununterbrochen gemahnt werden. Ich habe den halben Morgen am Telefon verbracht.«
»Was ist mit den Pflöcken für die Minigolfanlage, Amanda?« fragte Sir George.
»Das geht alles in Ordnung, Sir George. Mr. Benson vom Golfklub war sehr hilfsbereit.«
Sie reichte Poirot die Tasse.
»Ein Sandwich, M. Poirot? Diese hier sind mit Tomaten belegt und diese mit Leberpastete. Aber vielleicht möchten Sie lieber ein Stückchen Kuchen«, sagte Miss Brewis, sich an die vier Stücke Zucker erinnernd.
Poirot zog Kuchen vor, und er nahm sich ein Sahnetörtchen. Er balancierte das Törtchen vorsichtig auf der Untertasse, durchquerte das Zimmer und setzte sich neben Lady Stubbs. Sie war noch immer damit beschäftigt, das Licht auf dem Smaragdring spielen zu lassen.
»Wunderschön, finden Sie nicht auch?« meinte sie.
Er hatte sie aufmerksam beobachtet. Sie trug einen großen, dunkelroten chinesischen Kulihut, der einen rosa Schimmer auf ihr bleiches Gesicht warf. Sie war stark zurechtgemacht – auf eine unenglische, exotische Art: schneeweiße, matte Haut, tiefrote Lippen, lange, schwarzgefärbte Augenwimpern. Unter dem Hut sah man den Ansatz ihres glatten, festanliegenden schwarzen Haares. Ihr Gesicht war von fremdartiger Schönheit. Sie war ein Kind der tropischen Sonne, das zufällig in ein englisches Wohnzimmer verbannt worden war. Aber als sie ihn anblickte, stutzte Poirot. Ihre Augen hatten einen seltsam starren Ausdruck.

Sie hatte ihre Frage auf eine vertraulich naive Art gestellt, und Poirot sprach zu ihr wie zu einem Kind.
»Ja, es ist ein besonders schöner Ring«, bestätigte er.
Sie schien sich über seine Antwort zu freuen.
»George hat ihn mir gestern geschenkt«, erzählte sie ihm leise, als wäre es ein Geheimnis. »Er macht mir viele Geschenke, er ist sehr gut zu mir.«
Poirot blickte noch einmal auf den Ring und auf die ausgestreckte Hand auf der Sessellehne. Die Nägel waren sehr lang und dunkelrot, fast braun lackiert.
Ganz unvermittelt kam ihm der Satz in den Sinn: »Sie säen nicht, sie ernten nicht . . .« Er konnte sich Lady Stubbs wahrhaftig nicht bei der Arbeit vorstellen; sie war »eine Lilie auf dem Felde«. Nein, das stimmte auch nicht, dazu war sie viel zu unnatürlich.
»Ein sehr schöner Raum, Madame«, sagte er und sah sich bewundernd um.
»Finden Sie?« meinte Lady Stubbs gleichgültig.
Ihre Aufmerksamkeit konzentrierte sich immer noch auf den Ring; mit schiefgelegtem Kopf beobachtete sie das funkelnde grüne Feuer, während sie ihre Hand hin und her bewegte.
»Sehen Sie, er zwinkert mir zu«, bemerkte sie mit Verschwörermiene.
Sie begann laut zu lachen, und Poirot empfand einen leichten Schock. Es war ein grellen, unkontrolliertes Lachen.
Sir George rief von der anderen Seite des Zimmers: »Hattie!« Seine Stimme war zwar freundlich, aber gleichzeitig etwas vorwurfsvoll. Lady Stubbs hörte auf zu lachen.
»Devonshire ist ganz bezaubernd, finden Sie nicht?« sagte Poirot gewandt.
»Während des Tages ist es ganz nett«, entgegnete Lady Stubbs, »wenn es ausnahmsweise mal nicht regnet. Aber leider gibt's hier keine Nachtlokale.«
»Machen Sie sich viel aus Nachtkokalen?«
»O ja«, versicherte Lady Stubbs eifrig.
»Und warum, wenn ich fragen darf?«

»Wegen der Musik, und weil man dort tanzen kann und sich elegant anziehen und Schmuck tragen, und alle anderen Frauen haben auch Ringe und Ketten, aber nicht so schöne wie ich.«
Sie lächelte außerordentlich zufrieden, und Poirot hatte plötzlich Mitleid mit ihr.
»Diese Dinge machen Ihnen Freude?«
»O ja, und ins Kasino geh ich auch gern. Warum gibt's in England keine Kasinos?«
»Das habe ich mich auch schon gefragt«, entgegnete Poirot seufzend. »Kasinos würden sich wohl nicht mit dem englischen Volkscharakter vereinbaren lassen.«
Sie sah ihn verständnislos an, dann flüsterte sie vertraulich: »In Monte Carlo hatte ich einmal sechzigtausend Franken gewonnen. Ich habe auf die Nummer 27 gesetzt, und bei der ist die Kugel gelandet.«
»Das muß sehr aufregend gewesen sein, Madame.«
»Und wie! George gibt mir Geld zum Spielen – aber meistens verliere ich.« Sie sah betrübt aus.
»Wie traurig!«
»Ach, es spielt eigentlich keine Rolle – George ist nämlich sehr reich. Es ist schön, reich zu sein, finden Sie nicht?«
»Sehr schön«, erwiderte Poirot.
»Wenn ich nicht reich wäre, sähe ich vielleicht wie Amanda aus.« Sie streifte Miss Brewis mit einem nachdenklichen Blick. »Sie ist furchtbar häßlich, finden Sie nicht?«
In diesem Augenblick sah Miss Brewis auf und zu ihnen herüber. Lady Stubbs hatte nicht laut gesprochen, aber Poirot fragte sich, ob Miss Brewis sie vielleicht doch gehört hatte.
Dann fiel sein Blick auf Captain Warburton, der ihn belustigt und ironisch ansah.
Poirot versuchte die Unterhaltung auf ein anderes Gebiet zu lenken.
»Haben Sie viel mit den Vorbereitungen für das Gartenfest zu tun gehabt?«
Hattie Stubbs schüttelte den Kopf.
»Nein, ich finde das alles schrecklich dumm und langweilig.

Wir haben genügend Hausangestellte und Gärtner – sollen die doch arbeiten!«
»Aber meine Liebe«, meinte Mrs. Folliat, die zu ihnen herübergekommen war und sich aufs Sofa gesetzt hatte, »das sind wohl die Vorstellungen, mit denen Sie zu Hause, auf Ihrer Plantage, aufgewachsen sind. Das Leben in England ist heutzutage leider anders – ich wünschte, es wäre nicht so!« Sie seufzte. »Jetzt muß man fast alles selbst tun.«
Lady Stubbs zuckte die Achseln.
»Das finde ich scheußlich. Wozu ist man dann reich?«
»Manchen Leuten macht es Spaß zu arbeiten«, sagte Mrs. Folliat und lächelte ihr zu. »Mir, zum Beispiel. Nicht alles natürlich, aber ich arbeite gern im Garten, und die Vorbereitungen für das morgige Fest machen mir auch Freude.«
»Wird es wie eine Gesellschaft sein?« fragte Lady Stubbs hoffnungsvoll.
»Genau wie eine Gesellschaft – mit sehr, sehr vielen Gästen.«
»Wie beim Rennen in Ascot? Mit großen Hüten und eleganten Toiletten?«
»Nicht gerade wie Ascot«, antwortete Mrs. Folliat. Dann fügte sie freundlich hinzu: »Aber Sie müssen versuchen, das Landleben zu genießen, Hattie! Sie hätten uns heute morgen helfen sollen, anstatt bis zum Nachmittag im Bett zu bleiben.«
»Ich hatte Kopfschmerzen«, bemerkte Hattie vorwurfsvoll. Dann änderte sich ihre Stimmung, sie lächelte Mrs. Folliat unvermittelt zärtlich zu und sagte:
»Morgen werde ich brav sein – ich werde alles tun, was Sie mir sagen.«
»Das ist sehr lieb von Ihnen, mein Kind.«
»Ich habe ein neues Kleid; es ist heute früh angekommen. Kommen Sie mit nach oben, ich möchte es Ihnen zeigen.«
Mrs. Folliat zögerte. Lady Stubbs sagte eindringlich:
»Sie müssen kommen – bitte! Es ist ein ganz entzückendes Kleid. Bitte kommen Sie jetzt gleich!«
»Also gut.« Mrs. Folliat lächelte und stand auf.

Während die kleine, zierliche Mrs. Folliat der großen, stattlichen Hattie folgte, warf Poirot einen Blick auf das Gesicht der alten Dame und war erstaunt über den müden Ausdruck, der an die Stelle des freundlichen Lächelns getreten war. Es war, als hätte sie sich für einen Augenblick entspannt und die Gesellschaftsmaske fallen lassen. Und doch schien es ihm mehr als das zu sein ... vielleicht hatte sie ein Leiden, über das sie, wie so viele Frauen, niemals sprach. Sie war bestimmt kein Mensch, der Mitleid erregen wollte, dachte Poirot.
Captain Warburton ließ sich in den Sessel fallen, aus dem Hattie gerade aufgestanden war. Auch er sah den beiden nach, aber sein Blick galt nur der jüngeren Frau, und er sagte mit einem leichten Grinsen:
»Schönes Geschöpf, finden Sie nicht?« Dann warf er einen schnellen Blick zur Gartentür, durch die Sir George, von Mrs. Masterton und Mrs. Oliver gefolgt, soeben das Zimmer verließ. »Hat dem alten George Stubbs mächtig den Kopf verdreht. Nichts ist zu kostbar für sie. Juwelen, Nerzmantel – alles, was gut und teuer ist! Ob er weiß, daß sie nicht ganz richtig im Kopf ist, hab ich nie herausgefunden. Wahrscheinlich denkt er, daß es sowieso nicht darauf ankommt. Diese Finanzgenies sehnen sich ja wohl nicht nach einer intellektuellen Gefährtin.«
»Was ist sie für eine Landsmännin?« fragte Poirot neugierig.
»Ich finde, sie sieht aus wie eine Südamerikanerin, aber ich glaube, daß sie aus Westindien stammt, von irgendeiner der Inseln, von denen Rum und Zucker kommen. Sie soll aus einer alten Familie sein – Kreolin, kein Halbblut. Auf diesen Inseln ist natürlich alles versippt und verschwägert, daher die geistige Unzulänglichkeit.«
Die junge Mrs. Legge gesellte sich zu ihnen.
»Sie müssen mir beistehen, Jim«, bat sie. »Das Zelt muß unbedingt auf der anderen Seite des Rasens, bei den Rhododendronbüschen stehen. Es ist der einzig mögliche Platz.«
»Leider ist Mrs. Masterton anderer Ansicht.«
»Dann müssen Sie sie vom Gegenteil überzeugen.«

»Mrs. Masterton ist meine Vorgesetzte«, sagte er mit einem verschmitzten Lächeln.
»Wilfrid Masterton ist Ihr Vorgesetzter. *Er* ist der Parlamentsabgeordnete.«
»Das ist richtig, aber *sie* hat die Hosen an, davon kann ich ein Liedchen singen!«
Sir George kam durch die Gartentür ins Zimmer zurück.
»Ach, hier sind Sie, Sally«, sagte er. »Wir brauchen Sie. Man sollte es nicht für möglich halten, daß ihr euch alle darum streitet, wer die Brötchen streichen soll und wer den Kuchen versteigern wird, und verlangt, daß die Obstbude anstatt der Würfelbude an einem bestimmten Platz stehen muß. Wo ist Amy Folliat? Sie kann vielleicht mit diesen Leuten fertig werden – sie ist die einzige, der ich das zutraue.«
»Sie ist mit Hattie nach oben gegangen.«
»Ach so ...«
Sir George sah sich hilflos um, und Miss Brewis, die gerade beim Schilderschreiben war, sprang auf und sagte: »Ich werde sie holen, Sir George.«
»Vielen Dank, Amanda.«
Miss Brewis verließ das Zimmer.
»Ich brauche noch mehr Gitterdraht«, murmelte Sir George.
»Für das Gartenfest?«
»Nein, nein, um das verrostete Gitter auszubessern, das unseren Wald von der Jugendherberge trennt; da ist eine Stelle, wo sie durchkriechen und auf unser Gebiet kommen.«
»Wer kriecht denn durch?«
»Unbefugte Personen!«
»Sie reden wie Betsy Trotwood, wenn sie ihren Feldzug gegen die Esel führt«, meinte Sally Legge belustigt.
»Betsy Trotwood? Wer ist das?« fragte Sir George.
»Charles Dickens!«
»Ach, Dickens! Ja, die *Pickwicks Papers* hab ich gelesen – gar nicht schlecht. Aber Spaß beiseite, diese Eindringlinge nehmen wirklich überhand, seitdem da drüben die Jugendherberge ist. Sie kommen von überall her und tragen die unmöglichsten Hemden – heute früh erschien ein Junge,

dessen Hemd über und über mit Schildkröten bedruckt war, ich wollte meinen Augen kaum trauen und hatte fast das Gefühl, zu tief ins Glas geguckt zu haben. Und die meisten können nicht mal richtig Englisch . . .«

Er imitierte: »›Oh, bitte schön – können mir vielleicht sagen, ist dies Weg zu Fähre?‹ Ich sage ärgerlich, nein, das sei nicht der Weg zur Fähre und sie möchten gefälligst dahin zurückgehen, wo sie hergekommen sind. Aber dann starren sie mich nur fassungslos an und verstehen kein Wort. Und die Mädchen kichern. Alle Nationalitäten sind vertreten: Indianer, Jugoslawen, Holländer, Finnen – wahrscheinlich auch Eskimos«, ereiferte er sich.

»Schon gut, George, fangen Sie jetzt nur nicht an, sich aufzuregen«, beschwichtigte ihn Mrs. Legge. »Ich werde Ihnen helfen, mit den wilden Weibern fertig zu werden.«

Sie ging mit ihm zur Gartentür, drehte sich aber noch einmal um und rief zurück: »Kommen Sie mit, Jim, lassen Sie sich für den guten Zweck in Stücke reißen.«

»Ich komme gleich, ich möchte nur M. Poirot ein paar Einzelheiten über die Mörderjagd erzählen, weil er ja die Preise verteilen wird.«

»Das können Sie doch später auch noch tun.«

»Ich werde hier auf Sie warten«, sagte Poirot liebenswürdig.

Als sie gegangen waren, wurde es still im Raum. Alec Legge sah aus dem Fenster und seufzte.

»Und wozu das alles? Wegen eines dummen Gartenfestes, das niemanden interessiert.«

»Aber gewisse Leute scheint es doch zu interessieren«, bemerkte Poirot.

»Warum können die Menschen keine Vernunft annehmen? Warum können sie nicht denken? Die Welt ist in einem furchtbaren Zustand. Sieht denn keiner, daß die Bewohner dieser Erdkugel Selbstmord begehen?«

Poirot nahm mit Recht an, daß auf diese Frage keine Antwort erwartet wurde. Er schüttelte nur nachdenklich den Kopf.

»Wenn wir nicht etwas unternehmen, bevor es zu spät ist . . .« Alec Legge unterbrach sich. Sein Gesicht nahm einen ärgerlichen Ausdruck an. Er sagte: »Ja, ja, ich weiß, was sie denken, daß ich nervös bin, neurotisch – ich weiß Bescheid. Diese verdammten Ärzte haben mir Ruhe verordnet, Luftveränderung – Seeluft. Daraufhin sind Sally und ich hierhergefahren, haben das ›Mill Cottage‹ für drei Monate gemietet und das Rezept befolgt. Ich habe geangelt, gebadet, lange Spaziergänge gemacht, in der Sonne gelegen . . .«

»Daß Sie in der Sonne gelegen haben, ist mir bereits aufgefallen«, stellte Poirot höflich fest.

»Ach, deshalb?« Alec fuhr sich mit der Hand über sein verbranntes Gesicht. »Das ist das Resultat eines ausnahmsweise schönen englischen Sommers. Aber was hat das alles für einen Sinn? Man kann der Wahrheit nicht entgehen, indem man vor ihr davonläuft.«

»Nein. Es ist immer sinnlos davonzulaufen.«

»Und hier auf dem Land wird einem das alles erst richtig klar – die unglaubliche Apathie der Menschen! Selbst Sally, die sehr intelligent ist, hat diese Einstellung. ›Wozu soll man sich aufregen?‹ sagt sie immer. Das treibt mich noch zum Wahnsinn. Wozu soll man sich aufregen?«

»Und warum regen Sie sich eigentlich so auf?«

»Grundgütiger! Sie auch?«

»Nein, ich will Ihnen keine Ratschläge geben, ich möchte nur Ihre Antwort hören.«

»Begreifen Sie nicht, daß irgend jemand etwas unternehmen muß?«

»Und Sie sind derjenige?«

»Nein, nicht ich persönlich – in diesen Zeiten kann man die Dinge nicht persönlich nehmen.«

»Warum nicht? Selbst in ›diesen Zeiten‹ ist man immer noch eine Person.«

»Aber man sollte es nicht sein! In schweren Zeiten, wenn es um Leben und Tod geht, darf man nicht an seine eigenen unbedeutenden Krankheiten oder Sorgen denken.«

»Ich versichere Ihnen, daß Sie unrecht haben. Im Krieg, während eines schweren Luftangriffs, dachte ich viel weniger an den Tod als an ein schmerzendes Hühnerauge am kleinen

Zeh. Ich war damals selbst darüber erstaunt, und ich sagte mir: ›Denk daran, daß der Tod jeden Augenblick kommen kann.‹ Aber ich konnte den Gedanken an das Hühnerauge beim besten Willen nicht verbannen, ja, ich war sogar beleidigt, daß ich außer der Todesgefahr auch noch Schmerzen aushalten mußte. Und gerade, weil der Tod vielleicht ganz nahe war, bekam jede persönliche Kleinigkeit meines Lebens eine besondere Bedeutung. Ich habe einmal eine Frau nach einem Unfall mit gebrochenen Beinen auf dem Fahrdamm liegen sehen, aber sie fing erst an zu weinen, als sie eine Laufmasche in ihrem Strumpf entdeckte.«

»Das beweist nur, wie töricht die Frauen sind.«

»Das möchte ich nicht sagen; an solchen Zwischenfällen sieht man, wie die Menschen wirklich sind. Vielleicht hat die menschliche Spezies nur wegen ihres Interesses an den alltäglichen Kleinigkeiten den endgültigen Untergang überlebt.«

Alec Legge lachte verächtlich.

»Manchmal halte ich das für einen Jammer.«

»Man könnte dieses Interesse auch Bescheidenheit oder sogar Demut nennen«, fuhr Poirot unbeirrt fort, »und Demut ist eine gute Eigenschaft. Während des Krieges gab es in England ein Schlagwort, das in Untergrundbahnen und Zügen zu lesen war: ›Alles hängt von dir ab.‹ Es war, soweit ich mich erinnere, von einem bedeutenden Geistlichen geprägt worden, aber nach meiner Meinung war es ein gefährliches und falsches Prinzip. Denn es *stimmt nicht.* Es hängt nicht alles von, sagen wir, der Hausfrau Smith ab; wenn man ihr das weismachen will, wird man ihren Charakter verderben. Während sie drüber nachdenkt, wie sie ihre Rolle im Weltgeschehen spielen kann, wirft ihr Baby den Kessel mit kochendem Wasser um.«

»Ihre Ansichten sind ziemlich altmodisch, M. Poirot. Was wäre denn Ihr Schlagwort?«

»Ich brauche kein neues Schlagwort zu erfinden; ich kenne ein altes, das mir genügt.«

»Und das lautet?«

»Vertrau auf Gott und halte das Schießpulver trocken.«
»So, so . . .« Alec Legge schien belustigt. »Sehr unerwartet – aus Ihrem Mund. Wissen Sie, was ich in diesem Land durchsetzen möchte? Daß jeder schwachsinnigen Person verboten wird, Kinder zu zeugen. Wenn es, auch nur für die Dauer einer Generation, ausschließlich den intelligenten Menschen gestattet wäre, sich fortzupflanzen, würde man erstaunliche Resultate erzielen.«
»Und die Anzahl der Patienten in den Irrenhäusern würde sich verdoppeln«, sagte Poirot trocken. »Eine Pflanze braucht nicht nur Blüten, sondern auch Wurzeln, Mr. Legge. Wie schön und groß die Blumen auch sein mögen, wenn die Wurzeln zerstört sind, wird die Pflanze nie wieder blühen.« Er fügte in leichterem Ton hinzu: »Würden Sie Lady Stubbs als Kandidatin für . . . ihre Maßnahmen bezeichnen?«
»Allerdings. Welchen Wert hat eine solche Frau? Was hat sie zum allgemeinen Wohl beigetragen? Hat sie jemals an etwas anderes als an Schmuck oder Kleider gedacht? Hat sie eine Existenzberechtigung?«
»Sie und ich sind zweifellos klüger als Lady Stubbs«, bemerkte Poirot sanft, »aber finden Sie nicht«, fuhr er mit einem traurigen Kopfschütteln fort, »daß wir nicht annähernd so dekorativ sind?«
»Dekorativ . . .«, begann Alec verächtlich, aber er wurde durch das Wiedererscheinen von Mrs. Oliver und Captain Warburton unterbrochen.

5

»Sie müssen sich unbedingt die verschiedenen Hinweise und Gegenstände für die Mörderjagd ansehen, M. Poirot«, sagte Mrs. Oliver atemlos.
Poirot stand gehorsam auf und folgte ihr.
Alle drei gingen durch die Empfangshalle und betraten ein kleines, einfach möbliertes Zimmer, das als Büro diente.

»Tödliche Waffen links«, erklärte Captain Warburton und wies auf einen mit Filz bezogenen Kartentisch, auf dem ein kleiner Revolver lag, ein Stück Eisenrohr mit einem verdächtigen rostfarbenen Fleck, eine blaue Flasche, auf der »Gift« stand, ein Stück Wäscheleine und eine Injektionsspritze.
»Das sind die Waffen, und das ist eine Liste der Verdächtigen«, erläuterte Mrs. Oliver.
Sie überreichte ihm eine gedruckte Karte, die er mit Interesse las.

Verdächtige

Estelle Glynne	– eine schöne und mysteriöse junge Frau, Gast von
Major Blunt	– dem Gutsbesitzer, dessen Tochter
Joan	– verheiratet ist, und zwar mit
Peter Gaye	– einem jungen Atomwissenschaftler.
Miss Willing	– eine Haushälterin.
Quiett	– ein Butler.
Maya Stavisky	– ein Wandervogel.
Esteban Loyola	– ein nicht geladener Gast.

Poirot blinzelte Mrs. Oliver verständnislos an.
»Ein prachtvolles Personenverzeichnis«, sagte er höflich, »aber wenn ich mir eine Frage erlauben darf, Madame, was haben die Mitspieler zu tun?«
»Drehen Sie die Karte um«, befahl Captain Warburton.
Poirot tat es.
Auf der anderen Seite stand:

Name und Adresse . . . .
Lösung:
Name des Mörders . . . .
Tatwaffe . . . .
Tatmotiv . . . .
Zeit und Ort . . . .
Begründung Ihrer Schlußfolgerung
. . . .

»Alle, die sich an dem Spiel beteiligen, bekommen so eine Karte«, erklärte Captain Warburton, »außerdem ein Notizbuch und einen Bleistift, um die Hinweise aufzuschreiben – im ganzen sind es sechs. Man geht von einem Punkt zum nächsten, wie bei der Suche nach einem verborgenen Schatz; die Waffen sind an verschiedenen Orten versteckt. Hier ist der erste Anhaltspunkt – ein Foto. Damit fangen alle an.«
Poirot nahm ihm das Bild aus der Hand und betrachtete es mit gerunzelter Stirn. Dann drehte er es um. Er sah noch immer erstaunt aus. Warburton lachte.
»Geniale Trickfotografie, was?« meinte er selbstzufrieden. »Ganz einfach, wenn man erst einmal weiß, was es ist.«
Poirot, der keine Ahnung hatte, was es war, wurde langsam ärgerlich.
»Ein vergittertes Fenster?« fragte er unsicher.
»Ich gebe zu, daß es so ähnlich aussieht. Nein, es ist ein Stück von einem Tennisnetz.«
»Aha«, sagte Poirot und sah sich das Foto nochmals an. »Ganz deutlich, wenn man erst einmal weiß, was es ist.«
»Alles liegt im Auge des Beschauers«, entgegnete Warburton lachend.
»Das ist eine tiefe Wahrheit.«
»Der zweite Anhaltspunkt ist in einer Schachtel unter dem Tennisnetz. In der Schachtel liegen die leere Giftflasche und ein loser Korken. Allerdings ist es, wie Sie sehen, eine Schraubflasche, und deshalb ist der Korken der eigentliche Schlüssel.«
»Ihr Erfindungsgeist ist mir wohlbekannt, Madame, aber ich weiß nicht recht . . .«
Mrs. Oliver unterbrach ihn.
»Selbstverständlich haben wir eine Handlung, eine kurze Inhaltsangabe wie bei den Fortsetzungsromanen in illustrierten Zeitschriften.« Sie wandte sich an Captain Warburton. »Sind die Merkblätter gekommen?«
»Nein, der Drucker hat sie noch nicht geschickt.«
»Aber er hat es doch fest versprochen.«

»Ich weiß – im Versprechen sind sie alle groß. Sie sollen aber bestimmt heute abend um sechs fertig sein, und ich werde selbst mit dem Wagen hinfahren, um sie abzuholen.«
»Gut.«
Mrs. Oliver seufzte tief auf und wandte sich an Poirot.
»Also, dann muß ich Ihnen den Inhalt erzählen, obwohl das meine schwache Seite ist. Wenn ich etwas aufschreibe, klingt es völlig klar, aber wenn ich es erzähle, bringe ich alles durcheinander. Ich habe mir abgewöhnt, über die Handlung meiner Kriminalromane zu sprechen, weil mich die Leute immer verständnislos ansehen und fragen: ›Ist das alles? Das kann doch unmöglich genug für ein ganzes Buch sein.‹ Und das ist sehr entmutigend. Außerdem stimmt es nicht, denn wenn ich es schreibe, *ist* es genug.«
Mrs. Oliver machte eine Pause, dann fuhr sie fort:
»Also: Peter Gaye ist ein junger Atomwissenschaftler. Er steht im Verdacht, für die Roten zu arbeiten, und ist mit Joan Blunt verheiratet. – Seine erste Frau ist tot, aber das stimmt gar nicht, und sie erscheint auf der Bildfläche, weil sie eine Geheimagentin ist, oder vielleicht auch nicht – denn möglicherweise ist sie wirklich eine Tramperin –, und seine Frau hat ein Verhältnis mit einem Mann namens Loyola, der entweder in Erscheinung tritt, um sich mit Maya zu treffen oder um ihr nachzuspionieren, und dann kommt ein Erpresserbrief, der vielleicht von der Haushälterin stammt, oder vielleicht vom Butler, und der Revolver fehlt, und da man nicht weiß, an wen der Erpresserbrief gerichtet ist, und da die Injektionsspritze beim Abendessen heruntergefallen und danach verschwunden ist . . .«
Mrs. Oliver unterbrach sich plötzlich, weil sie Poirots Reaktion richtig einschätzte.
»Ich weiß«, sagte sie mitfühlend, »daß es ziemlich verworren klingt, aber in meinem Kopf ist alles klar, und wenn Sie das Merkblatt mit der Synopsis lesen, werden Sie alles verstehen.« Dann bemerkte sie abschließend: »Außerden ist die Handlung für Sie ganz unwichtig, nicht wahr? Sie haben nichts zu tun, als die Preise zu verteilen – sehr schöne Preise,

der erste Preis ist ein silbernes Zigarettenetui, das wie ein Revolver aussieht – sehr sinnvoll für den Sieger.«
Poirot dachte, daß der Sieger wirklich über erstaunliche Intelligenz verfügen müßte, und im Grunde genommen bezweifelte er, daß es einen Sieger geben würde. Die ganze Handlung der Mörderjagd schien ihm verschwommen, wie ein undurchdringlicher Nebel.
Captain Warburton sah auf seine Armbanduhr und meinte gutgelaunt: »So, ich werde mich jetzt auf den Weg zum Drucker machen, um die Merkblätter abzuholen.«
Mrs. Oliver stöhnte.
»Wenn sie wieder nicht fertig sind ...«
»Sie sind bestimmt fertig; ich habe angerufen. Auf bald!«
Er verließ das Zimmer.
Mrs. Oliver drückte sofort Poirots Arm und flüsterte heiser: »Haben Sie etwas herausgefunden? Oder haben Sie eine bestimmte Person in Verdacht?«
Poirot antwortete mit einem milden Vorwurf in der Stimme: »Mir erscheint hier jeder und alles vollkommen normal.«
»Normal?«
»Nun, vielleicht ist das nicht das richtige Wort. Lady Stubbs ist, wie Sie sagen bestimmt nicht ganz normal, und Mr. Legge scheint mir etwas ungewöhnlich zu sein.«
»Ach, der ist ganz in Ordnung«, erklärte Mrs. Oliver ungeduldig, »er hat nur einen Nervenzusammenbruch gehabt.«
Poirot machte keine Einwände, sondern meinte nur:
»Scheinbar sind alle in einem Zustand nervöser Erregung, allgemeiner Erschöpfung und Überreizung, wie es ja nach den Vorbereitungen zu einem solchen Fest kaum anders zu erwarten ist. Wenn Sie mir nur einen Hinweis geben könnten ...«
»Psst ...« Mrs. Oliver packte ihn wieder am Arm. »Es kommt jemand.«
Das Ganze ist wie ein schlechtes Melodrama, dachte Poirot irritiert.
Das freundliche, milde Gesicht von Miss Brewis erschien in der Tür.

»Ach, hier sind Sie, M. Poirot. Ich habe Sie gesucht, weil ich Ihnen Ihr Zimmer zeigen möchte.«
Sie ging mit ihm die Treppe hinauf und führte ihn über einen Korridor in ein großes, luftiges Zimmer mit Aussicht auf den Fluß.
»Das Badezimmer ist gegenüber. Sir George hat die Absicht, mehrere Badezimmer einzubauen, aber das würde die edlen Proportionen des Hauses beeinträchtigen. Ich hoffe, Sie werden sich bei uns behaglich fühlen.«
»Ganz bestimmt«, sagte Poirot, und sein Blick schweifte mit Genugtuung über das kleine Bücherregal, die Leselampe und die Dose neben seinem Bett, auf der »Konfekt« stand. »Sie scheinen alles in diesem Haus glänzend organisiert zu haben. Darf ich Ihnen, oder meiner reizenden Gastgeberin, meine Bewunderung aussprechen?«
»Lady Stubbs ist voll damit beschäftigt, charmant zu sein«, erklärte Miss Brewis mit leicht säuerlicher Stimme.
»Eine sehr dekorative junge Dame«, stellte Poirot fest.
»Zweifellos.«
»Aber ist sie nicht vielleicht in anderer Beziehung ... *Pardon!* Ich bin indiskret. Ich spreche von etwas, das ich nicht erwähnen sollte.«
Miss Brewis sah ihn unverwandt an und sagte trocken:
»Lady Stubbs weiß ganz genau, was sie tut. Abgesehen davon, daß sie, wie Sie sagen, sehr dekorativ ist, ist sie auch sehr gerissen.«
Sie hatte das Zimmer verlassen, bevor Poirot sich von seinem Staunen erholen konnte. Also das war die Meinung der tüchtigen Miss Brewis? Oder hatte sie das nur aus einem persönlichen Grund gesagt? Und warum zu ihm – zu einem Neuankömmling? Vielleicht eben deshalb? Und weil er ein Ausländer war? Die Erfahrung hatte Hercule Poirot gelehrt, daß Engländer zu der Ansicht neigten, daß man einem Ausländer alles erzählen könnte – weil man ihn sowieso nicht ernst nahm. Er runzelte die Stirn und starrte gedankenverloren auf die Tür, durch die Miss Brewis verschwunden war. Dann schlenderte er zum Fenster und blickte hinaus. Nach

kurzer Zeit sah er Lady Stubbs und Mrs. Folliat aus dem Haus kommen. Sie blieben einen Augenblick bei dem großen Magnolienbaum stehen und unterhielten sich, dann nickte Mrs. Folliat, verabschiedete sich und ging mit ihrem Gartenkorb langsam den Einfahrtsweg hinunter. Lady Stubbs beobachtete sie einen Moment, riß zerstreut eine Magnolienblüte ab, roch daran und schlug schließlich den Pfad ein, der zum Fluß führte. Sie sah sich noch einmal kurz um, bevor sie um die Ecke bog und verschwand. Auf der anderen Seite der Magnolie erschien gleich darauf Michael Weyman und ging ebenfalls den Pfad zum Fluß hinunter.
Ein gutaussehender, dynamischer junger Mann, dachte Poirot. Zweifellos eine reizvollere Persönlichkeit als Sir George Stubbs ...
Und warum nicht? Es war das alte Lied: ein reicher, nicht sehr ansprechender Ehemann in mittleren Jahren, eine junge, schöne, geistig unreife Frau und ein charmanter junger Mann, der ihren Reizen gegenüber nicht unempfindlich war. War das vielleicht ein Grund für Mrs. Oliver, ihn hierherzubeordern? Mrs. Oliver hatte zweifellos eine lebhafte Phantasie, aber ... Aber schließlich bin ich kein Sachverständiger für Ehebruch – oder für vermeintlichen Ehebruch, dachte Poirot.
Sollte Mrs. Oliver wirklich recht haben? War hier irgend etwas nicht in Ordnung? Mrs. Oliver war ein Wirrkopf, und wie sie es jemals zustande brachte, Kriminalromane zu schreiben, blieb Poirot ein Rätsel. Und doch – trotz allem erstaunte sie ihn manchmal mit ihrem Scharfblick.
»Die Zeit ist kurz – sehr kurz«, murmelte er vor sich hin. »Geht hier etwas vor? Ich möchte es fast annehmen. Aber was? Wer könnte mir helfen, den Fall zu klären? Ich muß unbedingt mehr über die Leute in diesem Haus erfahren. Wer könnte mir Bescheid sagen?«
Nach kurzem Zögern nahm er seinen Hut (Poirot riskierte es niemals, abends ohne Hut ins Freie zu gehen), eilte aus dem Zimmer und ging die Treppe hinunter. Von ferne hörte er Mrs. Masterton im Kasernenhofton Befehle geben, und, aus

einem nahe gelegenen Raum, Sir Georges leicht verliebte Stimme:
»Dieses Kostüm ist verflucht kleidsam. Wünschte, ich hätte Sie in meinem Harem, Sally. Ich werde mir morgen öfters von Ihnen die Zukunft voraussagen lassen. Was werden Sie mir erzählen?« Ein Stuhl wurde gerückt – dann vernahm er Sally Legges atemlose Stimme: »Nein, George, nein . . .«
Poirot hob die Augenbrauen und schlüpfte durch eine angelehnte Seitentür. Er ging, so schnell er konnte, einen Seitenweg hinunter; er verfügte über einen ausgezeichneten Ortssinn und wußte, daß dieser Weg in den Haupteinfahrtsweg münden würde.
Sein Gefühl war richtig, und er überholte Mrs. Folliat, der er, obwohl ein bißchen außer Atem, galant den Gartenkorb abnahm.
»Sie gestatten, Madame?«
»Oh, vielen Dank, M. Poirot, das ist furchtbar nett, aber der Korb wird Ihnen zu schwer werden.«
»Bitte erlauben Sie mir, Ihnen den Korb nach Hause zu tragen. Sie wohnen in der Nähe?«
»Ja, ich wohne in dem kleinen Pförtnerhaus beim Gartentor. Sir George hat es mir liebenswürdigerweise vermietet.«
Das Pförtnerhaus am Gartentor ihres ehemaligen Besitztums . . . Was empfand sie wirklich? fragte sich Poirot. Ihr Benehmen war so damenhaft, daß man ihre wahren Gefühle nicht erraten konnte. Er lenkte die Unterhaltung auf ein anderes Gebiet und bemerkte:
»Lady Stubbs ist sehr viel jünger als ihr Mann, nicht wahr?«
Dreiundzwanzig Jahre jünger.«
»Eine sehr schöne Frau.«
»Hattie ist ein liebes Kind«, antwortete Mrs. Folliat ruhig.
Diese Antwort hatte Poirot nicht erwartet. Mrs. Folliat fuhr fort: »Ich kenne sie nämlich sehr gut, da sie für kurze Zeit unter meiner Obhut stand.«
»Das war mir nicht bekannt.«
»Wie sollte es auch? Es ist eigentlich eine ziemlich traurige Geschichte. Ihre Familie besaß Zuckerrohrplantagen in

Westindien. Durch ein Erdbeben wurde das Haus zerstört, und ihre Eltern und alle ihre Geschwister kamen ums Leben. Hattie selbst befand sich damals in Paris, in einer Klosterschule, und war nun plötzlich eine Waise ohne irgendwelche nahen Verwandten. Die Testamentsvollstrecker hielten es für angebracht, daß Hattie eine Anstandsdame bekam und in die Gesellschaft eingeführt würde. Ich nahm diese Stellung an.« Mrs. Folliat fügte mit einem trockenen Lächeln hinzu: »Ich kann mich, wenn nötig, elegant anziehen, und ich verfügte über die besten Beziehungen – der verstorbene Regent war ein persönlicher Freund unserer Familie.«
»Ich verstehe, Madame, ich verstehe.«
»Mir paßte es sehr gut – ich hatte viel Schweres durchgemacht. Mein Mann war kurz vor Ausbruch des Krieges gestorben; mein ältester Sohn, der bei der Marine war, kam um, als sein Schiff sank, und mein jüngerer Sohn, der bis dahin in Kenya gelebt hatte, kehrte zurück – und fiel in Italien. Das bedeutete dreifache Erbschaftssteuer, und das Haus hier wurde zum Verkauf angeboten. Ich war dankbar, eine Zerstreuung und Abwechslung zu bekommen, mich um einen jungen Menschen kümmern und mit ihm reisen zu können. Ich gewann Hattie sehr lieb, um so mehr, als mir klar wurde, daß sie – nun, sagen wir, daß sie nicht imstande war, allein mit sich und der Welt zu Rande zu kommen. Bitte verstehen Sie mich nicht falsch, M. Poirot, ich will keineswegs behaupten, daß Hattie geistig zurückgeblieben ist, sie ist nur ein wenig einfältig. Sie läßt sich leicht ausnutzen, sie ist zu sanft, zu wehrlos. Ich selbst hielt es damals für ein Glück, daß sie so gut wie kein Geld besaß; wenn sie eine reiche Erbin gewesen wäre, hätte ihre Lage recht unangenehm werden können. Die Männer fühlten sich von ihr angezogen; da sie aber von Natur aus anlehnungsbedürftig und leicht zu beeinflussen ist, brauchte sie unbedingt einen verantwortungsbewußten Menschen, der sich ihrer annahm. Als sich schließlich herausstellte, daß die Plantage ihrer Eltern völlig zerstört war und der

Nachlaß nur aus Schulden bestand, schien es ein großes Glück zu sein, daß ein Mann wie Sir George Stubbs sich in sie verliebte und sie heiraten wollte.«

»Jedenfalls war das eine Lösung ihrer Probleme.«

»Obwohl Sir George aus sehr kleinen Verhältnissen kommt und – geben wir es ruhig zu – einen ziemlich vulgären Eindruck macht, ist er im Grunde genommen gut und anständig – und zudem außerordentlich wohlhabend. Ich glaube nicht, daß er jemals intellektuelle Ansprüche an seine Frau stellen würde, und Hattie ist in jeder Beziehung sein Ideal. Sie weiß elegante Kleider und kostbare Juwelen zur Geltung zu bringen, sie ist liebevoll und gefügig, und sie ist restlos glücklich mit ihm. Ich gebe zu, daß ich darüber sehr froh bin, da ich ihr geraten hatte, Sir Georges Antrag anzunehmen. Wenn es schlecht ausgegangen wäre«, sagte sie mit zitternder Stimme, »hätte ich mir ewig Vorwürfe gemacht, sie nicht davon abgehalten zu haben, einen so viel älteren Mann zu heiraten. Wie ich Ihnen bereits sagte – Hattie ist sehr leicht zu beeinflussen. Sie läßt sich von jedem, mit dem sie gerade zusammen ist, beherrschen.«

»Ich habe das Gefühl, daß Sie ihr gut geraten haben«, bemerkte Poirot anerkennend. »Ich bin nicht romantisch – wie die Engländer. Wenn man eine gute Ehe zustande bringen will, darf man nicht nur an Romantik denken.« Er fügte hinzu: »Übrigens ist das Haus und die ganze Besitzung hier wirklich außergewöhnlich – paradiesisch schön!«

»Da ich das Haus nicht mehr halten konnte, bin ich froh, daß Sir George es erworben hat«, sagte Mrs. Folliat mit zitternder Stimme. »Während des Krieges wurde es vom Militär requiriert, und ich fürchtete schon, daß man es später als Schule oder Hotel einrichten, die Zimmer verkleinern oder aufteilen würde und daß es so seinen ursprünglichen Charme verlieren könnte. Unsere Nachbarn, die Fletchers, mußten Hoodown ebenfalls verkaufen, und jetzt ist Hoodown eine Jugendherberge. Natürlich freut man sich, daß die jungen Leute sich dort wohl fühlen, und Hoodown ist glücklicherweise spätviktorianisch und hat keinen besonderen architektonischen Wert, so daß die Veränderungen eigentlich keine Rolle spielen. Leider betreten aber einige der jungen Leute immer wieder unbefugterweise unser Gebiet, und Sir George ist darüber sehr ärgerlich. Tatsächlich sind einige seltene Sträucher zertrampelt worden – die jungen Leute versuchen auf diese Weise, den Weg zur Flußfähre abzuschneiden.«

Sie standen jetzt beim Eingangstor. Das Pförtnerhaus, ein kleines, weißes, einstöckiges Gebäude, lag ein Stück vom Einfahrtsweg entfernt und war von einem eingezäunten Gärtchen umgeben.

Mrs. Folliat nahm Poirot ihren Korb mit ein paar Worten des Dankes wieder ab.

»Mir hat das Pförtnerhaus schon immer gut gefallen«, sagte sie und betrachtete es liebevoll. »Merdell, der bei uns dreißig Jahre lang Obergärtner war, hat hier gewohnt. Ich ziehe es dem oberen Gärtnerhaus vor, obwohl Sir George es vergrößert und modernisiert hat. Er mußte es tun, denn wir haben jetzt einen neuen Obergärtner mit einer jungen Frau, und diese jungen Leute glauben, nicht ohne elektrische Bügeleisen, moderne Bratöfen und Fernsehgeräte leben zu können. Man muß mit der Zeit gehen . . .« Sie seufzte. »Auf dem ganzen Gut gibt es kaum noch alte Angestellte – lauter neue Gesichter.«

»Ich freue mich, daß Sie wenigstens einen Hafen gefunden haben, Madame«, sagte Poirot.

»Ja«, erwiderte sie. »Kennen Sie die Zeilen von Spenser?

Nach des Tages Arbeit schlafen,
Nach dem wilden Meer der Hafen,
Nach dem Krieg ein langer Frieden
Sei dem Glücklichen beschieden.«

Sie machte eine Pause und fuhr in unverändertem Ton fort: »Die Welt ist grausam, M. Poirot, und voller schlechter Menschen. Das wissen Sie wahrscheinlich mindestens so gut wie ich. Ich würde das im Beisein der jungen Leute nicht

sagen, um sie nicht zu entmutigen, aber leider ist es wahr ... Ja, die Welt ist schlecht ...«
Sie nickte ihm kurz zu, dann drehte sie sich um und ging in ihr kleines Haus. Poirot blieb einen Augenblick stehen und starrte auf die verschlossene Tür.

6

Poirot verspürte Lust, einige weitere persönliche Erkundigungen einzuziehen. Er ging durch das Eingangstor und kam auf eine gewundene, steil bergab führende Straße, die in einen kleinen Kai mündete. Dort hing eine große Glocke mit einer Kette; darunter stand: »Für die Fähre bitte läuten.« Beim Kai lagen mehrere Boote vor Anker. An einem Pfosten lehnte ein alter Mann mit tränenden Augen; als er Poirot sah, kam er mit schlurfenden Schritten auf ihn zu.
»Möchten Sie die Fähre benutzen, Sir?«
»Nein, danke. Ich komme eben aus Nasse House; ich mache nur einen kleinen Spaziergang.«
»So, der Herr kommt also aus dem großen Haus ... ja, ja. Ich hab nämlich als Junge dort gearbeitet, und mein Sohn auch – Obergärtner ist er gewesen, aber ich hab mehr mit den Booten zu tun gehabt. Unser alter Gutsherr, Mr. Folliat, der war ganz verrückt mit den Booten, ja, ja ... bei Wind und Wetter ist der losgesegelt, aber sein Sohn, der Major Folliat, hat sich nichts aus Segeln gemacht. Nur aus Pferden, ja, ja, haben ihn eine Stange Geld gekostet, die Pferde. Die Pferde und der Alkohol ... seine Frau hat's nicht leicht gehabt. Vielleicht haben Sie sie gesehen? Wohnt jetzt im Pförtnerhaus, ja, ja.«
»Ich habe mich gerade von ihr verabschiedet.«
»Ist selbst auch eine geborene Folliat gewesen, kommt aus Tiverton, war weitläufig verwandt mit der Familie. Und nichts geht ihr über den Garten, hat die ganzen blühenden Sträucher gepflanzt, ja, ja ... Sogar im Krieg, als wir hier die Soldaten hatten und die beiden jungen Herren im Feld wa-

ren, hat sie sich noch um den Garten gekümmert, und vor allem um ihre Sträucher.«
»Es muß ein schwerer Schlag für sie gewesen sein, beide Söhne zu verlieren.«
»Ja, ja, hat kein leichtes Leben gehabt, Kummer mit ihrem Mann, Kummer mit den beiden jungen Herren ... mit Mr. Henry nicht, der war ein sehr netter junger Herr, war nach seinem Großvater geschlagen, ist gern gesegelt, und dann ist er ja natürlich auch zur Marine gegangen, aber Mr. James hat ihr viel Sorgen gemacht. Schulden und Frauen, ein Tunichtgut, der Mr. James ... manche kommen so auf die Welt, und aus denen wird auch nichts ... aber der Krieg war ihm gerade recht ... wie der Fisch im Wasser ... manch einer, der im Frieden nicht gut tut, stirbt den Heldentod.«
»Und so gibt es keine Folliats mehr in Nasse House«, sagte Poirot.
Der Redefluß des alten Mannes stockte plötzlich, und er erwiderte nur kurz:
»Wie Sie sagen, Sir.«
Poirot betrachtete den alten Mann verwundert.
»Statt dessen lebt jetzt dort Sir George Stubbs; was halten die Leute in der Umgegend von ihm?«
»Er soll mächtig reich sein, haben wir gehört«, sagte der Alte. Sein Ton war trocken, fast belustigt.
»Und seine Frau?«
»Eine feine Dame aus London, ja, ja, sehr fein. Vom Garten versteht sie gar nichts, und sie soll auch nicht ganz richtig im Kopf sein.«
Er klopfte sich bedeutungsvoll an die Stirn.
»Aber sie ist immer nett und freundlich, das muß man ihr lassen. Sind erst seit einem Jahr hier, haben das Gut gekauft und alles neu machen lassen. Erinnere mich noch an den Tag, an dem sie hier ankamen – als ob's gestern gewesen wäre –, nach dem schlimmsten Sturm, an den ich mich erinnern kann, ist's gewesen. Überall umgestürzte Bäume – rechts und links, einer lag quer über der Einfahrt, den mußten wir erst noch wegräumen, damit das Auto durchkonnte.

Und die große Eiche, die da drüben stand, hat viel Unheil angerichtet, hat viele andere Bäume umgehauen – schlimm war das . . .«
»Ja, das war dort, wo jetzt das Folly steht, nicht wahr?«
Der alte Mann drehte sich zur Seite und spuckte verächtlich aus.
»Folly – auch so eine neumodische Erfindung –, so was hat's beim alten Folliat nicht gegeben. Das hat sich Lady Stubbs ausgedacht, jawohl. Waren kaum drei Wochen da, als das Ding gebaut wurde; wahrscheinlich hat sie es Sir George eingeredet . . . ich kann's nicht leiden, sieht ganz heidnisch aus, da zwischen den Bäumen, mit all den Säulen. Warum nicht ein einfaches Sommerhäuschen? Dagegen hätt' ich auch nichts.«
Poirot lächelte schwach.
»Die Londoner Damen haben eben besondere Wünsche«, sagte er. »Schade, daß die Tage der Familie Folliat gezählt sind.«
»Glauben Sie nur das nicht!« Der alte Mann kicherte. »In Nasse House wird's immer Folliats geben.«
»Aber das Haus gehört doch Sir George Stubbs.«
»Schon möglich, aber eine Folliat ist auch noch hier. Und die Folliats sind mit allen Hunden gehetzt, jawohl!«
»Was wollen Sie damit sagen?«
Der Alte sah ihn von der Seite an.
»Mrs. Folliat wohnt doch im Pförtnerhaus, nicht wahr?«
»Hm . . . ja«, erwiderte Poirot langsam. »Mrs. Folliat lebt im Pförtnerhaus, und die Welt ist sehr schlecht, und die meisten Menschen auch.«
Der alte Mann starrte ihn an.
»Ja, ja . . . da haben Sie vielleicht recht . . .«
Damit drehte er sich um und entfernte sich mit schlurfenden Schritten.
»Und was habe ich nun herausgefunden?« fragte sich Poirot irritiert, während er in der Richtung des Hauses langsam den Hügel hinaufwanderte.

Bevor er zum Abendessen hinunterging, machte Hercule Poirot sorgfältig Toilette; er schmierte parfümierte Pomade auf seinen Schnurrbart und zwirbelte die Enden zu scharfen Spitzen. Dann betrachtete er sich prüfend im Spiegel. Er war mit seinem Anblick zufrieden.
Da tönten Gongschläge durchs Haus, er verließ sein Zimmer und ging die Treppe hinunter.
Der Butler, der soeben seine hochkünstlerische Vorführung beendet hatte – Crescendo, Forte, Diminuendo, Rallentando –, hängte den Schlegel zurück an den Haken. Sein dunkles, melancholisches Gesicht trug einen zufriedenen Ausdruck.
Ein Erpresserbrief von der Haushälterin, oder vielleicht ist es der Butler . . . dachte Poirot. Ja, dieser Butler sah aus, als ob er imstande wäre, erpresserische Briefe zu schreiben. Poirot fragte sich, ob die Personen in Mrs. Olivers Romanen frei erfunden oder dem Leben nachgebildet waren.
Miss Brewis durchquerte die Diele; sie trug ein unvorteilhaftes geblümtes Chiffonkleid. Poirot näherte sich ihr und fragte:
»Haben Sie hier auch eine Haushälterin?«
»Nein, leider nicht, M. Poirot. Dazu reicht es heutzutage wohl nur noch in außergewöhnlich großen Häusern. Ich bin nicht nur Sekretärin, sondern gleichzeitig auch Haushälterin.«
Sie lachte trocken.
»Also Sie sind die Haushälterin«, meinte Poirot nachdenklich. Er hielt es für sehr unwahrscheinlich, daß Miss Brewis Erpresserbriefe schreiben würde, aber vielleicht anonyme Briefe – das stand auf einem anderen Blatt. Er kannte Verfasserinnen von anonymen Briefen, die Miss Brewis nicht unähnlich waren, solide, zuverlässige Menschen, die niemand in ihrer Umgebung jemals in Verdacht gehabt hätte.
»Wie heißt Ihr Butler?« fragte er.
Miss Brewis sah ihn etwas erstaunt an.
»Henden.«
»Ich frage nur deshalb, weil ich glaube, ihm schon einmal begegnet zu sein«, erklärte Poirot schnell.

»Das ist durchaus möglich«, erwiderte Miss Brewis. »Keiner von ihnen scheint es in einer Stellung länger als vier Monate auszuhalten, und eigentlich müßten sie ziemlich schnell die Runde bei den in Frage kommenden Häusern gemacht haben, denn es gibt nicht mehr viele Familien in England, die sich den Luxus eines Butlers leisten können.«
Sie betraten zusammen das Wohnzimmer. Sir George, der im Smoking irgendwie unnatürlich wirkte, bot Sherry an. Mrs. Oliver trug ein stahlgraues Satinkleid und sah wie ein altmodisches Kriegsschiff aus. Der glatte, dunkle Kopf von Lady Stubbs war über ein Modeheft gebeugt. Alec und Sally Legge sowie Jim Warburton waren zum Abendbrot dageblieben.
»Wir haben heute abend viel zu tun«, erklärte Warburton. »Heute wird kein Bridge gespielt – alle Mann an Deck! Eine ganze Reihe von Bekanntmachungen muß geschrieben werden sowie ein großes Schild für die Wahrsagerin. Wie wollen wir sie nennen? Madame Suleika? Esmeralda? Oder Romany, die Zigeunerkönigin?«
»Ich bin für die orientalische Note«, sagte Sally. »Zigeuner sind auf dem Land verhaßt. Suleika klingt gut. Ich habe meinen Malkasten mitgebracht; vielleicht könnte Michael das Plakat mit einer sich windenden Schlange dekorieren.«
»Das würde besser zu Kleopatra als zu Suleika passen.«
Henden erschien an der Tür.
»Das Abendbrot ist serviert, Mylady.«
Sie gingen ins Eßzimmer. Auf dem langen Tisch brannten Kerzen, und der Raum war voller Schatten.
Die Gastgeberin saß zwischen Warburton und Alec Legge, Poirot zwischen Mrs. Oliver und Miss Brewis. Miss Brewis sprach angeregt über weitere Einzelheiten der Vorbereitungen für den folgenden Tag.
Mrs. Oliver schien tief in Gedanken versunken zu sein und sagte kaum etwas.
Als sie ihr langes Schweigen schließlich brach, gab sie eine etwas unlogische Erklärung ab.
»Kümmern Sie sich nicht um mich«, sagte sie zu Poirot. »Ich

denke nur darüber nach, ob ich irgend etwas vergessen oder falsch gemacht habe.«
Sir George lachte herzlich.
»Der verhängnisvolle Fehler, was?« bemerkte er.
»Sehr richtig, den macht man immer«, erwiderte Mrs. Oliver. »Manchmal realisiert man es erst, wenn das Buch bereits im Druck ist, und dann leidet man Höllenqualen.« Ihre Empfindungen spiegelten sich auf ihrem Gesicht wider, und sie seufzte tief. »Sonderbarerweise bemerken es die meisten Leute gar nicht. Ich sage mir: Natürlich wäre es der Köchin aufgefallen, daß zwei der Koteletts nicht gegessen wurden ... Aber kein anderer zerbricht sich darüber den Kopf.«
»Faszinierend«, meinte Michael Weyman und lehnte sich über den Tisch. »›Das Geheimnis der beiden Koteletts.‹ Bitte klären Sie es niemals auf. Ich werde in der Badewanne darüber nachgrübeln.«
Mrs. Oliver lächelte ihn zerstreut an; bald darauf war sie wieder tief in Gedanken versunken.
Auch Lady Stubbs war schweigsam, und hin und wieder gähnte sie herzhaft. Warburton, Alec Legge und Miss Brewis unterhielten sich, ohne von ihr Notiz zu nehmen.
Nach dem Essen verkündete Lady Stubbs, daß sie müde sei und zu Bett gehen wolle.
»Wir haben aber noch sehr viel zu tun, Lady Stubbs«, meinte Miss Brewis. »Wir haben mit Ihrer Hilfe gerechnet.«
»Ja, ich weiß«, erwiderte Lady Stubbs, »aber ich bin müde und werde schlafen gehen.«
Sie sprach wie ein zufriedenes kleines Kind. Als Sir George aus dem Eßzimmer in die Diele kam, wandte sie sich an ihn und wiederholte: »Ich bin müde, George. Hast du etwas dagegen, wenn ich schlafen gehe?«
Er ging zu ihr und klopfte ihr zärtlich auf die Schulter.
»Leg dich nur hin, Hattie, damit du morgen frisch und schön bist.«
Er gab ihr einen Kuß auf die Stirn; sie ging die Treppe hinauf, winkte und sagte: »Ich wünsche euch allen eine gute Nacht!«
Sir George lächelte ihr nach. Miss Brewis hielt den Atem an

und wandte sich ärgerlich ab.
»Kommen Sie – alle an die Arbeit!« rief sie mit erzwungener Fröhlichkeit.
Bald hatten alle ihre Arbeit zugewiesen bekommen, aber da Miss Brewis nicht überall gleichzeitig sein konnte, gelang es einigen der Anwesenden, sich nach einiger Zeit aus dem Staub zu machen. Michael Weyman bemalte ein Plakat mit einer prachtvollen, giftig aussehenden Schlange und den Worten: Für zwei Shilling wird Ihnen Madame Suleika die Zukunft voraussagen.« Dann verschwand er unauffällig. Alec Legge erledigte ein paar unwichtige Kleinigkeiten, dann verließ er das Zimmer, um, wie er sagte, die Wurfbude auszumessen, und kam nicht wieder zurück. Die Damen arbeiteten nach Frauenart fleißig und gewissenhaft. Hercule Poirot folgte dem Beispiel seiner Gastgeberin und ging früh zu Bett.

7

Am nächsten Morgen erschien Hercule Poirot um halb zehn am Frühstückstisch. Das Frühstück wurde nach Vorkriegsart serviert. Auf einer langen, elektrischen Heizplatte stand eine Reihe von Schüsseln mit verschiedenen Gerichten. Sir George verzehrte ein reichhaltiges englisches Frühstück, das aus Rühreiern, Speck und gebratenen Nieren bestand. Mrs. Oliver und Miss Brewis aßen nicht ganz so viel wie der Herr des Hauses. Michael Weyman vertilgte große Mengen von Schinken, nur Lady Stubbs würdigte die Fleischtöpfe Ägyptens keines Blickes, sondern knabberte an einem Stückchen trockenen Toast und trank schwarzen Kaffee. Sie trug einen hellrosa Hut, der beim Frühstück fehl am Platze zu sein schien.
Die Post war soeben angekommen. Vor Miss Brewis lag ein ganzer Stoß von Briefen, die sie rasch in verschiedene Häufchen sortierte. Sie öffnete alle Briefe an Sir George, nur die,

auf denen ›Persönlich‹ stand, überreichte sie ihm ungeöffnet.
Lady Stubbs erhielt drei Briefe, die sie sofort öffnete. Die beiden ersten Umschläge enthielten offensichtlich Rechnungen, die sie beiseite schob. Dann öffnete sie den dritten Brief und rief plötzlich mit klarer Stimme: »Oh ...«
Ihr Ausruf klang so erstaunt, daß sich ihr sofort alle zuwandten.
»Ein Brief von Etienne«, erklärte sie. »Mein Vetter Etienne wird uns besuchen – mit seiner Jacht.«
»Zeig mal her, Hattie«, sagte Sir George und streckte seine Hand aus. Sie reichte ihm den Brief, er glättete den Briefbogen und begann zu lesen.
»Wer ist dieser Etienne de Sousa? Ein Vetter?«
»Ich glaube; oder ein Vetter zweiten Grades. Ich kann mich kaum an ihn erinnern. Er war ...« Sie zögerte und zuckte dann die Achseln.
»Ja? Was war er?«
»Spielt keine Rolle – das ist alles schon so lange her. Ich war damals noch ein kleines Mädchen.«
»Dann wirst du dich sicherlich kaum an ihn erinnern können, aber wir müssen ihn natürlich trotzdem empfangen«, sagte Sir George herzlich. »Schade, daß gerade heute das Gartenfest stattfindet. Wir werden ihn zum Abendessen einladen. Vielleicht würde er gern ein oder zwei Tage bei uns verbringen – wir könnten ihm die Gegend zeigen, nicht?«
Sir George spielte die Rolle des überaus gastfreundlichen Gutsbesitzers. Lady Stubbs antwortete nicht, sondern starrte in ihre Kaffeetasse.
Die allgemeine Unterhaltung wandte sich wieder dem Gartenfest zu. Nur Poirot beteiligte sich nicht daran; er beobachtete die schlanke, exotische Gestalt am oberen Ende des Tisches und fragte sich, was wohl in ihrem Kopf vorgehen mochte. Im selben Augenblick sah sie auf, und ihre Blicke kreuzten sich. Ihr Ausdruck war in diesem Moment so überlegen, so gerissen, daß Poirot aufs höchste überrascht war. Als sie jedoch seinen Blick bemerkte, änderte sich ihr Aus-

druck sofort und machte der üblichen Leere Platz.
War es möglich? Eben noch sah sie kalt und berechnend aus, und jetzt ... Oder hatte er sich das nur eingebildet ...? Allerdings verfügten geistig zurückgebliebene Menschen oft über eine gewisse Schlauheit, die selbst Leute erstaunte, die sie kannten. Eins steht fest, dachte er: Lady Stubbs bleibt mir ein Rätsel. Jeder schien sie in einem anderen Licht zu sehen. Miss Brewis hatte angedeutet, daß Lady Stubbs ganz genau wüßte, was sie täte. Mrs. Oliver dagegen hielt sie für geistig zurückgeblieben, und Mrs. Folliat, die sie lange und gut kannte, beschrieb sie als einen nicht ganz normalen Menschen, der mit Liebe und Sorgfalt betreut werden müßte.
Miss Brewis hatte Lady Stubbs gegenüber wahrscheinlich ein Vorurteil gefaßt, weil sie sie für faul und hochmütig hielt. Poirot hätte gern gewußt, ob Miss Brewis bereits vor seiner Heirat Sir Georges Sekretärin gewesen war; in diesem Fall mochte sie einer neuen Herrin von Anfang an feindlich gegenübergestanden haben.
Bis zum heutigen Morgen hätte Poirot jedenfalls unbedingt die Meinung von Mrs. Oliver und Mrs. Folliat geteilt, und schließlich konnte man einem kurzen Blick nicht allzuviel Bedeutung beimessen – oder doch?
Lady Stubbs erhob sich plötzlich.
»Ich habe Kopfschmerzen«, verkündete sie. »Ich werde auf mein Zimmer gehen und mich ein wenig hinlegen.«
Sir George sprang besorgt auf.
»Ist dir nicht gut, mein Kind? Bist du krank?«
»Nein, ich habe nur Kopfweh.«
»Heute nachmittag wirst du doch hoffentlich wieder in Ordnung sein?«
»Ich glaube bestimmt.«
»Nehmen Sie zwei Aspirintabletten«, schlug Miss Brewis vor. »Haben Sie Aspirin, oder soll ich Ihnen welches bringen?«
»Nein, danke, ich habe Aspirin.«
Sie ging zur Tür und ließ auf dem Weg versehentlich ihr Taschentuch fallen. Poirot bückte sich und hob es unbemerkt

auf.
Sir George, der im Begriff war, seiner Frau zu folgen, wurde von Miss Brewis zurückgehalten.
»Wo sollen die Autos heute nachmittag parken, Sir George? Ich wollte Mitchell jetzt Bescheid sagen. Vielleicht ist es am besten . . .«
Weiter hörte Poirot nichts, weil er aus dem Zimmer ging.
Er überholte seine Gastgeberin auf der Treppe.
»Sie haben Ihr Taschentuch fallen lassen, Madame.«
Er überreichte ihr das Taschentuch mit einer Verbeugung.
»Tatsächlich? Vielen Dank.«
»Es tut mir sehr leid, daß Sie sich nicht wohl fühlen, Madame, ganz besonders, da Sie ja den Besuch Ihres Vetters erwarten.«
»Ich will Etienne gar nicht sehen«, erwiderte sie schnell, fast heftig. »Ich kann ihn nicht leiden. Er ist böse – er ist schon immer böse gewesen – ich fürchte mich vor ihm – er ist ein schlechter Mensch.«
Die Tür des Eßzimmers wurde geöffnet, und Sir George kam die Treppe herauf.
»Hattie, mein armer Liebling! Komm, ich werde dich zu Bett bringen.«
Er legte den Arm zärtlich um ihre Schulter, und sie gingen zusammen nach oben. Er sah ängstlich und besorgt aus.
Poirot sah ihnen nach, dann stieg er langsam die Treppe wieder hinunter. In der Diele begegnete ihm Miss Brewis, die mit einem Bündel von Papieren unterm Arm schnell auf ihr Büro zuging.
»Lady Stubbs hat Kopfschmerzen, und ich . . .« begann Poirot.
»Ach was – Kopfschmerzen – keine Spur«, sagte Miss Brewis ärgerlich und verschwand in ihrem Büro.
Poirot seufzte und ging durch die Vordertür auf die Terrasse hinaus. Mrs. Masterton, die gerade mit ihrem kleinen Auto vorgefahren war, beaufsichtigte die Errichtung des Teezeltes. Sie gab ihre Anordnungen mit tiefer, bellender Stimme. Dann wandte sie sich um und begrüßte Poirot.

»Jede Kleinigkeit macht so viel Mühe«, bemerkte sie, »und alles wird zunächst einmal auf den falschen Platz gestellt. Nein, Rogers! Mehr nach links – links, sage ich, nicht nach rechts! Was halten Sie vom Wetter, M. Poirot? Nicht besonders, was? Regen würde uns natürlich alles verderben, und bisher hatten wir einen so herrlichen Sommer. Wo ist Sir George? Ich muß mit ihm über den Parkplatz reden.«
»Seine Frau hat Kopfschmerzen und mußte sich hinlegen.«
»Heute nachmittag wird sie wieder ganz in Ordnung sein«, stellte Mrs. Masterton zuversichtlich fest. »Sie liebt Feste und Gesellschaften, weil sie sich dann elegant anziehen und ihre kostbaren Toiletten vorführen kann – darüber freut sie sich wie ein kleines Kind! Würden Sie so gut sein, mir ein Bündel Holzklammern zu holen? Sie liegen dort drüben; ich brauche sie, um die Minigolfnummern zu befestigen.«
Auf diese Weise wurde auch Poirot zur Mitarbeit zwangsrekrutiert, und Mrs. Masterton gönnte ihm keinen Augenblick Ruhe. In den kurzen Arbeitspausen richtete sie herablassend das Wort an ihn.
»Man muß alles selbst tun – die einzige Möglichkeit. Übrigens ... sind Sie nicht mit den Elliots befreundet?«
Poirot hatte lang genug in England gelebt, um zu wissen, daß das eine Form von gesellschaftlicher Anerkennung war, und da bemerkte Mrs. Masterton auch schon: »Obwohl Sie Ausländer sind, weiß ich, daß Sie aus unseren Kreisen stammen.« Sie fuhr mit ihrer intimen Plauderei fort: »Es ist schön, daß Nasse House wieder bewohnt ist. Wir fürchteten alle, daß es in ein Hotel umgewandelt werden könnte. Sie wissen ja, wie das heutzutage ist; man fährt über Land und sieht überall Schilder: ›Privatpension‹, ›Gasthaus‹, ›Familienhotel‹ – und das alles waren mal Häuser, in denen man als junges Mädchen eingeladen war oder getanzt hat. Sehr traurig! Ja, es ist ein Glücksfall, daß Sir George Nasse gekauft hat, und die gute, alte Amy Folliat ist natürlich auch sehr froh darüber. Sie hat ein schweres Leben gehabt, aber sie beklagt sich nie, das muß man ihr lassen. Sir George hat Nasse House prachtvoll modernisiert, ohne den Stil zu verändern. Keine

Ahnung, ob das Amy Folliats Einfluß zuzuschreiben ist oder seinen eigenen Ideen. Er hat tatsächlich einen recht guten Geschmack – erstaunlich für einen Mann seiner Herkunft.«
»Wie ich höre, gehört er nicht zum Landadel?« fragte Poirot vorsichtig.
»Er ist nicht einmal wirklich *Sir* George – Sir ist einer seiner Vornamen – originelle Idee, finden Sie nicht? Nun, man muß reichen Leuten ihre kleinen Schrullen lassen ... Sonderbarerweise würde man ihm den Titel überall glauben, er benimmt sich wie ein typischer Landedelmann aus dem 18. Jahrhundert. Er kann aus keinem allzu schlechten Stall kommen – Vater Gentleman, Mutter Bardame, nehme ich an.«
Mrs. Masterton unterbrach sich, um einem Gärtner zuzurufen: »Nicht bei den Rhododendronsträuchern! Sie müssen dort rechts Platz für die Kegelbahn lassen. Rechts, nicht links!«
Sie fuhr fort: »Phantastisch! Wissen nicht einmal, wo rechts und links ist! Nur die Brewis ist eine tüchtige Person, aber sie kann die arme Hattie nicht leiden. Sieht sie manchmal an, als wollte sie sie umbringen. So viele gute Sekretärinnen sind in ihren Chef verliebt! Wohin mag Jim Warburton geraten sein? Lächerlich, daß er sich noch immer ›Captain‹ nennt. Er ist niemals aktiver Soldat gewesen und kam nie in Schußweite eines Deutschen. Heutzutage kann man eben keine zu großen Ansprüche stellen, und er arbeitet fleißig, aber irgendwie ist er mir nicht ganz geheuer ... Ah – hier kommen die Legges.«
Sally Legge trug lange Hosen und einen gelben Pullover.
»Wir sind gekommen, um zu helfen«, verkündete sie strahlend.
»Arbeit gibt es genug«, erklärte Mrs. Masterton mit dröhnender Stimme. »Also, Sie könnten vielleicht ...«
Poirot benutzte diesen Augenblick, um sich unbemerkt fortzustehlen. Als er um die Ecke bog und sich der Terrasse vor dem Haus näherte, wurde er Zeuge eines neuen Dramas.
Zwei junge Mädchen in kurzen Hosen und bunten Blusen waren aus dem Wald gekommen und standen jetzt unschlüs-

sig vor dem Haus. Eins der Mädchen glaubte er als die Italienerin zu erkennen, die er gestern im Wagen mitgenommen hatte. Sir George lehnte sich aus dem Schlafzimmerfenster seiner Frau und rief den beiden ärgerlich zu:
»Unbefugten ist der Zutritt verboten!«
»Bitte schön?« fragte das junge Mädchen mit dem grünen Kopftuch.
»Hier dürfen Sie nicht hereinkommen – Privatbesitz!«
Das andere junge Mädchen, das ein grellblaues Kopftuch trug, fragte freundlich: »Bitte schön? Nassecombe Kai? Ist das der Weg, bitte sehr?«
»Betreten verboten!« brüllte Sir George.
»Bitte schön?«
»*Verboten*! Kein Durchgang. Sie müssen zurückgehen. *Zurück*! Den gleichen Weg, den Sie gekommen sind.«
Sie starrten ihn verständnislos an, dann berieten sie sich erregt in einer fremden Sprache. Schließlich fragte das Mädchen mit dem blauen Kopftuch zweifelnd:
»Zurück? Zur Jugendherberge?«
»Jawohl, und zwar nicht durch den Wald, sondern über die *Straße*, verstanden, über die Straße!«
Sie verzogen sich widerstrebend. Sir George wischte sich die Stirn und wandte sich an Poirot.
»Damit verbringe ich einen großen Teil meiner Zeit«, bemerkte er. »Früher sind sie durch das Hauptgitter gekommen, bis ich ein Schloß anbringen ließ. Jetzt klettern sie über ein anderes Gitter und kommen durch den Wald, weil sie glauben, auf diese Weise schneller zum Flußufer zu gelangen. Es ist natürlich der kürzeste Weg, aber sie haben kein Recht, ihn zu benutzen. Außerdem sind die meisten der jungen Leute Ausländer und verstehen einen nicht – antworten in irgendeinem unverständlichen Kauderwelsch.«
»Eins dieser beiden Mädchen ist, glaube ich, eine Deutsche, das andere eine Italienerin. Die Italienerin habe ich gestern auf dem Weg vom Bahnhof kennengelernt.«
»Ja, ja – sprechen alle Sprachen ... Ja, Hattie? Was hast du gesagt?« Er ging zurück ins Zimmer.

Poirot wandte sich zum Gehen und begegnete Mrs. Oliver und einem gut entwickelten, etwa vierzehnjährigen Mädchen in einer Pfadfinderinnenuniform.
»Das ist Marlene«, stellte Mrs. Oliver vor.
Poirot verbeugte sich höflich. Marlene schnüffelte.
»Sie ist das Opfer«, erklärte Mrs. Oliver.
Marlene kicherte.
»Ich bin der verstümmelte Leichnam, aber ohne Blutspuren«, sagte sie in enttäuschtem Ton.
»Keine Blutspuren?«
»Nein, ich soll einfach mit einem Strick erwürgt werden, das ist alles. Ich wünschte, ich würde erstochen – dann könnte ich mich überall mit roter Farbe beschmieren.«
»Captain Warburton hielt das für etwas zu realistisch«, erläuterte Mrs. Oliver.
»Bei einem richtigen Mord *muß* Blut fließen«, meinte Marlene störrisch. Sie sah Poirot mit unverhohlener Neugier an. »Sie haben wohl schon viele Mörder gesehen? Mrs. Oliver hat mir von Ihnen erzählt.«
»Einen oder zwei«, gab Poirot bescheiden zu.
Er stellte entsetzt fest, daß Mrs. Oliver weggegangen war.
»Auch Sittlichkeitsverbrecher?« fragte Marlene begierig.
»Nein.«
»Schade, ich interessiere mich nämlich sehr für Sittlichkeitsverbrecher; ich meine, ich lese gern, was über sie in der Zeitung steht«, erklärte Marlene.
»Wahrscheinlich würde es Ihnen keinen Spaß machen, einem zu begegnen.«
»Weiß ich gar nicht. Wissen Sie was? Ich glaube, hier in der Gegend ist ein Sittlichkeitsverbrecher. Mein Großvater hat einmal im Wald eine Leiche gefunden; da bekam er's mit der Angst zu tun und rannte fort, und als er zurückkam, war die Leiche nicht mehr da – es war eine Frauenleiche. Aber mein Großvater ist ein bißchen verrückt, und deshalb hört ihm niemand zu.«
Es gelang Poirot zu entfliehen und auf Umwegen wieder zum Haus zu gelangen. Er verzog sich sofort auf sein Zimmer, weil er das dringende Bedürfnis hatte, etwas zu ruhen.

8

Das Mittagessen, das aus einem kalten Buffet bestand, wurde schnell verzehrt, denn um halb drei sollte eine junge Filmschauspielerin das Gartenfest eröffnen. Das Wetter, das bis dahin sehr nach Regen ausgesehen hatte, wurde besser, und um drei Uhr war das Fest in vollem Gang. Eine ganze Menge Leute bezahlte den Eintrittspreis von zwei Shilling, und auf einer Seite des Auffahrtsweges parkte eine lange Reihe von Autos. Auch aus der Jugendherberge kamen größere Gruppen junger Leute, die sich laut in fremden Sprachen unterhielten. Lady Stubbs erschien, wie Mrs. Masterton vorausgesagt hatte, kurz vor halb drei auf der Bildfläche. Sie trug ein violettes Seidenkleid, einen riesigen schwarzen Kulihut und war mit Brillanten übersät.
»Sie glaubt wohl, in der königlichen Loge in Ascot zu sein«, murmelte Miss Brewis spöttisch.
Aber Poirot machte ihr mit ernsthafter Miene Komplimente.
»Eine hochelegante Toilette, Madame«, bemerkte er.
»Freut mich, daß sie Ihnen gefällt. Ich habe dasselbe Kleid beim Rennen in Ascot getragen«, erwiderte Hattie strahlend.
Jetzt erschien die junge Filmschauspielerin, und Hattie ging auf sie zu, um sie zu begrüßen.
Poirot verzog sich diskret und wanderte durch den Garten. Das Fest schien einen ganz normalen Verlauf zu nehmen. Sir George, der die Kokosnußbude übernommen hatte, war freundlich und leutselig. Außer der Kokosbude gab es eine Kegelbahn, eine Würfelbude und verschiedene Verkaufsstände, wo man Obst, Gemüse, Marmelade, Gebäck, allerlei Nippsachen und Galanteriewaren erstehen konnte. Größere Kuchen, Fruchtkörbe und sogar ein Spanferkel wurden versteigert, und für die Kinder gab es »Topfschlagen«.
Inzwischen hatte sich eine ansehnliche Menge eingefunden,

und man begann mit den Tanzvorführungen der Kinder. Poirot konnte Mrs. Oliver nirgends entdecken, aber das violette Seidenkleid von Lady Stubbs tauchte hier und dort in der Menge auf. Im Mittelpunkt der Ereignisse jedoch schien Mrs. Folliat zu stehen. In einem lichtblauen Foulardkleid und einem eleganten grauen Hut sah sie völlig verändert aus; man hatte den Eindruck, daß sie alles organisierte, den Leuten den Weg zu den verschiedenen Attraktionen wies und Neuankömmlinge willkommen hieß. Poirot hielt sich unauffällig in ihrer Nähe und hörte einige der Gespräche.

»Wie geht es dir, liebste Amy?«

»Sehr gut, danke, Pamela. Wie reizend, daß ihr beide gekommen seid – ein so weiter Weg von Tiverton.«

»Das Wetter hat dich diesmal nicht im Stich gelassen. Erinnerst du dich noch an das Jahr vor Kriegsausbruch? An den Wolkenbruch um vier Uhr nachmittags, der das Gartenfest vollkommen ruinierte?«

»Ja, wir hatten einen herrlichen Sommer, Dorothy. Wir haben uns ja seit Jahren nicht gesehen . . .«

»Allerdings, und deshalb hatten wir uns auch fest vorgenommen, zum Gartenfest zu kommen, um dich und Nasse House wiederzusehen. Wie ich gleich bemerkte, hast du die Schlehdornhecke gründlich gestutzt.«

»Ja, dadurch kommen die Hortensien mehr zur Geltung, findest du nicht auch?«

»Herrliche Blüten – und dieses wunderbare Blau! Du hast wirklich im vergangenen Jahr ein Wunder vollbracht, Amy. Nasse beginnt wieder auszusehen wie in den guten alten Zeiten.«

»Bin während des Krieges einmal hier gewesen – hat mir fast das Herz gebrochen«, bemerkte Dorothys Gatte mit dröhnender Stimme.

Mrs. Folliat begrüßte eine weniger vornehm aussehende Besucherin.

»Ich freue mich, Sie wiederzusehen, Mrs. Knapper. Ist das Lucy? Wie groß sie geworden ist!«

»Sie kommt nächstes Jahr aus der Schule. Darf ich fragen,

wie es Ihnen geht, Mrs. Folliat?
»Sehr gut, danke. Du mußt dein Glück bei der Würfelbude versuchen, Lucy. Ich sehe Sie später im Teezelt, Mrs. Knapper; ich werde dort mithelfen.«
»Ich freue mich auch, daß Sie wieder hier sind«, bemerkte Mrs. Knappers Mann bescheiden. »Es ist fast so wie früher!«
Mrs. Folliat kam nicht dazu zu antworten, weil sie von einem großen, stattlichen Mann und zwei Damen mit Beschlag belegt wurde.
»Liebste Amy ... ewig nicht gesehen ... scheint ja ein Riesenerfolg zu sein! Und der Rosengarten sieht einfach phantastisch aus! Wie haben Sie das nur fertiggebracht?«
»Wo ist Marylin Gale?« unterbrach sie der stattliche Mann.
»Reggie kann's kaum abwarten, sie kennenzulernen; er hat ihren letzten Film gesehen.«
»Ist sie das? Die Dame mit dem großen Hut? Die sieht ja toll aus!«
»Unsinn, Reggie! Das ist doch Hattie Stubbs. Sie sollten ihr nicht erlauben, so herumzulaufen, Amy – wie ein Mannequin!«
»Amy!« rief eine andere Bekannte. »Darf ich dir Roger vorstellen – Edwards Sohn? Wie schön, dich wieder in Nasse zu sehen!«
Poirot schlenderte langsam weiter und kaufte sich in Gedanken versunken ein Los, mit dem er unter Umständen das Spanferkel gewinnen konnte. Die Worte: ›Wie nett, daß ihr gekommen seid ...!‹ klangen ihm noch immer wie ein Refrain in den Ohren. Er fragte sich, ob Mrs. Folliat sich absichtlich wie die Gastgeberin benahm oder ob sie diese Rolle unwillkürlich spielte. Auf jeden Fall schien sie am heutigen Nachmittag die Herrin von Nasse House zu sein.
Er stand jetzt vor einem Zelt mit der Aufschrift: »Für zwei Shilling wird Ihnen Madame Suleika die Zukunft voraussagen«. Man hatte gerade begonnen, den Tee zu servieren, und daher war vor dem Zelt der Wahrsagerin kein großer Andrang. Poirot bückte sich, betrat das Zelt, zahlte sein Eintrittsgeld und sank erschöpft auf einen Stuhl; endlich konnte

er seine schmerzenden Füße ein wenig ausruhen.
Madame Suleika trug ein wallendes, schwarzes Gewand, einen Turban aus Goldbrokat und einen Schleier, durch den ihre Worte etwas gedämpft klangen. Am Arm hatte sie ein goldenes Armband mit kleinen Glücksanhängern, die klingelten, als sie Poirots Hand ergriff und ihm weissagte, daß er großen Erfolg bei einer schönen, dunkelhaarigen Frau haben werde, daß er zu viel Geld kommen und daß er einem Unfall, wie durch ein Wunder, entkommen werde.
»Ich hoffe, daß sich alle Ihre schönen Voraussagen erfüllen werden, Madame Legge«, sagte er.
»Sie wissen also, wer ich bin«, stellte Sally fest.
»Meine Informationen stammen von Mrs. Oliver; sie erzählte mir, daß Sie ursprünglich ›das Opfer‹ sein sollten, aber daß man Sie ihr weggeschnappt und als Wahrsagerin verpflichtet hätte.«
»Ich wünschte, ich wäre ›der Leichnam‹, dann hätte ich wenigstens meine Ruhe. Jim Warburton hat mir das eingebrockt. Ist es schon vier? Ich habe von vier bis halb fünf ›Teepause‹.«
»Noch zehn Minuten«, entgegnete Poirot mit einem Blick auf seine altmodische Taschenuhr. »Soll ich Ihnen eine Tasse Tee bringen?«
»Nein danke, ich brauche eine kleine Unterbrechung; dieses Zelt ist entsetzlich heiß. Warten draußen noch Leute?«
»Nein, ich glaube, sie stellen sich alle beim Teezelt an.«
»Gut.«
Poirot verließ das Zelt und wurde von einer energischen Frau dazu gezwungen, sechs Pence zu zahlen und das Gewicht eines Napfkuchens zu schätzen.
Bei der Würfelbude nötigte ihn eine korpulente, gemütliche Frau, sein Glück zu versuchen, und er gewann zu seinem Kummer eine große Puppe. Damit beladen wanderte er weiter und begegnete Michael Weyman, der verdrießlich den Pfad entlangschlenderte, der zum Kai führte.
»Sie scheinen sich gut amüsiert zu haben«, sagte er mit ironischem Grinsen zu Poirot.

Poirot betrachtete die gewonnene Puppe.
»Einfach schauderhaft, finden Sie nicht?« meinte er niedergeschlagen.
Ein kleines Kind in seiner Nähe begann plötzlich laut zu weinen; Poirot bückte sich schnell und legte die Puppe in die Arme des Kindes.
»*Voilà*, sie gehört dir.«
Die Tränen hörten sofort auf zu fließen.
»So ein lieber Herr! Sag schön danke, Violet!«
»Kostümwettbewerb! Erste Gruppe: Kinder im Alter von drei bis fünf Jahren«, dröhnte Captain Warburtons Stimme durch den Lautsprecher: »Bitte anstellen!«
Poirot ging in Richtung Haus und stieß mit einem jungen Mann zusammen, der gerade im Begriff war, nach einer Kokosnuß zu werfen. Der junge Mann fluchte, Poirot entschuldigte sich, während sein Blick auf dem sonderbar gemusterten Hemd des Jünglings haften blieb. Er erkannte es als das »Schildkrötenhemd«, das Sir George beschrieben hatte. Alle Arten von großen und kleinen Schildkröten und anderen Meeresungeheuern schienen darauf herumzukriechen. Poirot schüttelte erstaunt den Kopf. In diesem Augenblick erblickte er das holländische Mädchen, das er am Tag zuvor im Auto mitgenommen hatte.
»Sie sind also auch zum Gartenfest gekommen – und Ihre Freundin?«
»O ja, sie auch, kommt heute nachmittag. Ich habe sie noch nicht gesehen, aber wir zusammen wegfahren mit Autobus, vom Eingangstor um fünf Uhr fünfzehn. Wir fahren nach Torquay – dort wir umsteigen in anderen Autobus nach Plymouth.«
Das erklärt, warum die Holländerin sich mit ihrem schweren Rucksack abschleppt, dachte Poirot.
»Ich habe Ihre Freundin heute vormittag gesehen«, sagte er.
»O ja, sie war zusammen mit Elsa, einem deutschen Mädchen, und sie wollten durch Wald gehen zum Fluß und Kai, aber der Herr des Hauses war sehr böse, und beide mußten umkehren.« Sie wandte ihren Kopf in die Richtung der Ko-

kosnußbude, vor der Sir George stand und die Vorübergehenden liebenswürdig zum Eintreten aufforderte. »Aber heute nachmittag ist er sehr höflich«, fügte sie hinzu. Poirot überlegte sich, ob er ihr den Unterschied zwischen dem unbefugten Betreten von Privateigentum und dem ordnungsgemäßen Besuch eines Gartenfestes, nachdem man zwei Shilling Eintritt gezahlt hatte, erklären sollte, als Captain Warburton mitsamt seinem Lautsprecher erschien. Er sah erhitzt und abgekämpft aus.
»Haben Sie Lady Stubbs gesehen, Poirot? Sie soll Preisrichterin bei dem Kostümwettbewerb sein, und ich kann sie nirgends finden.«
»Ich habe sie vor etwa einer halben Stunde gesehen, kurz bevor ich bei der Wahrsagerin war.«
»Zu dumm; wo ist sie nur? Sie kann doch nicht spurlos verschwunden sein«, stöhnte Warburton. »Die Kinder warten schon seit einer halben Stunde.«
Er sah sich um.
»Wo ist Amanda Brewis?«
Auch Miss Brewis war nirgends zu sehen.
»Wirklich ärgerlich, wenn man von allen im Stich gelassen wird! Wo könnte Hattie nur sein? Vielleicht ist sie zurück ins Haus gegangen.«
Er entfernte sich eilig.
Poirot drängte sich zu dem durch Seile abgegrenzten Platz durch, auf dem das Teezelt aufgeschlagen war. Eine lange Menschenschlange hatte sich davor angestellt, und Poirot verzichtete daraufhin auf seinen Tee.
Er besah sich die Galanteriewarenbude, wo es einer energischen alten Dame fast gelang, ihm eine Kragenknopfbüchse aus Plastik zu verkaufen. Dann schlenderte er weiter, bis er in einen ruhigeren Teil des Gartens kam, von dem aus er die Aktivitäten des Festes aus einer gebührenden Entfernung beobachten konnte.
Er fragte sich, wo Mrs. Oliver war.
Dann hörte er Schritte hinter sich, wandte sich um und sah einen jungen Mann den Fußweg vom Kai heraufkommen.

Der junge Mann, ein sehr dunkler Typ, trug elegante Segelsportkleidung. Er blieb stehen, als sei er erstaunt über den Anblick, der sich ihm bot. Dann wandte er sich zögernd an Poirot.

»Verzeihung, bitte – ist dies das Haus von Sir George Stubbs?«

»Jawohl.« Poirot machte eine kurze Pause und erkundigte sich dann: »Sind Sie vielleicht der Vetter von Lady Stubbs?«

»Ich bin Etienne de Sousa.«

»Mein Name ist Hercule Poirot.«

Sie verbeugten sich. Poirot unterrichtete de Sousa über das Gartenfest. Kurz darauf kam Sir George über den Rasen und gesellte sich zu ihnen.

»De Sousa? Ich freue mich, Sie kennenzulernen. Hattie hatte Ihren Brief heute morgen bekommen. Wo liegt Ihre Jacht?«

»Sie liegt in Helmmouth vor Anker. Ich bin in meinem kleinen Motorboot hergefahren.«

»Wir müssen Hattie suchen, sie muß irgendwo in der Nähe sein ... Werden Sie uns das Vergnügen bereiten, bei uns zu Abend zu essen?«

»Sie sind sehr liebenswürdig ...«

»Möchten Sie bei uns wohnen?«

»Das ist ebenfalls sehr liebenswürdig, aber ich werde auf meiner Jacht schlafen, das ist am einfachsten.«

»Wie lange werden Sie hierbleiben?«

»Zwei Tage, oder vielleicht drei – es kommt darauf an ...«

De Sousa hob die eleganten Schultern.

»Hattie wird sich bestimmt sehr freuen«, bemerkte Sir George höflich. »Wo steckt sie denn nur? Ich habe sie doch vor kurzem noch gesehen ...«

Er sah sich suchend um.

»Sie sollte beim Kostümwettbewerb der Kinder sein ... Unverständlich ... bitte entschuldigen Sie mich einen Moment, ich werde Miss Brewis fragen.«

Er eilte fort. De Sousa blickte ihm nach. Poirot betrachtete ihn.

»Haben Sie Ihre Kusine schon längere Zeit nicht gesehen?«

Der andere zuckte die Achseln.
»Ich habe sie nicht gesehen, seit ihrem fünfzehnten Lebensjahr. Bald danach wurde sie ins Ausland geschickt – in eine französische Klosterschule. Sie war damals schon ein hübsches Kind.«
Er sah Poirot fragend an.
»Sie ist eine bildhübsche Frau geworden«, versicherte Poirot. »Und das ist ihr Mann? Er scheint – wie man so sagt – ein netter Bursche zu sein, etwas ungehobelt vielleicht? Aber es kann ja nicht ganz leicht gewesen sein, einen Gatten für Hattie zu finden.«
Poirot sah den anderen leicht erstaunt an. De Sousa lachte.
»Ich bitte Sie – das ist kein Geheimnis. Mit fünfzehn war Hattie geistig unterentwickelt, ein bißchen schwachsinnig – ist das der richtige Ausdruck? Ist sie noch immer so?«
»Es hat den Anschein«, bemerkte Poirot vorsichtig.
»Macht ja nichts, warum sollte man von Frauen verlangen, intelligent zu sein«, meinte de Sousa leichthin. »Das ist ganz unnötig.«
Sir George kam zusammen mit Miss Brewis zurück; er schien sehr ärgerlich zu sein. Miss Brewis war außer Atem.
»Ich habe keine Ahnung, wo sie sein könnte, Sir George. Ich habe sie zuletzt beim Zelt der Wahrsagerin gesehen, und das war vor zwanzig Minuten oder sogar vor einer halben Stunde. Sie ist nicht im Haus.«
»Wäre es möglich, daß sie das Resultat von Mrs. Olivers Mörderjagd sehen will?« fragte Poirot.
»Das ist eine Idee«, meinte Sir George sichtlich erleichtert. »Könnten Sie mir einen großen Gefallen tun, Poirot? Ich bin hier im Augenblick nicht abkömmlich, und Amanda hat auch alle Hände voll zu tun. Würden Sie sich nach ihr umsehen? Das Terrain ist Ihnen ja bekannt.«
Es war ihm zwar nicht bekannt, aber Miss Brewis beschrieb ihm den Weg, so gut sie konnte, bevor sie mit de Sousa ins Haus ging. Poirot murmelte vor sich hin: »Tennisplätze, Kameliengarten, das Folly, die obere Baumschule, das Bootshaus . . .«

Als er an der Kokosnußbude vorbeikam, stellte er belustigt fest, daß Sir George dieselbe junge Italienerin, die er am Morgen hinausgeworfen hatte, mit einem strahlenden Lächeln begrüßte und ihr Holzbälle in die Hand drückte. Das junge Mädchen konnte dieses veränderte Benehmen offensichtlich nicht verstehen.
Er machte sich auf den Weg zum Tennisplatz, aber dort befand sich nur ein alter, militärisch aussehender Herr, der den Hut über die Augen gezogen hatte und auf einem Gartenstuhl fest eingeschlafen war.
Poirot kehrte zum Haus zurück und ging in die Richtung des Kameliengartens. Dort fand er Mrs. Oliver, die in einer eleganten, purpurroten Toilette mit düsterem Gesicht auf einer Bank saß. Sie bedeutete ihm, sich neben sie zu setzen.
»Hier ist der zweite Anhaltspunkt«, zischte sie ihm zu. »Ich fürchte, es ist zu schwierig. Bisher war noch niemand hier.«
In diesem Augenblick betrat ein junger Mann in kurzen Hosen, ausgestattet mit einem hervorstehenden Adamsapfel, den Garten. Er eilte mit einem Ausruf der Begeisterung auf einen Baum in der Ecke zu und bekundete durch einen weiteren Entzückensschrei, daß er den nächsten Anhaltspunkt entdeckt hatte.
»Die meisten Leute wissen über Korkbäume nicht Bescheid«, erklärte er. »Eine geschickte Fotografie – der erste Anhaltspunkt –, aber ich habe gleich herausgefunden, was es war: ein Stück von einem Tennisnetz. Ich fand eine leere Giftflasche und einen Korken. Die meisten werden wohl die Giftflasche für einen Hinweis halten, aber ich habe sofort durchschaut, daß sie keine Bedeutung hat. Korkbäume sind sehr zart – müssen mit großer Vorsicht behandelt werden. Ich interessiere mich nämlich für Zierpflanzen und seltene Büume. Und wohin geht man *jetzt*?«
Er überflog eine Eintragung in seinem Notizbuch und runzelte die Stirn.
»Ich hab mir den nächsten Anhaltspunkt aufgeschrieben, aber ich werde daraus nicht klug.« Er sah sie mißtrauisch an. »Sind Sie auch am Wettbewerb beteiligt?«

»Keineswegs, wir sind nur Zuschauer«, sagte Mrs. Oliver.
»Ach so . . .« Dann las er vor: »›Raum ist in der kleinsten Hütte . . .‹ was das bedeuten soll, weiß ich wirklich nicht.«
»Ein bekanntes Zitat«, bemerkte Poirot.
»Eine kleine Hütte – vielleicht ein Sommerhäuschen? Weiß, mit Säulen . . .« half Mrs. Oliver nach.
»Das Folly! Glänzende Idee – tausend Dank! Ich hab übrigens gehört, daß Mrs. Ariadne Oliver hier sein soll. Ich möchte sie um ihr Autogramm bitten. Haben Sie sie gesehen?«
»Nein«, erwiderte Mrs. Oliver energisch.
»Ich würde sie zu gern kennenlernen – schreibt sehr spannend, aber ich höre, daß sie trinken soll.«
Er eilte davon, und Mrs. Oliver sagte ärgerlich:
»Das geht wirklich zu weit! Wo mir nichts anderes schmeckt als Limonade.«
»Sind Sie sich darüber im klaren, daß Sie dem jungen Mann auf höchst unfaire Weise geholfen haben?«
»Da er der einzige ist, der bis zu diesem Punkt gelangte, hielt ich es für richtig, ihn zu ermutigen.«
»Aber Ihr Autogramm wollten sie ihm nicht geben.«
»Das ist etwas ganz anderes«, meinte Mrs. Oliver. »Pst . . . da kommt jemand.«
Aber die Neuankömmlinge waren nicht an der Mörderjagd beteiligt. Es waren zwei Frauen, fest entschlossen, sich die Besitzung genau anzusehen, nachdem sie ihre zwei Shillinge Eintrittsgeld bezahlt hatten. Die beiden sahen erhitzt und unzufrieden aus.
»Ich dachte, sie würden wenigstens ein paar schöne Blumenbeete haben«, sagte die eine zur anderen. »Aber nichts als Bäume – das nenn ich keinen Garten.«
Mrs. Oliver stieß Poirot an, und sie entfernten sich auf Zehenspitzen.
»Wenn nun niemand meine Leiche findet?« sagte Mrs. Oliver unglücklich.
»Haben Sie Geduld und Mut, Madame, es ist ja noch früh.«
»Das stimmt«, erwiderte Mrs. Oliver erleichtert. »Und nach

halb fünf wird der Eintrittspreis auf die Hälfte herabgesetzt, dann werden wahrscheinlich noch viel mehr Leute mitmachen. Kommen Sie, Poirot, wir wollen sehen, wie's der kleinen Marlene geht – ich traue dem Kind nicht so recht. Ich würde es für möglich halten, daß sie sich heimlich aus dem Staub macht, um Tee zu trinken, anstatt den Leichnam zu spielen. Sie wissen ja, welchen Wert die Leute auf ihren Tee legen.«

Sie schlenderten gemächlich auf dem Waldpfad dahin, und Poirot bemerkte, daß er es schwierig fände, sich in dem ausgedehnten Park zurechtzufinden. »Sehr verwirrend«, meinte er, »diese vielen verschiedenen Wege, und man weiß niemals genau, wohin sie führen. Bäume – überall Bäume.«

»Sie reden wie die beiden unzufriedenen Frauen eben.«

Sie kamen am Folly vorbei und gingen den Zickzackweg zum Fluß hinunter. Jetzt konnten sie die Umrisse des Bootshauses unten am Wasser sehen. Poirot gab zu bedenken, daß es eine unangenehme Überraschung wäre, wenn einer der Teilnehmer rein zufällig ins Bootshaus gehen und den Leichnam finden würde.

»Das habe ich bedacht, und deshalb ist der letzte Hinweis ein Schlüssel, ohne den man die Tür von außen nicht aufkriegt. Es ist übrigens ein Zylinderschloß.«

Ein kurzer, steiler Weg führte zur Tür des Bootshauses, das über den Fluß hinausragte und eine kleine Werft besaß, sowie einen Bootsschuppen. Mrs. Oliver zog aus einer unter vielen Falten verborgenen Kleidertasche den Schlüssel hervor und schloß auf.

»Wir wollten dir nur einen Augenblick Gesellschaft leisten, Marlene«, sagte sie munter.

Sie fühlte sich ein wenig schuldbewußt, weil sie Marlene fälschlicherweise verdächtigt hatte, denn ihr »Leichnam« war in hochkünstlerischer Stellung in der Nähe des Fensters auf dem Fußboden ausgebreitet.

Marlene antwortete nicht, sondern blieb regungslos liegen. Durch das geöffnete Fenster kam ein sanfter Windstoß,

und die Blätter der illustrierten Zeitschriften auf dem Tisch raschelten leise.
»Schon gut«, erklärte Mrs. Oliver ungeduldig. »Ich bin's nur, und M. Poirot. Bis jetzt ist noch niemand bis hierher vorgedrungen.«
Poirot runzelte die Stirn. Er schob Mrs. Oliver sanft beiseite und beugte sich über das junge Mädchen auf dem Fußboden. Ein unterdrückter Aufschrei kam von seinen Lippen, dann blickte er zu Mrs. Oliver auf.
»Was Sie erwartet haben, ist geschehen, Madame«, sagte er.
»Sie glauben doch nicht, daß . . .« Mrs. Olivers Augen weiteten sich entsetzt, sie griff nach einem der Korbstühle und setzte sich. »Sie glauben doch nicht etwa, daß sie tot ist?«
Poirot nickte.
»Ja, sie ist tot, und zwar noch nicht sehr lange.«
Er hob einen Zipfel des bunten Tuchs, das um den Kopf des Mädchens gebunden war, so daß Mrs. Oliver die Enden der Wäscheleine sehen konnte.
»Genau wie *mein* Mord«, sagte Mrs. Oliver mit zitternder Stimme. »Aber *wer*? Und *warum*?«
»Das ist die Frage«, meinte Poirot. Er unterdrückte die Bemerkung, daß sie die gleichen Fragen auf ihrem Merkblatt gestellt hatte und daß die Antworten darauf sich nicht mit ihren eigenen decken konnten, weil das Opfer nicht die ehemalige jugoslawische Frau eines Atomwissenschaftlers war, sondern Marlene Tucker, ein vierzehnjähriges Mädchen aus dem Dorf, das, soweit er wußte, auf der ganzen Welt nicht einen einzigen Feind hatte.

9

Kommissar Bland saß an einem Tisch im Herrenzimmer. Sir George hatte ihn bei seiner Ankunft begrüßt, war mit ihm zum Bootshaus gegangen und danach ins Haus zurückgekehrt. Unten im Bootshaus waren jetzt die Fotografen bei der

Arbeit; die Sachverständigen für Fingerabdrücke sowie der Polizeiarzt waren soeben eingetroffen.
»Werden Sie hier arbeiten können?« fragte Sir George.
»Sehr gut, danke, Sir George.«
»Was soll aus dem Gartenfest werden? Soll ich es abblasen?«
Kommissar Bland überlegte einen Augenblick.
»Was haben Sie bisher unternommen, Sir George?«
»Ich habe kein Wort gesagt. Das Gerücht über einen Unfall scheint sich allerdings schon verbreitet zu haben – sonst nichts. Ich glaube nicht, daß irgend jemand auf den Gedanken gekommen ist, daß es sich – um einen Mord handelt.«
»Dann werden wir im Augenblick nichts weiter unternehmen«, entschied Kommissar Bland. »Die Tatsache wird sich sowieso schnell genug herumsprechen«, fügte er zynisch hinzu. Er überlegte wiederum einen Moment, bevor er fragte: »Wie viele Leute sind zu diesem Fest gekommen?«
»Ungefähr zweihundert«, antwortete Sir George, »und es kommen ständig weitere Besucher. Die Leute scheinen von ziemlich weither zu kommen – das Ganze ist ein Riesenerfolg. Verfluchtes Pech!«
»Zweihundert – und jeder von ihnen könnte es getan haben.«
»Schwierige Sache«, meinte Sir George. »Ich kann nur nicht begreifen, aus welchem Grund dieser Mord verübt worden ist. Es ist einfach unvorstellbar – wer sollte ein Interesse daran haben, dieses junge Mädchen umzubringen?«
»Was können Sie mir über das Mädchen erzählen? Es lebte, wie ich höre, ganz in der Nähe.«
»Ja, seine Eltern wohnen in einem der kleinen Häuser unten am Kai. Der Vater arbeitet auf einem der umliegenden Güter – ich glaube bei Patersons. Die Mutter ist zum Gartenfest hergekommen«, fügte er hinzu. »Aber Miss Brewis, meine Sekretärin weiß über das alles viel besser Bescheid als ich. Sie hat die Frau bereits beiseite genommen und ihr Tee gemacht.«
»Sehr gut«, meinte der Kommissar beifällig. »Ich bin mir noch nicht ganz über die Bedeutung dieser Angelegenheit im klaren, Sir George. Was hatte das Mädchen im Bootshaus zu su-

chen? Wie ich höre, findet hier eine Art Mörderjagd als Gesellschaftsspiel statt?«
Sir George nickte.
»Ja, und wir hielten es alle für eine großartige Idee – jetzt scheint sie nicht mehr ganz so großartig. Aber Miss Brewis kann Ihnen das alles wirklich viel besser erklären als ich. Soll ich sie zu Ihnen schicken? Oder möchten Sie mir zuerst noch andere Fragen stellen?«
»Im Augenblick nicht, Sir George, aber vielleicht später. Ich möchte mit verschiedenen Leuten sprechen: mit Lady Stubbs, mit jenen, die die Leiche entdeckt haben, zu denen, wie ich höre, die Autorin gehört, die dieses Mörderjagdspiel erfunden hat.«
»Das stimmt. Es ist Mrs. Ariadne Oliver.«
Der Kommissar hob die Augenbrauen und bemerkte: »Aha – Mrs. Oliver – die berühmte Autorin! Ich selbst habe mehrere ihrer Kriminalromane gelesen.«
»Sie ist befreiflicherweise sehr bestürzt«, erklärte Sir George. »Ich werde ihr sagen, daß Sie sie sehen wollen. Wo meine Frau ist, weiß ich nicht. Sie scheint völlig von der Bildfläche verschwunden zu sein, aber irgendwo in der Menge wird man sie schon finden. Ich glaube allerdings nicht, daß sie Ihnen viel helfen kann, über das junge Mädchen wird sie kaum etwas wissen. Möchten Sie sie vielleicht zuerst sprechen?«
»Ich möchte zunächst einmal Ihre Sekretärin sehen, und dann die Mutter des Mädchens.«
Sir George nickte und verließ das Zimmer.
Robert Hoskins, der Dorfpolizist, öffnete ihm die Tür und schloß sie wieder, nachdem Sir George hinausgegangen war. Danach machte er eine Feststellung, die scheinbar ein Kommentar zu Sir Georges Aussagen sein sollte.
»Lady Stubbs ist nicht ganz richtig im Oberstübchen«, sagte er und klopfte sich bedeutungsvoll auf die Stirn. »Deshalb meinte Sir George, daß sie Ihnen wahrscheinlich nicht viel helfen könnte.«
»Hat er ein Mädchen aus der Nachbarschaft geheiratet?«

»Nein – eine Ausländerin – manche halten sie für eine Farbige, aber ich selbst glaube das nicht.«
Bland nickte. Er schwieg ein Weilchen und kritzelte mit dem Bleistift verschlungene Figuren auf ein Blatt Papier. Dann stellte er eine ganz unerwartete Frage: »Wer hat es getan, Hoskins?«
Wenn es überhaupt einen Menschen gab, der wußte, was hier vorging, mußte es Constable Hoskins sein, denn er war wißbegierig und zeigte großes Interesse für seine Mitmenschen und für die Ereignisse in der Gegend. Seine Frau war eine Klatschbase, und was er nicht bereits durch sein Amt als Dorfpolizist wußte, erfuhr er von ihr.
»Meiner Ansicht nach ein Fremder. Aus dem Dorf kann's keiner gewesen sein. Die Tuckers sind eine angesehene, nette Familie, im ganzen sind es neun. Die beiden ältesten Mädchen sind verheiratet, ein Sohn ist Matrose, der andere dient bei der Armee, und die dritte Tochter arbeitet bei einem Friseur in Torquay. Die drei Kleinen sind noch zu Hause – zwei Jungen und ein Mädchen.« Er machte eine Pause, um nachzudenken. Dann fuhr er fort: »Keiner von ihnen ist, wie man so sagt, ein großes Licht, aber Mrs. Tucker ist eine gute Hausfrau, hält ihr Heim blitzsauber; sie selbst war die jüngste von elf Geschwistern. Ihr alter Vater lebt auch bei ihnen.«
Bland hörte schweigend zu. Hoskins hatte ihm auf seine Art eine anschauliche Schilderung der Familie Tucker und ihrer sozialen Stellung gegeben.
»Und deshalb behaupte ich, daß es ein Fremder gewesen sein muß«, fuhr Hoskins fort. »Vielleicht einer von den jungen Ausländern, die in die Jugendherberge von Hoodown kommen. Sonderbare Burschen sieht man da – und wie sie sich aufführen –, Sie würden sich wundern! Ich habe mit meinen eigenen Augen im Wald und hinter den Hecken Dinge gesehen, schlimmer als in den Autos, die am Waldrand parken!«
Constable Hoskins war Spezialist auf dem Gebiet der Vorfälle, die »öffentliches Ärgernis« erregen. Seine Unterhaltung bezog sich auch im Privatleben hauptsächlich darauf, besonders wenn er abends im Wirtshaus sein Glas Bier trank.

»Ich glaube nicht, daß es sich um ein Verbrechen dieser Art handelt«, meinte Bland. »Wir werden genauere Einzelheiten vom Polizeiarzt erfahren, sobald er seine Untersuchung beendet hat.«

»Natürlich ist das seine Aufgabe, Kommissar, aber wie ich immer sage, mit Ausländern kennt sich keiner aus, die entpuppen sich oft plötzlich als ganz niederträchtige Kerle.«

Kommissar Bland seufzte und dachte, daß die Dinge leider nicht so einfach lägen, wie Hoskins es sich vorstellte.

Die Tür wurde geöffnet, und der Arzt kam herein.

»Ich bin mit der Untersuchung fertig«, bemerkte er. »Werden Sie sie jetzt fortbringen? Die anderen haben ihr Handwerkszeug auch bereits zusammengepackt.«

»Das wird Constable Cottrill in die Hand nehmen«, erklärte Bland. »Was haben Sie festgestellt, Doktor?«

»Der Fall liegt ganz klar, keine Komplikationen – mit einem Stück Wäscheleine erwürgt worden. Nichts leichter als das. Keine Anzeichen eines vorherigen Kampfes. Ich bin der Meinung, daß das Mädchen nicht wußte, was ihm geschah, bis alles vorbei war.«

»Irgendwelche Anzeichen für ein Sittlichkeitsverbrechen?«

»Nein, kein Sittlichkeitsverbrechen, keine Vergewaltigung ... Besonders hübsch war das arme Mädel ja nicht«, fügte der Arzt hinzu.

Bland wandte sich an Hoskins:

»Hat sie sich für Jungen interessiert?«

»Ich glaube, die Jungen haben sich nicht viel um Marlene gekümmert«, meinte Hoskins, »aber vielleicht hätte sie nichts dagegen gehabt, wenn sich einer für sie interessiert hätte.«

»Schon möglich«, stimmte Bland ihm zu. Er erinnerte sich an den Stoß von illustrierten Zeitschriften auf dem Tisch im Bootshaus und an einige Sätze, die auf den Rand gekritzelt worden waren: »Johnny geht mit Kate.« – »Georgie Porgie küßt Mädchen im Wald.« Vielleicht handelte es sich hier um einen Wunschtraum, obwohl er es für sehr unwahrscheinlich hielt, daß Marlenes Tod mit Erotik verbunden war. Aber man konnte nie wissen ... Es gab gewisse perverse Verbre-

cher, die den Trieb hatten, unreife kleine Mädchen zu ermorden, und es war nicht ausgeschlossen, daß sich während der Ferienzeit ein Lustmörder in der Gegend aufhielt. Er glaubte fast, daß es gar nicht anders sein könnte, weil er beim besten Willen kein Motiv für diesen sinnlosen Mord finden konnte. Aber er war erst am Anfang, und er mußte noch eine ganze Reihe von Leuten verhören.
»Um welche Zeit ist sie gestorben?«
Der Arzt blickte auf seine Uhr.
»Jetzt ist es kurz nach halb sechs«, sagte er. »Ich sah sie zwanzig Minuten nach fünf; um diese Zeit war sie seit etwa einer Stunde tot. Sie muß also zwischen vier Uhr und zwanzig Minuten vor fünf ums Leben gekommen sein. Sollten wir bei der Autopsie noch etwas feststellen, werde ich Ihnen Bescheid sagen. Sie bekommen den ausführlichen Bericht wie üblich. Ich muß gehen, meine Patienten warten auf mich.«
Er verließ das Zimmer, und Kommissar Bland bat Hoskins, Miss Brewis hereinzurufen. Als Miss Brewis das Zimmer betrat, hob sich seine Stimmung ein wenig, weil er in ihr sofort eine zuverlässige, tüchtige Person erkannte, die seine Fragen klar und deutlich beantworten würde.
»Mrs. Tucker ist in meinem Wohnzimmer«, sagte Miss Brewis, während sie sich setzte. »Ich habe ihr die Nachricht schonend beigebracht und ihr Tee gegeben. Natürlich ist sie in einer furchtbaren Verfassung. Sie wollte die Leiche sehen, aber ich habe sie davon abgehalten. Mr. Tucker kommt um sechs von der Arbeit und will seine Frau hier abholen. Ich habe Auftrag gegeben, ihn, sobald er kommt, zu mir zu bringen. Die kleineren Kinder sind noch beim Fest, und ich habe dafür gesorgt, daß jemand sie im Auge behält.«
»Ausgezeichnet«, lobte Kommissar Bland. »Bevor ich mit Mrs. Tucker spreche, würde ich gern hören, was Sie und Lady Stubbs mir zu sagen haben.«
»Ich weiß nicht, wo Lady Stubbs ist«, bemerkte Miss Brewis bitter. »Ich nehme an, daß das Gartenfest sie langweilte

und sie sich in einen anderen Teil der Besitzung verzogen hat. Allerdings glaube ich nicht, daß sie Ihnen mehr erzählen kann als ich. Was möchten Sie eigentlich wissen?«
»Ich möchte alle Einzelheiten über diese Mörderjagd erfahren, und warum die kleine Marlene Tucker daran teilgenommen hat.«
»Das kann ich Ihnen leicht erklären.«
Miss Brewis führte aus, daß man die Mörderjagd für eine originelle Attraktion des Gartenfestes gehalten und Mrs. Oliver, die bekannte Autorin, gebeten habe, die Sache in die Hand zu nehmen und ein kurzes Exposé der »Handlung« zu erstellen.
»Ursprünglich sollte Mrs. Alec Legge die Rolle des Opfers spielen«, fügte sie hinzu.
»Mrs. Alec Legge? Wer ist das?« fragte der Kommissar.
Constable Hoskins gab eine kurze Erklärung ab.
»Sie und ihr Mann haben das rosa Häuschen unten bei der Mühle gemietet. Sie sind erst seit einem Monat hier und wollen noch zwei, drei Monate bleiben.«
»Aha. Und wie Sie sagten, sollte Mrs. Legge ursprünglich das Opfer sein. Warum wurde das geändert?«
»Eines Abends hat Mrs. Legge uns allen die Zukunft vorausgesagt, und sie machte es so gut, daß wir uns entschlossen, als eine weitere Attraktion ein Wahrsagezelt aufzustellen, in dem Mrs. Legge in ein orientalisches Gewand gehüllt für zwei Shilling pro Person die Zukunft voraussagen sollte. Damit haben wir doch wohl nicht gegen das Gesetz verstoßen, Kommissar? Ich meine, bei einem Gartenfest nimmt man das doch nicht so genau?«
Kommissar Bland lächelte schwach.
»Nein, Wahrsagerinnen und Versteigerungen läßt man im allgemeinen noch durchgehen, obwohl wir hin und wieder einmal ein Exempel statuieren müssen.«
»Aber nur ausnahmsweise, nicht wahr? Auf jeden Fall stimmte Mrs. Legge unserem Vorschlag zu, und wir mußten uns nach einer anderen ›Leiche‹ umsehen. Die Pfadfinderinnen haben bei den Vorbereitungen zum Fest geholfen, und

irgend jemand schlug vor, eines der Mädchen als ›Opfer‹ einzusetzen.«

»*Wer* hat das vorgeschlagen, Miss Brewis?«

»Daran kann ich mich leider nicht mehr genau erinnern ... es könnte Mrs. Masterton gewesen sein, die Frau des Parlamentsabgeordneten ... oder war es Captain Warburton? Nein, ich weiß wirklich nicht mehr, wer Marlene vorgeschlagen hat.«

»Wurde dieses Mädchen aus einem besonderen Grund gewählt?«

»Nein, ich glaube kaum. Die Familie Tucker hat ein kleines Anwesen von uns gepachtet, und Mrs. Tucker hilft manchmal hier in der Küche. Aber ich weiß nicht, warum wir gerade Marlene gewählt haben. Wahrscheinlich, weil uns der Name bekannt war. Wir haben sie aufgefordert, und sie schien sich sehr darüber zu freuen.«

»Sie hat also freiwillig zugesagt?«

»Ganz bestimmt. Ich glaube, sie fühlte sich geschmeichelt. Sie war nicht besonders intelligent, und sie hätte auf keinen Fall eine komplizierte Rolle spielen können, aber das war ja eine ganz einfache Angelegenheit. Sie freute sich, wie gesagt, darüber, daß man gerade sie dazu auserwählt hatte.«

»Können Sie mir genau sagen, was sie zu tun hatte?«

»Sie hatte im Bootshaus zu bleiben. Wenn sie Schritte von draußen hörte, sollte sie sich auf den Boden legen, sich einen Strick um den Hals schlingen und vorgeben, tot zu sein.«

Miss Brewis sprach in ruhigem, sachlichem Ton. Die Tatsache, daß ein Mädchen, das vorgeben sollte, tot zu sein, tatsächlich tot aufgefunden worden war, schien sie nicht im geringsten aus der Fassung zu bringen.

»Ziemlich langweilig für das Mädchen, den Nachmittag allein im Bootshaus zu verbringen, anstatt beim Gartenfest mitzumachen«, meinte Bland.

»Das ist richtig, aber man kann nicht alles haben, nicht wahr?« entgegnete Miss Brewis. »Es machte Marlene Spaß, die ›Leiche‹ sein zu dürfen, weil sie sich dadurch wichtig vorkam. Sie hatte einen Stoß von illustrierten Zeitschriften und

Modeheften, mit denen sie sich die Zeit vertreiben konnte.«

»Und auch etwas zu essen, nicht wahr?« fragte der Kommissar. »Ich sah im Bootshaus ein Tablett mit einem Teller und einem Glas.«

»Ja, sie hatte einen großen Teller voll Kuchen und ein Glas Himbeerlimonade. Ich habe es ihr selbst gebracht.«

Bland sah sie scharf an.

»Sie haben ihr das Tablett gebracht? Wann? Können Sie sich an die genaue Zeit erinnern?«

Miss Brewis überlegte einen Augenblick.

»Warten Sie ... die Kostüme der Kinder sollten prämiert werden ... es gab eine kleine Verzögerung, weil wir Lady Stubbs nicht finden konnten, Aber Mrs. Folliat sprang für sie ein, und alles war in Ordnung ... es muß also fünf Minuten nach vier gewesen sein, als ich den Kuchen und die Limonade holte.«

»Und Sie haben das Tablett selbst zum Bootshaus hinuntergebracht? Um welche Zeit kamen Sie dort an?«

»Bis zum Bootshaus sind es ungefähr fünf Minuten; ich muß also etwa um Viertel nach vier dort gewesen sein.«

»Und um Viertel nach vier war Marlene Tucker noch wohl und munter?«

»Ja, natürlich«, sagte Miss Brewis, »und sie wollte wissen, wie weit die Teilnehmer an der Mörderjagd seien. Leider konnte ich ihr das nicht sagen, weil ich bei den Buden auf dem Rasen beschäftigt war, aber ich wußte, daß sich viele daran beteiligten – zwanzig bis dreißig Personen, vielleicht sogar mehr.«

»Was tat Marlene, als Sie beim Bootshaus ankamen?«

»Das hab ich Ihnen doch gerade erzählt.«

»Nein, ich meine, ob sie bei Ihrer Ankunft auf dem Boden lag und vorgab, tot zu sein.«

»Nein, nein. Ich rief ihr von draußen etwas zu, und sie machte mir die Tür auf. Ich brachte ihr das Tablett und stellte es auf den Tisch.«

»Um vier Uhr fünfzehn war Marlene Tucker noch gesund und

munter«, notierte Bland. »Sie sind sich wohl darüber klar, daß das ein sehr wichtiger Punkt ist, Miss Brewis? Sind Sie ganz sicher, daß es vier Uhr fünfzehn war?«
»Auf die Minute genau kann ich mich nicht festlegen, weil ich in diesem Augenblick nicht auf die Uhr gesehen habe, aber kurz davor tat ich es – mehr kann ich Ihnen nicht sagen.« Plötzlich begriff sie, was der Kommissar gemeint hatte, und sie fügte hinzu: »Sie glauben also, daß es kurz danach . . .«
»Sehr lange danach kann es nicht gewesen sein, Miss Brewis.«
»Ach du liebe Zeit«, sagte Miss Brewis. Es war ein etwas unzulänglicher Ausruf, aber er brachte ihre Bestürzung deutlich zum Ausdruck.
»Sind Sie auf Ihrem Weg zum Bootshaus oder auf dem Rückweg zum Haus irgend jemandem begegnet, Miss Brewis?«
Miss Brewis überlegte.
»Nein«, sagte sie schließlich, »ich bin niemandem begegnet, obwohl so viele Menschen hier sind, aber die meisten blieben wohl auf der Wiese bei den Buden und Zelten. Einige haben sich den Gemüsegarten und die Treibhäuser angesehen, aber für den Park schienen sie sich nicht zu interessieren. Bei solchen Festen neigen die Leute offenbar dazu, sich ins dichteste Gedränge zu stürzen.«
Der Kommissar stimmte zu.
»Jetzt fällt mir plötzlich ein, daß jemand im Folly war«, erklärte Miss Brewis unvermittelt.
»Im Folly?«
»Ja, in dem kleinen, weißen Tempel, einer Art Sommerhäuschen, das erst vor ein oder zwei Jahren gebaut wurde. Es liegt auf der rechten Seite des Wegs, der zum Bootshaus führt. Dort ist jemand gewesen – wahrscheinlich ein Liebespaar. Ich hörte Lachen, dann sagte jemand ›Pst‹.«
»Sie wissen nicht, wer dieses Liebespaar war?«
»Keine Ahnung. Man kann die Vorderseite des Folly vom Pfad aus nicht sehen. Die Seitenwände und die Rückseite sind gemauert.«
Der Kommissar überlegte einen Augenblick, aber er hielt das

Liebespaar im Folly – wer immer es gewesen sein mochte – für unwichtig. Trotzdem war es vielleicht besser, die Identität des Paares festzustellen, weil sie unter Umständen gesehen haben konnten, wer das Bootshaus betreten oder verlassen hatte.
»Sind Sie ganz sicher, daß Sie keinen Menschen auf dem Weg getroffen haben?« beharrte Bland.
»Ich weiß, worauf Sie hinauswollen«, erwiderte Miss Brewis, »und ich kann Ihnen nur nochmals versichern, daß ich niemanden gesehen habe. Andererseits wäre es für jeden, der nicht von mir gesehen werden wollte, die einfachste Sache von der Welt gewesen, sich schnell hinter den Rhododendronbüschen zu verbergen. Der Weg ist auf beiden Seiten mit Hecken und Rhododendron eingefaßt.«
Der Kommissar begann eine andere Spur zu verfolgen.
»Wissen Sie irgend etwas über das Mädchen, was uns weiterhelfen könnte?«
»Ich kenne sie so gut wie gar nicht, und bis zu diesem Gartenfest habe ich, soviel ich weiß, noch nie ein Wort mit ihr gewechselt. Bis dahin war sie mir nur vom Sehen bekannt.«
»Sie wissen also wirklich nichts über sie – *gar nichts*?«
»Ich wüßte keinen Grund – wenn es das ist, was Sie meinen –, warum irgend jemand die Absicht gehabt haben könnte, sie zu ermorden«, antwortete Miss Brewis. »Ich finde es noch immer ganz unfaßbar, daß es sich wirklich ereignet hat. Ich könnte mir höchstens denken, daß sich die Vorstellung eines vorgetäuschten Mordes an irgendeinem Hirn zur Wirklichkeit verdichtet hat ... aber auch das klingt eigentlich dumm und an den Haaren herbeigezogen.«
Bland seufzte.
»Also, dann werde ich wohl jetzt mit der Mutter sprechen müssen.«
Mrs. Tucker war eine magere Frau mit einem scharfgeschnittenen Gesicht, strähnigem blondem Haar und einer spitzen Nase. Ihre Augen waren vom Weinen gerötet, aber sie hatte sich wieder in der Gewalt und war bereit, die Fragen des Kommissars zu beantworten.

»So etwas sollte nicht passieren«, sagte sie. »Man liest solche Sachen in der Zeitung, aber daß unsere Marlene –«
»Es tut mir ganz entsetzlich leid«, unterbrach Kommissar Bland sie sanft. »Ich möchte Sie jetzt nur bitten, scharf darüber nachzudenken, ob es irgend jemanden gibt, der einen Grund hätte haben können, dem Mädchen ein Leid anzutun.«
»Darüber hab ich schon nachgedacht«, erwiderte Mrs. Tukker und begann zu schluchzen. »Ich hab mir den Kopf zerbrochen, aber mir fällt niemand ein. Der Lehrer in der Schule hat sie manchmal ausgeschimpft, und sie hat sich wohl auch einmal mit einem der anderen Jungen oder Mädchen gezankt, aber nichts Ernsthaftes, bestimmt nicht. Keiner hat etwas gegen unsere Marlene gehabt, keiner hatte einen Grund, ihr etwas anzutun.«
»Sie hat Ihnen gegenüber niemanden erwähnt, der sie nicht leiden konnte oder gar ihr Feind war?«
»Marlene hat oft dummes Zeug geredet, aber nicht über so etwas. Immer nur über neue Frisuren und Kleider, und was für Puder und Lippenstift sie benutzen wollte – Sie wissen ja, wie junge Mädchen sind. Dabei war sie noch viel zu jung, um sich die Lippen zu bemalen, und ihr Vater hat es ihr streng verboten – ich auch. Und was tat sie, wenn sie einmal etwas Geld in die Hand bekam? Hat sich Parfüm und Lippenstift gekauft und alles vor uns versteckt.«
Bland nickte. Das würde ihm nicht weiterhelfen: ein ziemlich törichtes heranwachsendes Mädchen, das nichts als Filmstars im Kopf hatte – es gab Hunderte von Mädchen wie Marlene.
»Ich weiß wirklich nicht, was ihr Vater sagen wird«, meinte Mrs. Tucker. »Er muß jeden Augenblick hier sein; er freut sich schon auf das Gartenfest und auf die Kokosnußbude, weil er so gut zielen kann . . .«
Plötzlich brach sie laut weinend zusammen. Schließlich brachte sie schluchzend hervor: »Wahrscheinlich war es einer von diesen gräßlichen Ausländern von der Jugendherberge, bei Ausländern kennt man sich ja nie richtig aus.

Manche sind ganz nett und höflich, aber komisch angezogen. Die Hemden sollten Sie sehen. Hemden mit halbnackten Mädchen bedruckt, und manchmal liegen sie alle ganz ohne Hemd in der Sonne, so was kann ja nicht gut enden – das sag ich schon lange!«

Die noch immer weinende Mrs. Tucker wurde von Hoskins aus dem Zimmer geleitet. Bland mußte zu seinem Leidwesen feststellen, daß die Dorfbewohner, auch heutzutage noch, unbekannte Ausländer für jeden tragischen Vorfall verantwortlich machten.

10

»Hat eine scharfe Zunge, Mrs. Tucker«, berichtete Hoskins, als er zurück ins Zimmer kam. »Quält ihren Mann und tyrannisiert ihren alten Vater. Wahrscheinlich hat sie das arme Mädchen auch oft ausgezankt, und jetzt tut es ihr leid. Obwohl sich Mädchen ja gar nichts daraus machen, von ihren Müttern abgekanzelt zu werden – es gleitet wie Wasser an ihnen ab.«

Kommissar Bland unterbrach Hoskins' Betrachtungen und bat ihn, Mrs. Oliver hereinzuholen.

Bland war etwas erstaunt über den Anblick, der sich ihm bot. Er hatte sich Mrs. Oliver nicht ganz so üppig, so purpurrot und so erregt vorgestellt.

»Ich bin einfach außer mir«, sagte Mrs. Oliver atemlos und versank in einem Lehnstuhl. »Einfach außer mir«, wiederholte sie.

Der Kommissar murmelte einige tröstliche Worte, und Mrs. Oliver fuhr fort: »Weil es doch *mein* Mord ist. *Ich* habe alles auf dem Gewissen.«

Einen Augenblick dachte Kommissar Bland, daß Mrs. Oliver sich selbst des Verbrechens bezichtigen wollte.

»Warum ich jemals die jugoslawische Frau des Atomwissenschaftlers zum Opfer auserkoren habe, wissen die Götter«, erklärte Mrs. Oliver und fuhr sich mit beiden Händen durch ihre komplizierte Frisur – mit dem Resultat, daß sie nun leicht betrunken wirkte. »Unvorstellbar dumme Idee! Es hätte ebensogut der zweite Gärtner sein können, der eigentlich gar kein Gärtner war, dann wäre alles nur halb so schlimm gewesen, weil sich die meisten Männer verteidigen können, und wenn sie es nicht können, sollten sie es lernen. Und wenn es sich um einen Mann gehandelt hätte, würde ich mich nicht so entsetzlich aufregen – Männer werden nun einmal getötet, und es kräht kein Huhn und kein Hahn danach – natürlich mit Ausnahme ihrer Frauen, ihrer Geliebten und ihrer Kinder.«

In diesem Augenblick entstand in Kommissar Bland ein ungerechtfertigter Verdacht, der durch ein schwaches Aroma von Kognak, das von Mrs. Oliver ausging, noch wesentlich bestärkt wurde. Hercule Poirot hatte bei ihrer Rückkehr ins Haus darauf bestanden, Mrs. Oliver nach dem erlittenen Schock ein Glas Kognak einzuflößen.

»Ich bin weder irrsinnig noch betrunken«, sagte Mrs. Oliver, die mit weiblicher Intuition die Gedanken des Kommissars erraten hatte, »obwohl dieser Mann herumläuft und behauptet, daß ich trinke.«

»Welcher Mann?« erkundigte sich der Kommissar, der versuchte, sich von dem unerwartet aufgetauchten zweiten Gärtner auf den unbekannten Mann umzustellen.

»Der Mann mit Sommersprossen und einem Yorkshire-Akzent«, erklärte Mrs. Oliver. »Aber wie schon gesagt bin ich weder betrunken noch von Sinnen. Ich bin nur entsetzlich erregt und bestürzt.«

»Es muß ein grauenhafter Schock für Sie gewesen sein«, meinte der Kommissar verständnisvoll.

»Das furchtbarste ist, daß sie das Opfer eines Sittlichkeitsverbrechers werden *wollte*«, fuhr Mrs. Oliver fort, »und wenn das nun wirklich der Fall war . . .«

»Von einem Sittlichkeitsverbrechen kann keine Rede sein«, versicherte der Kommissar.

»Wirklich nicht? Gott sei Dank! Oder vielleicht sollte ich das nicht sagen, weil ihr das lieber gewesen wäre ... Aber wenn es kein Sittlichkeitsverbrechen war, kann ich mir nicht vorstellen, *warum* jemand das arme Mädchen ermorden wollte.«

»Ich hoffte, daß Sie mir helfen könnten«, meinte der Kommissar. Mrs. Oliver hatte zweifellos die entscheidende Frage berührt: Warum sollte irgend jemand ein Interesse daran gehabt haben, Marlene zu ermorden?

»Leider kann ich Ihnen nicht helfen«, erklärte Mrs. Oliver. »Ich habe keine Ahnung, wer es getan haben könnte, allerdings könnte ich mir verschiedene Gründe vorstellen ... es ist mein Unglück, daß ich eine so lebhafte Phantasie besitze. Ich könnte Ihnen in diesem Augenblick schildern, wie sich alles abgespielt hat, und wahrscheinlich würde es sogar glaubhaft klingen. Zum Beispiel hätte sie von jemandem ermordet werden können, dem es Freude macht, Mädchen umzubringen – aber nein, das wäre zu einfach. Auf jeden Fall ist kaum anzunehmen, daß zufällig ein Lustmörder zu unserem Gartenfest kam. Und wie hätte er überdies ahnen können, daß Marlene im Bootshaus war? Aber vielleicht hat sie etwas über eine heimliche Liebesgeschichte gewußt, oder sie hat jemanden beim Vergraben einer Leiche beobachtet, oder sie könnte jemanden erkannt haben, der versuchte, seine Identität zu verbergen, oder vielleicht wußte sie, wo während des Krieges ein heimlicher Schatz vergraben wurde, oder der Mann im Motorboot hat jemanden in den Fluß geworfen, oder sie könnte den Geheimschlüssel für eine wichtige Botschaft gefunden haben, ohne zu wissen, um was es sich handelt.«

»Bitte! Mrs. Oliver!« Der Kommissar hob beschwörend seine Hand. Der Kopf schwirrte ihm.

Mrs. Oliver unterbrach folgsam ihren Redeschwall. Offensichtlich hätte sie noch weitere Versionen entwickeln können, obwohl sie nach Meinung des Kommissars bereits alle erdenklichen Möglichkeiten aufgezählt hatte. Aus der Fülle des Materials wählte er einen Satz: »Was meinten Sie, als Sie von dem Mann im Motorboot sprachen? Haben Sie sich für Ihre Theorien einen Mann in einem Motorboot vorgestellt?«

»Irgend jemand sagte, er wäre in einem Motorboot angekommen, aber ich weiß nicht mehr wer«, erwiderte Mrs. Oliver. »Ich meine den Mann, über den wir beim Frühstück sprachen«, fügte sie hinzu.
»Ich bitte Sie . . .«, sagte der Kommissar flehentlich. Bisher hatte er nicht gewußt, wie sich Autorinnen von Kriminalromanen benehmen. Er wußte nur, daß Mrs. Oliver über vierzig Bücher geschrieben hatte, und er wunderte sich, daß es nicht hundertvierzig waren. »Worum handelt es sich eigentlich?« erkundigte er sich nun in beinahe brüskem Ton. »Welcher Mann ist zur Frühstückszeit in einem Motorboot angekommen?«
»Er ist nicht in einem Motorboot angekommen, sondern in einer Jacht. Aber ich habe mich wohl unklar ausgedrückt – es handelt sich um einen Brief.«
»Also was war es? Eine Jacht oder ein Brief?« fragte Bland.
»Ein Brief an Lady Stubbs«, entgegnete Mrs. Oliver. »Von einem Vetter mit einer Jacht. Und sie hat sich gefürchtet . . .«
»Gefürchtet? Wovor?«
»Vor ihm, nehme ich an«, meinte Mrs. Oliver. »Das konnte jeder sehen. Sie hatte schreckliche Angst vor ihm und wollte nicht, daß er kam, und deshalb versteckt sie sich jetzt wohl.«
»Sie versteckt sich?«
»Auf jeden Fall ist sie nirgends zu finden«, erklärte Mrs. Oliver. »Wir haben alle nach ihr gesucht, und ich glaube, daß sie sich versteckt hat, weil sie ihm nicht begegnen möchte.«
»Wer ist dieser Mann?« fragte der Kommissar.
»Danach müssen Sie sich bei M. Poirot erkundigen, denn er hat mit ihm gesprochen, ich nicht. Er heißt Esteban – ach nein, das stimmt nicht, so hieß er nur in meiner Geschichte. Er heißt de Sousa, Etienne de Sousa.«
Aber ein anderer Name hatte die Aufmerksamkeit des Kommissars erregt: »Erwähnten Sie eben M. Poirot?« fragte er.
»Ja, Hercule Poirot. Er war dabei, als ich die Leiche fand.«
»Hercule Poirot . . . sonderbar! Könnte es wohl der gleiche Mann sein? Ist er Belgier, klein, mit einem großen Schnurrbart?«

»Ja, er hat einen sehr großen Schnurrbart«, bestätigte Mrs. Oliver. »Kennen Sie ihn?«
»Ich habe ihn vor vielen Jahren kennengelernt, als ich noch ein junger Mann war.«
»Haben Sie ihn im Zusammenhang mit einem Mord kennengelernt?«
»Jawohl. Was hat er hier zu suchen?«
»Er sollte die Preise verteilen«, erklärte Mrs. Oliver.
Sie zögerte einen Augenblick, bevor sie ihm diese Auskunft gab, jedoch fiel das dem Kommissar nicht auf.
»Und Sie haben das tote Mädchen in seiner Gegenwart entdeckt ... hm, ich würde ihn gern sprechen.«
»Soll ich ihn zu Ihnen bringen?« fragte Mrs. Oliver und stand erleichtert auf.
»Wenn Sie mir weiter nichts mitzuteilen haben, das uns in irgendeiner Weise bei der Aufklärung des Verbrechens nützlich sein könnte ...«
»Ich glaube nicht«, erwiderte Mrs. Oliver. »Ich weiß gar nichts, aber wie gesagt, könnte ich mir noch verschiedene Gründe vorstellen ...«
Kommissar Bland unterbrach sie schnell, weil er nicht die geringste Lust verspürte, sich Mrs. Olivers phantastische Theorien anzuhören.
»Ich danke Ihnen sehr, Mrs. Oliver«, sagte er kurz, »und ich wäre Ihnen sehr verbunden, wenn Sie M. Poirot bitten würden, einen Augenblick zu mir zu kommen.«
Nachdem Mrs. Oliver das Zimmer verlassen hatte, erkundigte sich Constable Hoskins interessiert: »Wer ist dieser M. Hercule Poirot?«
»Man kann ihn nur als komische Figur bezeichnen, als Parodie eines Franzosen, obwohl er eigentlich Belgier ist. Aber er ist trotz seiner Verschrobenheiten ein intelligenter Bursche. Der Jüngste kann er auch nicht mehr sein«, fügte Bland hinzu.
»Und was ist mit diesem de Sousa?« fragte der Constable weiter. »Halten Sie ihn für wichtig?«
Kommissar Bland überhörte diese Frage. Eine Tatsache, die

ihm bereits mehrfach mitgeteilt worden war, erschien ihm jetzt plötzlich neu und bedeutungsvoll. Zuerst hatte Sir George ärgerlich und beunruhigt gesagt: »Meine Frau scheint verschwunden zu sein. Ich weiß wirklich nicht, wo sie sein könnte.« Dann hatte Miss Brewis verächtlich bemerkt: »Lady Stubbs ist nirgends zu finden; wahrscheinlich hat sie sich gelangweilt.« Und jetzt kam Mrs. Oliver mit der Theorie, daß Lady Stubbs sich versteckt hätte.

»Wie bitte? Was sagten Sie?« fragte er zerstreut.

Hoskins räusperte sich.

»Ich habe Sie gefragt, was Sie von diesem de Sousa halten, Kommissar.«

Hoskins war offensichtlich entzückt, daß ein ganz bestimmter Ausländer in die Angelegenheit verwickelt zu sein schien – das war erheblich besser als ein unbegründeter Verdacht auf Ausländer im allgemeinen. Aber Kommissar Bland verfolgte andere Spuren.

»Ich wünsche mit Lady Stubbs zu sprechen«, sagte er entschieden. »Bringen Sie sie zu mir, und wenn Sie sie nicht gleich finden, suchen Sie nach ihr.«

Hoskins verließ das Zimmer gehorsam, aber etwas verwundert. An der Tür stieß er fast mit Hercule Poirot zusammen, und er drehte sich noch einmal neugierig nach ihm um, bevor er die Tür hinter sich zumachte.

Bland stand auf und reichte Poirot die Hand.

»Sie werden sich meiner wohl nicht mehr erinnern«, meinte er.

»Selbstverständlich erinnere ich mich an Sie«, versicherte Poirot. »Warten Sie einen Augenblick – ich muß Sie vor etwa vierzehn Jahren kennengelernt haben – oder sind es fünfzehn Jahre, Kommissar Bland?«

»Sie haben ein großartiges Gedächtnis, M. Poirot.«

»Nicht besonders – schließlich haben Sie mich auch nicht vergessen, nicht wahr?«

Hercule Poirot konnte man nicht so leicht vergessen, dachte Bland, und die Gründe dafür waren nicht unbedingt schmeichelhaft.

»Sie helfen also wieder einmal bei der Aufklärung eines Mordes. M. Poirot.«

»Es sieht so aus«, erwiderte Poirot. »Man hat mich gebeten herzukommen, um zu helfen.«

»Man hat Sie gebeten, herzukommen?« fragte Bland erstaunt.

»Man hat mich aufgefordert, die Preise an die Gewinner der Mörderjagd zu verteilen«, erklärte Poirot rasch.

»Das hat mir Mrs. Oliver erzählt.«

»Sonst hat sie Ihnen nichts erzählt?« fragte Poirot scheinbar uninteressiert. Es lag ihm jedoch viel daran festzustellen, ob der Kommissar die wirklichen Gründe kannte, die Mrs. Oliver dazu veranlaßt hatten, auf Poirots Reise nach Devonshire zu bestehen.

»Ob sie mir sonst nichts erzählt hat? Sie hat unaufhörlich geredet, sie hat jedes mögliche und unmögliche Motiv für den Mord an dem Mädchen ausgemalt. Schließlich schwirrte mir der Kopf. Die Dame hat eine blühende Phantasie!«

»Damit verdient sie sich ihren Lebensunterhalt, *mon ami*«, bemerkte Poirot trocken.

»Sie erwähnte einen gewissen de Sousa. War er ein Gebilde ihrer Phantasie?«

»Nein, dieser Mann existiert wirklich.«

»Dann sprach sie von einem Brief beim Frühstück und von einer Jacht, die den Fluß heruntersegelte. Ich bin daraus nicht klug geworden.«

Poirot begann, Bland über die Vorfälle am Frühstückstisch aufzuklären; er erwähnte den Brief und die Tatsache, daß Lady Stubbs über Kopfschmerzen klagte.

»Mrs. Oliver glaubt, daß Lady Stubbs Angst hatte. Ist das auch Ihre Meinung?«

»Ja, ich hatte denselben Eindruck.«

»Sie fürchtet sich vor diesem Vetter? Warum?«

Poirot zuckte die Achseln.

»Ich habe keine Ahnung. Sie sagte nur zu mir, er sei böse – ein schlechter Mensch. Sie müssen wissen, daß Lady Stubbs geistig etwas unterentwickelt ist.«

»Ja, das scheint sich hier bereits herumgesprochen zu haben. Erwähnte sie, weshalb sie sich vor diesem de Sousa fürchtet?«
»Nein.«
»Aber Sie glauben, daß sie wirklich Angst hatte?«
»Wenn nicht, muß sie eine sehr gute Schauspielerin sein«, meinte Poirot trocken.
»Mir kommen allmählich die merkwürdigsten Gedanken über diesen Fall«, sagte Bland und begann, unruhig im Zimmer auf und ab zu gehen. »Und diese verdammte Person ist daran schuld.«
»Mrs. Oliver?«
»Ja, sie hat mir diese melodramatischen Ideen in den Kopf gesetzt.«
»Glauben Sie, daß etwas Wahres daran ist?«
»Nicht viel, aber die eine oder andere ihrer absurden Ideen mag ein Fünkchen Wahrheit enthalten. Es hängt alles davon ab ...« Er unterbrach sich, als die Tür geöffnet wurde und Hoskins das Zimmer betrat.
»Ich kann die Dame nirgends finden«, verkündete er. »Sie scheint verschwunden zu sein.«
»Das ist mir bereits bekannt«, sagte Bland irritiert. »Ich habe Ihnen den Auftrag gegeben, sie zu finden.«
»Constable Farrell und Lorrimer suchen den Park nach ihr ab, Kommissar. Im Haus ist sie bestimmt nicht«, fügte er hinzu.
»Erkundigen Sie sich bei dem Mann, der am Gartentor die Eintrittskarten verkauft, ob sie das Grundstück verlassen hat – entweder zu Fuß oder im Auto.«
»Jawohl, Kommissar.«
Hoskins verließ das Zimmer.
»Und stellen Sie fest, wo und wann sie zuletzt gesehen wurden«, rief Bland ihm nach.
»In diese Richtung gehen Ihre Gedanken also«, stellte Poirot fest.
»In keine bestimmte Richtung«, meinte Bland, »aber es ist mir aufgefallen, daß eine Dame, die hier sein sollte, nicht hier ist, und ich will der Sache auf den Grund gehen. Und

nun erzählen Sie mir bitte alles, was Sie von diesem de Sousa wissen.«
Poirot beschrieb sein Zusammentreffen mit dem jungen Mann, dem er auf dem Weg vom Kai zum Haus begegnet war.
»Wahrscheinlich ist er noch auf dem Gartenfest«, meinte er abschließend. »Soll ich Sir George sagen, daß Sie ihn sprechen wollen?«
»Warten Sie noch einen Augenblick«, erwiderte Bland. »Zunächst möchte ich noch verschiedenes klarstellen. Wann haben Sie selbst Lady Stubbs zuletzt gesehen?«
Poirot dachte nach; es fiel ihm nicht leicht, sich genau zu erinnern. Er entsann sich, daß er ihre große, in violette Seide gekleidete Gestalt mit dem breitkrempigen schwarzen Hut hier und da auf dem Rasen hatte auftauchen sehen. Sie schien sich mit verschiedenen Leuten zu unterhalten, und gelegentlich hatte er ihr sonderbares, lautes Lachen gehört, das sich deutlich von dem sonstigen Lärm des Festes abhob.
»Es muß kurz vor vier gewesen sein«, sagte er schließlich.
»Und wo befand sie sich um diese Zeit? Mit wem hat sie gesprochen?«
»Sie stand inmitten einer Gruppe von Leuten, in der Nähe des Hauses.«
»War sie da, als de Sousa ankam?«
»Daran kann ich mich nicht erinnern, aber ich glaube nicht. Ich habe sie jedenfalls nicht gesehen. Sir George sagte zu de Sousa, seine Frau müsse irgendwo in der Nähe sein, aber ich entsinne mich, daß er überrascht zu sein schien, sie nicht bei dem Kostümwettbewerb der Kinder angetroffen zu haben.«
»Um wieviel Uhr ist de Sousa angekommen?«
»Es muß etwa halb fünf gewesen sein, aber ich habe nicht auf die Uhr gesehen und kann Ihnen deshalb die genaue Zeit nicht sagen.«
»Lady Stubbs war also schon vor de Sousas Ankunft unauffindbar, nicht wahr?«
»Es scheint so.«
»Möglicherweise ist sie verschwunden, um ihm nicht zu begegnen«, meinte der Kommissar.

»Schon möglich«, stimmte Poirot zu.
»Nun, sehr weit fort kann sie nicht sein«, sagte Bland. »Es sollte nicht schwer sein, sie zu finden, und wenn wir sie . . .« Er unterbrach sich.
». . . und wenn Sie sie nicht finden?« fuhr Poirot in einem sonderbaren Ton fort.
»Unsinn! Warum denn nicht?« erwiderte der Kommissar schroff. »Glauben Sie etwa, daß ihr etwas zugestoßen ist?«
Poirot zuckte die Achseln.
»Woher soll ich das wissen? Bisher wissen wir nur, daß sie verschwunden ist.«
»Das ist doch wirklich kein Grund, in einem so düsteren Ton zu sprechen, M. Poirot.«
»Vielleicht ist es aber eine düstere Angelegenheit.«
»Wir untersuchen den Mord an Marlene Tucker«, bemerkte der Kommissar ärgerlich.
»Selbstverständlich – warum dann das Interesse an de Sousa? Glauben Sie, daß er Marlene Tucker ermordet hat?«
»An allem ist diese Person schuld!« erwiderte der Kommissar nicht sehr logisch.
»Meinen Sie Mrs. Oliver?« fragte Poirot mit einem leichten Lächeln.
»Ja. Ich kann nicht begreifen, warum Marlene Tucker ermordet worden ist – ich kann beim besten Willen kein Motiv dafür finden. Wer sollte Grund haben, dieses uninteressante, törichte kleine Mädchen umzubringen?«
»Und Mrs. Oliver hat ein Motiv gefunden?«
»Mindestens ein Dutzend! Sie meinte unter anderem, daß Marlene um eine heimliche Liebesgeschichte gewußt haben könnte, oder vielleicht Zeugin eines Mordes gewesen sei, oder daß sie wüßte, wo ein heimlicher Schatz vergraben wurde, oder daß sie vom Fenster des Bootshauses aus de Sousa, der mit seinem Motorboot am Ufer anlegte, bei einer dunklen Tat beobachtet haben könnte.«
»Sehr interessant! Würden Sie einer dieser Theorien irgendwelche Bedeutung beimessen, *mon cher*?«
»Ich weiß nicht recht, aber sie gehen mir noch immer im

Kopf herum. Hören Sie zu, Poirot, und versuchen Sie, sich möglichst genau zu erinnern: Hatten Sie, nachdem Sie heute morgen mit Lady Stubbs sprachen, den Eindruck, daß sie möglicherweise über die bevorstehende Ankunft ihres Vetters verstört war, weil er etwas wußte, das ihr Mann nicht erfahren sollte, oder glauben Sie, daß sie persönlich Angst vor ihm hatte?«

»Meiner Ansicht nach fürchtete sie sich persönlich vor dem Mann«, antwortete Poirot ohne Zaudern.

»Hm ... dann werde ich mich wohl mit dem jungen Mann unterhalten müssen, falls er noch hier ist«, meinte der Kommissar.

11

Obwohl Kommissar Bland, im Gegensatz zu Constable Hoskins, Ausländern gegenüber keine Vorurteile hegte, empfand er sofort eine starke Abneigung gegen Etienne de Sousa. Seine übertriebene Eleganz, seine Gewandtheit, die stark parfümierte Brillantine auf seinem dunklen Haar erregten das Mißfallen des Kommissars.

De Sousa war sehr selbstsicher, sehr ungezwungen. Er gab sich wenig Mühe, eine gewisse Belustigung zu verbergen.

»Man muß zugeben, daß das Leben voller Überraschungen ist«, meinte er. »Ich bin auf einer Ferienfahrt mit meiner Jacht, ich komme hier an, bewundere die herrliche Umgebung, erwarte, einen Nachmittag mit meiner kleinen Kusine zu verbringen, die ich seit Jahren nicht gesehen habe – und was geschieht? Zuerst gerate ich in eine Art Karneval, die Kokosnüsse pfeifen mir um die Ohren, und sofort danach, von der Komödie zur Tragödie, werde ich in einen Mord verwickelt.«

Er zündete sich eine Zigarette an, atmete den Rauch ein und fuhr fort: »Nicht, daß mich dieser Mord etwas angeht. Ich habe keine Ahnung, warum Sie mit mir sprechen wollen.«

»Sie sind hier als ein Fremder angekommen, Mr. de Sousa . . .«
»Und Fremde hat man sogleich im Verdacht, nicht wahr?« unterbrach de Sousa ihn.
»Aber durchaus nicht, Sie mißverstehen mich, Mr. de Sousa. Wie ich höre, liegt Ihre Jacht in Helmmouth vor Anker?«
»Das stimmt.«
»Und Sie sind hier heute nachmittag in einem Motorboot angekommen?«
»Jawohl.«
»Ist Ihnen bei Ihrer Fahrt den Fluß hinunter ein kleines Bootshaus mit einem Strohdach aufgefallen, das etwas über das Ufer hinausragt und einen eigenen Anlegesteg hat?«
De Sousa warf seinen hübschen dunklen Kopf stirnrunzelnd zurück.
»Ich muß überlegen«, meinte er. »Ich habe eine Bucht und ein kleines graues Backsteinhaus gesehen.«
»Weiter unten, Mr. de Sousa! Zwischen den Bäumen!«
»Ja, jetzt entsinne ich mich – ein sehr malerisches Fleckchen. Ich wußte nicht, daß dieses Bootshaus zum Haus hier gehört, sonst hätte ich dort angelegt und wäre an Land gegangen. Aber man hatte mir gesagt, bis zur Fähre zu fahren und dort am Kai zu landen.«
»Ich verstehe – und das taten Sie dann auch?«
»Ja, das tat ich.«
»Sie waren nicht beim Bootshaus oder in seiner Nähe?«
De Sousa schüttelte den Kopf.
»Haben Sie jemanden im Bootshaus gesehen, als sie vorüberfuhren?«
»Nein – hätte ich jemanden sehen sollen?«
»Es wäre möglich gewesen, Mr. de Sousa, denn das ermordete Mädchen war heute nachmittag im Bootshaus, und es muß ungefähr um die Zeit ums Leben gekommen sein, zu der Sie dort vorbeifuhren.«
Wieder hob de Sousa die Augenbrauen.
»Sie glauben, daß ich Zeuge des Mordes gewesen bin?«
»Der Mord geschah im Innern des Bootshauses, aber Sie hät-

ten das Mädchen möglicherweise sehen können – als es vielleicht aus dem Fenster blickte oder auf die Terrasse trat. Falls Sie es gesehen hätten, wären wir imstande, den Zeitpunkt des Mordes genauer festzulegen. Wenn sie, als Sie vorbeifuhren, noch am Leben gewesen wäre . . .«

»Ich verstehe, ich verstehe. Aber warum fragen Sie ausgerechnet mich? Es fahren viele Boote den Fluß hinunter, die von Helmmouth kommen, auch Vergnügungsdampfer. Warum fragen Sie nicht bei denen nach?«

»Machen Sie sich keine Sorgen«, erwiderte der Kommissar, »wir werden bestimmt überall nachfragen. Sie behaupten also, nichts Ungewöhnliches beim Bootshaus gesehen zu haben?«

»Ich habe gar nichts gesehen, nicht einmal ein Zeichen, daß jemand dort war. Natürlich habe ich dem Bootshaus keine besondere Beachtung geschenkt und bin auch nicht sehr nahe daran vorbeigekommen. Vielleicht hat jemand aus dem Fenster geschaut, aber ich habe nichts gesehen.« Er fügte in höflichem Ton hinzu: »Es tut mir sehr leid, daß ich Ihnen nicht behilflich sein kann.«

»Wir dürfen nicht zuviel erwarten«, meinte Kommissar Bland freundlich. »Ich möchte nur noch einige Kleinigkeiten von Ihnen erfahren.«

»Ja?«

»Sind Sie allein hier, oder machen Sie diese Segelfahrt in Begleitung von Freunden?«

»Bis vor drei Tagen hatte ich Freunde bei mir, aber im Augenblick bin ich allein – mit Ausnahme der Besatzung natürlich.«

»Wie heißt Ihre Jacht, Mr. de Sousa?«

»›Espérance.‹«

»Wie ich höre, ist Lady Stubbs Ihre Kusine?«

»Eine entfernte Kusine – weitläufig verwandt. Sie müssen wissen, daß man auf unseren Inseln viel untereinander heiratet – wir sind alle irgendwie verwandt. Hattie ist eine Kusine zweiten oder dritten Grades. Ich habe sie nicht gesehen, seit sie ein Mädchen von vierzehn oder fünfzehn Jahren war.«

»Und Sie wollten sie heute überraschend besuchen?«

»Es war kaum eine Überraschung für sie, Kommissar. Ich hatte ihr bereits geschrieben.«
»Ich weiß, daß sie heute morgen einen Brief von Ihnen erhielt, aber sie war offenbar erstaunt zu hören, daß Sie in England sind.«
»Da irren Sie sich aber, Kommissar. Ich habe meiner Kusine vor etwa drei Wochen aus Frankreich geschrieben, kurz bevor ich hierherfuhr.«
Bland war überrascht.
»Sie schrieben ihr aus Frankreich, daß Sie beabsichtigten, sie zu besuchen?«
»Ja, ich schrieb, daß ich auf einer Seereise sei und daß wir wahrscheinlich etwa um diese Zeit in Helmmouth oder in Torquay ankommen würden, daß ich ihr aber das genaue Datum noch mitteilen würde.«
Kommissar Bland starrte ihn an. Diese Aussage stimmte nicht mit dem überein, was sich, wie man ihm gesagt hatte, am Frühstückstisch abgespielt hatte. Mehrere Augenzeugen hatten behauptet, daß Lady Stubbs angesichts des Briefes alarmiert und bestürzt gewesen sei. De Sousa erwiderte seinen Blick ruhig. Er schnippte lächelnd ein Staubkörnchen von seinem Knie.
»Hat Lady Stubbs Ihnen auf Ihren ersten Brief geantwortet?« fragte der Kommissar.
De Sousa zögerte einen Augenblick, bevor er erwiderte: »Ich kann mich zwar nicht genau erinnern, aber ich glaube nicht. Warum auch – ich fuhr ja umher und hatte keine bestimmte Adresse. Außerdem halte ich meine Kusine Hattie nicht für eine gute Briefschreiberin. Sehr intelligent ist sie nämlich nicht, aber sie soll eine sehr schöne Frau geworden sein.«
»Sie haben sie noch nicht gesehen?« fragte Bland. De Sousa zeigte seine Zähne in einem breiten Lächeln und sagte: »Sonderbarerweise ist sie nirgends zu finden. Wahrscheinlich findet sie dieses *espèce de gala* sehr langweilig.«
Kommissar Bland wählte seine Worte mit großer Sorgfalt, als er seine nächste Frage stellte: »Glauben Sie, daß Ihre

Kusine ein Zusammentreffen mit Ihnen aus irgendwelchen Gründen vermeiden will, Mr. de Sousa?«
»Warum sollte Hattie mich meiden wollen? Das verstehe ich nicht. Aus welchem Grund?«
»Das fragte ich Sie, Mr. de Sousa.«
»Sie glauben, daß Hattie sich von diesem Fest zurückgezogen hat, um mich zu meiden? Absurde Idee!«
»Sie hatte, Ihrer Meinung nach, keinen Grund, sich – sagen wir, sich vor Ihnen zu fürchten?«
»Zu fürchten? Vor *mir*?« De Sousas Stimme klang erstaunt und belustigt. »Welch phantastische Vorstellung, Kommissar!«
»Sie haben zu ihr immer in freundschaftlicher Beziehung gestanden?«
»Wie ich schon sagte: Ich stehe in gar keiner Beziehung zu ihr. Ich habe sie zuletzt gesehen, als sie etwa vierzehn Jahre alt war.«
»Und doch statten Sie ihr einen Besuch ab, wenn Sie nach England kommen?«
»Ich hatte etwas über sie in der Zeitung gelesen – unter ›Nachrichten aus der Gesellschaft‹. Ihr Mädchenname wurde erwähnt und daß sie einen reichen Mann geheiratet hatte. Ich muß die kleine Hattie besuchen, dachte ich mir; ich muß sehen, was aus ihr geworden ist.« Er zuckte die Achseln. »Ein Höflichkeitsbesuch und ein wenig Neugier – sonst nichts.«
Wieder starrte der Kommissar de Sousa ins Gesicht. Was mochte hinter dieser glatten, spöttischen Fassade vorgehen?
»Könnten Sie mir vielleicht etwas mehr über Ihre Kusine erzählen? Über ihren Charakter, ihre Gewohnheiten?«
De Sousa schien erstaunt zu sein.
»Sollte das wirklich etwas zu tun haben mit dem Mord im Bootshaus, den Sie, wie ich höre, zu untersuchen haben?«
»Es könnte ein Zusammenhang bestehen«, antwortete der Kommissar.
De Sousa betrachtete ihn einen Augenblick schweigend, dann sagte er achselzuckend: »Ich habe meine Kusine nie gut gekannt – sie war nur eins von vielen Kindern einer großen

Familie und interessierte mich nicht besonders. Aber ich würde sagen, daß sie zwar schwachsinnig war, jedoch, soviel ich weiß, keine verbrecherischen Neigungen hatte.«
»Aber Mr. de Sousa, davon war doch gar keine Rede!«
»Wirklich nicht? Warum haben Sie mir dann diese Frage gestellt? Nein, wenn Hattie sich nicht sehr verändert hat, besitzt sie keine verbrecherischen Neigungen.« Er stand auf. »Bestimmt haben Sie mir keine weiteren Fragen zu stellen, Kommissar. Ich wünsche Ihnen viel Erfolg und hoffe, es wird Ihnen gelingen, den Mörder zu finden.«
»Sie haben doch nicht die Absicht, Helmmouth in den nächsten zwei bis drei Tagen zu verlassen, Mr. de Sousa?«
»Sie drücken sich sehr höflich aus, Kommissar. Ist das ein Befehl?«
»Nur eine Bitte, Mr. de Sousa.«
»Vielen Dank. Ich habe vor, zwei Tage in Helmmouth zu bleiben. Sir George hat mich liebenswürdigerweise gebeten, bei ihm im Haus zu wohnen, aber ich ziehe vor, auf der ›Espérance‹ zu bleiben. Dort können Sie mich finden, wenn Sie weitere Fragen an mich haben.«
Er verneigte sich höflich.
Constable Hoskins öffnete ihm die Tür, und Mr. de Sousa verließ den Raum.
»Undurchsichtiger Kerl«, murmelte der Kommissar, und Hoskins war ganz seiner Meinung.
»Selbst wenn Lady Stubbs verbrecherische Neigungen hätte«, meinte Bland, »wüßte ich nicht, warum sie dieses harmlose Mädchen hätte angreifen sollen. Welchen Sinn hätte das gehabt?«
»Bei diesen verdrehten Frauenzimmern kennt man sich nie aus«, gab Hoskins zu bedenken.
»Es fragt sich, wie verdreht sie wirklich ist.«
Hoskins schüttelte weise den Kopf.
»Meiner Meinung nach hat sie einen sehr niedrigen I. Q.«
Der Kommissar sah ihn ärgerlich an.
»Plappern Sie nicht alles nach wie ein Papagei! I. Q.! Diese neumodischen Abkürzungen! Es ist mir ganz einerlei, ob sie

einen hohen oder einen niedrigen Intelligenzquotienten hat; ich will nur wissen, ob sie eine Frau ist, die es für komisch, zweckmäßig oder notwendig hält, ein junges Mädchen mit einem Strick zu erwürgen. Und wo, zum Teufel, *ist* die Person? Sehen Sie mal nach, was Frank erreicht hat.«
Hoskins entfernte sich gehorsam, kehrte jedoch kurz darauf wieder zurück. In seiner Begleitung befand sich Constable Cottrell, ein eifriger junger Mann, der eine sehr hohe Meinung von sich hatte und dem es immer gelang, Bland mit seinem forschen, selbstsicheren Wesen zu verärgern. Hoskins mit seiner Bauernschlauheit war Kommissar Bland wesentlich sympathischer.
»Wir suchen den Park und den Garten noch immer ab, Kommissar«, erklärte Cottrell. »Wir wissen, daß die Dame bestimmt nicht durch das Gartentor hinausgegangen ist. Der zweite Gärtner, der dort die Eintrittskarten verkauft, schwört, daß er sie nicht gesehen hat.«
»Ich nehme an, daß es noch andere Möglichkeiten gibt, das Grundstück zu verlassen«, meinte der Kommissar.
»Ja, natürlich, Kommissar. Man kann über den Pfad zur Fähre gehen, aber Merdell, der alte Mann, der die Fähre bedient, behauptet, daß sie den Garten auch auf diesem Weg bestimmt nicht verlassen hat. Er muß fast hundert Jahre alt sein, aber er ist trotzdem recht zuverlässig. Er beschrieb in klaren Worten die Ankunft des ausländischen Herrn im Motorboot und wie dieser ihn nach dem Weg nach Nasse House gefragt habe. Der Alte bedeutete dem Fremden, daß er zum Haupttor gehen und Eintritt bezahlen müsse, aber der Herr schien nichts vom Gartenfest zu wissen und sagte, er wäre ein Verwandter der Familie. Daraufhin zeigte der Alte ihm den Weg von der Fähre zum Haus. Merdell scheint sich den ganzen Nachmittag über am Fluß aufgehalten zu haben, und er hätte Lady Stubbs bestimmt bemerkt, wenn sie in die Nähe der Fähre gekommen wäre. Dann ist da noch ein Gitter, von dem aus ein Feldweg nach Hoodown Park führt, aber das ist mit Stacheldraht umwunden, um Unbefugte am Betreten des Gutes zu hindern. Auf diesem Weg kann sie das Grundstück

also auch nicht verlassen haben. Demnach muß man fast annehmen, daß sie noch hier ist, nicht wahr?«
»Mag sein; andererseits kann sie niemand daran hindern, unter einem Gitter hindurchzukriechen und über die Felder zu gehen«, erwiderte der Kommissar. »Wie ich höre, beschwert sich Sir George dauernd, daß Besucher der Jugendherberge in Hoodown Park ohne seine Erlaubnis auf das Grundstück kommen – wenn man unbefugterweise hereinkommen kann, muß es auch möglich sein, auf dem gleichen Weg hinauszugelangen.«
»Zweifellos, Kommissar. Aber ich habe mit ihrem Mädchen gesprochen« – Cottrell nahm einen Zettel aus der Tasche und las vor – »Lady Stubbs trägt ein violettes Crêpe-Georgette-Kleid, einen großen, schwarzen Hut und schwarze Pumps mit hohen Absätzen – dieser Aufzug ist doch wohl nicht sehr geeignet, um darin unter Gittern hindurchzukriechen und über die Felder zu wandern.«
»Hat sie sich bestimmt nicht umgezogen?«
»Nein, danach habe ich mich bei ihrem Mädchen auch erkundigt. Es fehlt nichts – gar nichts. Sie hat auch keinen Koffer gepackt; sie hat nicht einmal andere Schuhe angezogen. Alle ihre Schuhe stehen im Schrank.«
Kommissar Bland runzelte die Stirn. Er begann sich alle möglichen unangenehmen Dinge auszumalen.
»Schicken Sie mir diese Sekretärin noch einmal herein«, befahl er. »Wie hieß sie doch gleich? – Miss Brewis.«

Miss Brewis sah weniger ordentlich aus als gewöhnlich und war etwas außer Atem, als sie das Zimmer betrat.
»Sie wollten mich sprechen, Kommissar?« fragte sie. »Wenn es nicht sehr dringend ist – Sir George ist nämlich in einem furchtbaren Zustand und –«
»Weshalb?«
»Es ist ihm jetzt klargeworden, daß Lady Stubbs wirklich verschwunden ist. Ich äußerte die Vermutung, daß sie wahrscheinlich nur auf einen Spaziergang in den Wald gegangen sei, aber er läßt sich nicht beruhigen; er hat sich in den Kopf

gesetzt, daß ihr etwas zugestoßen sein müsse. Lächerliche Idee!«
»Vielleicht nicht so lächerlich, wie Sie glauben, Miss Brewis. Schließlich ist heute nachmittag hier ein – ein Mord geschehen.«
»Wollen Sie damit sagen, daß Lady Stubbs –? Aber das ist vollkommen unsinnig! Lady Stubbs weiß sich doch zu schützen.«
»Glauben Sie?«
»Natürlich. Schließlich ist sie eine erwachsene Frau!«
»Aber recht hilflos, wie ich von allen Seiten höre.«
»Keine Spur«, erwiderte Miss Brewis. »Hin und wieder paßt es Lady Stubbs in den Kram, das hilflose Kind zu spielen – wenn sie sich vor etwas drücken will. Ihrem Mann kann sie vielleicht etwas vorspielen – mir nicht!«
»Sie können sie nicht sehr gut leiden, nicht wahr?« fragte Bland mit scheinbarem Interesse.
Miss Brewis' Mund wurde zu einer dünnen, scharfen Linie. »Es kommt mir nicht zu, Sympathien oder Antipathien zu haben«, stellte sie bitter fest.
Die Tür wurde aufgerissen, und Sir George stürzte aufgeregt ins Zimmer.
»Wo ist Hattie?« fragte er atemlos. »Sie müssen unbedingt etwas unternehmen – Sie müssen sie finden! Was geht hier vor, zum Teufel? Dieses verfluchte Fest! Ein irrsinniger Verbrecher muß seine zwei Shilling Eintritt gezahlt und sich unauffällig unter die Menge gemischt haben; wahrscheinlich sieht er ganz harmlos aus – während er den Nachmittag damit verbringt, Leute zu ermorden.«
»Ich glaube, Sie übertreiben etwas, Sir George.«
»Sie haben gut reden – Sie sitzen ruhig am Schreibtisch und machen sich Notizen. Ich will meine Frau finden!«
»Ich lasse soeben das Grundstück nach ihr absuchen.«
»Warum hat mir niemand mitgeteilt, daß sie verschwunden ist? Scheinbar wird sie schon seit zwei Stunden vermißt. Ich fand es sonderbar, daß sie beim Kostümwettbewerb der Kinder nicht erschien, aber niemand hat mir gesagt, daß sie nir-

gends zu finden ist.«
»Weil es niemand wußte«, erklärte der Kommissar.
»Jemand hätte es aber wissen sollen! Irgend jemand hätte doch ihr Verschwinden bemerken müssen.«
Er wandte sich jäh an Miss Brewis.
»Sie hätten Bescheid wissen müssen, Amanda; Sie hatten die Aufsicht übernommen!«
»Ich kann nicht überall gleichzeitig sein«, antwortete Miss Brewis; sie schien den Tränen nahe. »Ich muß mich um so viele Dinge kümmern. Wenn Lady Stubbs sich entfernen wollte –«
»Sich entfernen? Warum sollte sie sich entfernen wollen? Oder wollte sie vielleicht diesen ausländischen Burschen nicht sehen?« Bland ergriff diese Gelegenheit.
»Ich möchte Sie etwas fragen, Sir George. Hat Ihre Gattin vor drei Wochen einen Brief von Mr. de Sousa bekommen, in dem er seinen Besuch ankündigte?«
Sir George sah erstaunt aus.
»Nein, natürlich nicht.«
»Sind Sie ganz sicher?«
»Ganz sicher. Das hätte sie mir bestimmt erzählt. Nachdem sie heute morgen seinen Brief erhalten hatte, war sie überrascht und bestürzt. Der Schock war so stark, daß sie Kopfschmerzen bekam und fast den ganzen Morgen liegen mußte.«
»Was hat sie Ihnen persönlich in bezug auf den Besuch ihres Vetters gesagt? Warum graute ihr so davor, ihn wiederzusehen?«
Sir George machte einen ziemlich verwirrten Eindruck.
»Wenn ich das nur wüßte«, meinte er. »Sie wiederholte nur immer wieder, daß er ein schlechter Mensch sei.«
»Schlecht? Inwiefern?«
»Sie hat sich nicht sehr klar ausgedrückt, sondern immer nur wie ein Kind gesagt: ›Er ist böse, ein schlechter Mensch. Ich wünschte, er würde nicht herkommen. Er hat böse Sachen gemacht.‹«
»Böse Sachen? Wann?«

»Vor vielen Jahren, nehme ich an. Wahrscheinlich ist dieser Etienne de Sousa das schwarze Schaf der Familie, und Hattie hat als Kind von seinen Untaten gehört, ohne zu verstehen, um was es sich wirklich handelte. Das Resultat ist, daß sie sich vor ihm fürchtet. Ich selbst maß der Sache keine große Bedeutung bei. Meine Frau ist manchmal ein bißchen kindisch. Sie faßt Zuneigungen und Abneigungen, die sie nicht erklären kann.«

»Sind Sie sicher, daß sie weiter nichts gesagt hat, Sir George?«

Sir George zögerte.

»Ich möchte, wie gesagt, ihren Worten keine – keine allzu große Bedeutung beimessen.«

»Sie hat also doch noch etwas geäußert?«

»Also gut . . . sie sagte – und zwar mehrmals –, *›er bringt Leute um‹*.«

»Er bringt Leute um«, wiederholte Kommissar Bland.

»Ich glaube, Sie sollten diese Bemerkung wirklich nicht zu ernst nehmen«, meinte Sir George. »Sie hat zwar immer wieder gesagt: ›Er bringt Leute um‹, aber sie konnte mir nicht angeben, wen er umgebracht hätte und aus welchem Grund. Ich selbst hielt das Ganze für verworrene Kindheitserinnerungen – vielleicht waren sie mit einem Aufstand der Eingeborenen oder etwas dergleichen verknüpft«

»Sie sagen, daß sie Ihnen nichts Bestimmtes mitteilen konnte. Konnte sie nicht oder wollte sie nicht?«

»Ich glaube nicht – ich weiß wirklich nicht –« Er unterbrach sich. »Sie verwirren mich! Ich habe den Vorfall, wie gesagt, nicht ernst genommen. Vielleicht hat dieser Vetter sie als Kind manchmal geneckt – ich kann Ihnen diese Dinge kaum erklären, weil Sie meine Frau nicht kennen. Ich liebe sie von Herzen, aber ich höre nicht immer genau zu, wenn sie was sagt, weil es meistens keinen Sinn und Verstand hat. Auf keinen Fall kann dieser de Sousa etwas mit der Angelegenheit zu tun haben – Sie wollen doch wohl nicht behaupten, daß er hier landet, durch den Wald geht und als erstes eine unbedeutende kleine Pfadfinderin in einem Bootshaus tötet.

Warum sollte er?«
»Ich habe nicht behauptet, daß es so gewesen ist«, erklärte Kommissar Bland, »aber Sie müssen sich darüber im klaren sein, daß wir es bei unserer Suche nach dem Mörder von Marlene Tucker mit einem beschränkteren Kreis zu tun haben, als wir zuerst angenommen hatten.«
»Beschränkt!« Sir George starrte Bland verständnislos an. »Sie haben Ihren Mörder unter zwei- bis dreihundert Personen zu suchen – sämtliche Besucher dieses verdammten Gartenfestes. Jeder von ihnen könnte es gewesen sein!«
»Ja, das dachte ich zuerst auch, aber ich habe meine Meinung geändert, seitdem ich weiß, daß das Bootshaus ein Zylinderschloß hat. Niemand könnte von außen ohne einen Schlüssel hineinkommen.«
»Wir hatten aber drei Schlüssel.«
»Sehr richtig. Ein Schlüssel war der letzte Anhaltspunkt in dieser Mörderjagd. Er liegt noch immer unter den Hortensiensträuchern, am höchsten Punkt des Gartens, versteckt. Der zweite Schlüssel war im Besitz von Mrs. Oliver, die die Mörderjagd organisierte. Wo ist der dritte Schlüssel, Sir George?«
»Er muß in einer Schublade des Schreibtischs, an dem Sie sitzen, liegen. Nein, in der rechten Schublade – unter einem Haufen anderer Schlüssel.«
Er ging zum Schreibtisch und begann, in der Schublade herumzukramen.
»Ja, hier ist er.«
»Wissen Sie, was das bedeutet?« fragte Kommissar Bland. »Daß nur folgende Personen ins Bootshaus kommen konnten: erstens der Gewinner der Mörderjagd, der als solcher ja den Schlüssel finden mußte – aber das ist, soviel ich weiß, nicht geschehen. Zweitens: Mrs. Oliver oder ein anderer Hausbewohner, dem sie den Schlüssel geborgt haben konnte, und drittens: eine Person, *die von Marlene selbst hereingelassen wurde.*«
»Nun, dieser letzte Punkt bezieht sich wohl mehr oder weniger auf alle, nicht wahr?«

»Durchaus nicht«, erwiderte Kommissar Bland. »Wenn ich die Regeln dieser Mörderjagd richtig verstanden habe, sollte sich das Mädchen, sobald sie herannahende Schritte hörte, auf den Boden legen und die Rolle des Opfers spielen. Sie sollte von der Person entdeckt werden, die den letzten Anhaltspunkt – nämlich den Schlüssel – gefunden hatte. Sie werden also einsehen, daß Marlene nur diejenigen hereingelassen hätte, die die Mörderjagd organisiert hatten, also einen Bewohner dieses Hauses – Sie selbst, Lady Stubbs, Miss Brewis, Mrs. Oliver und möglicherweise M. Poirot, den sie, glaube ich, heute morgen kennengelernt hatte. Wer käme sonst noch in Frage, Sir George?«
Sir George überlegte einen Augenblick.
»Natürlich die Legges – Alec und Sally Legge. Sie sind von Anfang an dabei gewesen. Und Michael Weyman, ein Architekt, der im Haus wohnt und einen Tennispavillon entwerfen soll. Und Warburton, die Mastertons, und natürlich Mrs. Folliat.«
»Sonst niemand?«
»Das sind alle.«
»Wie Sie sehen, ist der Kreis nicht sehr groß, Sir George.«
Sir George wurde dunkelrot.
»Sie reden Unsinn – völligen Unsinn! Wollen Sie etwa behaupten ... was behaupten Sie eigentlich?«
»Ich stelle nur fest, daß wir über vieles noch nicht Bescheid wissen«, antwortete Bland. »Es wäre beispielsweise möglich, daß Marlene aus irgendeinem Grund das Bootshaus verlassen hat. Sie könnte sogar an einem anderen Ort erwürgt worden sein, und die Leiche wurde nach der Tat zurück ins Bootshaus geschafft. Aber auch in diesem Fall muß der Täter mit allen Einzelheiten der Mörderjagd vertraut gewesen sein. Darauf kommen wir immer wieder zurück.« Er fügte in leicht verändertem Ton hinzu: »Ich versichere Ihnen, daß wir alles tun, was in unserer Macht steht, um Lady Stubbs zu finden. Inzwischen möchte ich ein Wort mit Mr. und Mrs. Legge und Mr. Weyman wechseln.«
»Ich werde sie zu Ihnen schicken, Kommissar«, sagte Miss

Brewis. »Ich nehme an, daß Mrs. Legge noch in ihrem Zelt ist und die Zukunft voraussagt. Nach fünf sind eine Menge Leute zum halben Preis hereingekommen, und es herrscht überall reger Betrieb. Aber Mr. Legge und Mr. Weyman sind bestimmt abkömmlich – wen möchten Sie zuerst sprechen?«

»Die Reihenfolge spielt keine Rolle«, entgegnete der Kommissar.

Miss Brewis nickte und verließ das Zimmer. Sir George folgte ihr; man vernahm seine klagende Stimme: »Hören Sie, Amanda, wir müssen unbedingt . . .«

Kommissar Bland realisierte, daß Sir George sich in vielen Dingen völlig auf die tüchtige Miss Brewis verließ; ja, in diesem Augenblick erschien ihm der Herr des Hauses wie ein ängstlicher kleiner Junge.

Kommissar Bland griff zum Telefon und verlangte die Polizeistation in Helmmouth; er gab verschiedene Anordnungen im Zusammenhang mit der Jacht »Espérance«.

»Ich nehme an, daß Sie ebenfalls zu dem Schluß gekommen sind«, sagte er zu dem völlig ahnungslosen Hoskins, »daß es einen Ort gibt, an dem wir Lady Stubbs finden könnten – und zwar an Bord der Jacht dieses de Sousa.«

»Wie kommen Sie darauf, Kommissar?«

»Man hat die Frau durch keinen der üblichen Ausgänge gehen sehen, und in ihrer eleganten Toilette wird sie kaum über die Felder marschieren, aber es wäre möglich, daß sie sich mit de Sousa beim Bootshaus verabredet hatte, daß er sie im Motorboot zu seiner Jacht brachte und danach zum Gartenfest zurückkehrte.«

»Und warum sollte der das getan haben?« fragte Hoskins erstaunt.

»Ich habe keine Ahnung, und es ist auch nicht sehr wahrscheinlich«, meinte der Kommissar. »Es ist nur eine Möglichkeit. Und wenn sie auf der ›Espérance‹ sein sollte, werde ich dafür sorgen, daß sie sie nicht unbemerkt verläßt.«

»Aber wenn sie ihn nicht ausstehen kann . . .«, meinte Hoskins nachdenklich.

»Wir wissen nur, daß sie das behauptet hat, und Frauen nei-

gen leider oft zum Lügen«, meinte der Kommissar salbungsvoll. »Merken Sie sich das, Hoskins!«
»Jawohl, Kommissar.«
Die Unterhaltung wurde durch das Erscheinen eines großen, erstaunt aussehenden jungen Mannes unterbrochen. Er trug einen gutgeschnittenen grauen Flanellanzug, aber seine Krawatte saß schief, und sein Haar war wirr.
Der Kommissar blickte auf.
»Mr. Alec Legge?« fragte er.
»Nein, ich bin Michael Weyman«, erwiderte der junge Mann. »Mir wurde gesagt, daß Sie mich sprechen möchten.«
»Stimmt. Wollen Sie nicht Platz nehmen, Mr. Weyman?« Der Kommissar wies auf einen Stuhl auf der gegenüberliegenden Seite des Schreibtischs.
»Nein danke, ich möchte lieber auf und ab gehen«, entgegnete Michael Weyman. »Was hat die Polizei hier eigentlich zu suchen? Was ist geschehen?«
Kommissar Bland sah ihn überrascht an.
»Hat Ihnen das Sir George nicht gesagt?«
»Mir hat niemand etwas gesagt, außerdem bin ich nicht ununterbrochen in Sir Georges Nähe. Also, was ist los?«
»Wie ich höre, wohnen Sie hier im Haus, Mr. Weyman?«
»So ist es. Was hat das damit zu tun?«
»Ich dachte, daß alle Bewohner des Hauses von der Tragödie, die sich heute nachmittag abgespielt hat, inzwischen erfahren hätten.«
»Eine Tragödie? Was für eine Tragödie?«
»Das Mädchen, das die Rolle des Opfers gespielt hat, ist ermordet worden.«
»Nein! Sie ist wirklich ermordet worden?« Michael Weyman schien übertrieben erstaunt zu sein. »Kein Hokuspokus?«
»Ich weiß nicht, was Sie unter Hokuspokus verstehen. Das Mädchen ist tot.«
»Auf welche Weise wurde sie getötet?«
»Sie wurde mit einem Strick erwürgt.«
Michael Weyman pfiff leise vor sich hin.
»Genau wie im Drehbuch! Das gibt einem zu denken.« Er

ging mit großen Schritten zum Fenster, drehte sich plötzlich um und sagte: »Wir stehen also alle unter Verdacht? Oder war es jemand aus dem Dorf?«
»Wir halten es für kaum möglich, daß einer der Dorfbewohner es getan haben könnte«, erwiderte der Kommissar.
»Ich eigentlich auch nicht«, meinte Michael Weyman. »Viele meiner Freunde halten mich für verrückt, Kommissar, aber so verrückt bin ich denn doch nicht. Ich wandere nicht durch die Wälder, um unterentwickelte junge Mädchen mit schlechtem Teint zu erwürgen.«
»Wie ich höre, sind Sie hier, um einen Tennispavillon für Sir George zu entwerfen, Mr. Weyman?«
»Genau, und das dürfte wohl eine einwandfreie Beschäftigung sein – jedenfalls vom kriminalistischen Standpunkt aus«, stellte Michael fest. »Vom Standpunkt des Architekten mag die Sache anders aussehen. Der Pavillon wird wahrscheinlich ein Verbrechen am guten Geschmack darstellen, aber das wird Sie nicht interessieren, Kommissar. Wofür interessieren Sie sich?«
»Ich möchte genau wissen, wo Sie heute nachmittag zwischen vier Uhr fünfzehn und fünf Uhr waren, Mr. Weyman.«
»Woher wissen Sie, daß es um diese Zeit geschah? Aufgrund des medizinischen Befunds?«
»Nicht nur. Eine Zeugin hat das Mädchen um vier Uhr fünfzehn lebend angetroffen.«
»Welche Zeugin? Oder darf ich das nicht fragen?«
»Miss Brewis. Lady Stubbs hatte sie gebeten, dem Mädchen Kuchen und Limonade zu bringen.«
»Unsere Hattie hatte sie darum gebeten? Das glaube ich auf keinen Fall.«
»Warum nicht, Mr. Weyman?«
»Weil ich es ihr nicht zutraue. An so etwas würde sie nicht im Traume denken. Die verehrte Lady Stubbs ist ausschließlich mit sich selbst beschäftigt.«
»Ich warte noch immer darauf, daß Sie meine Frage beantworten, Mr. Weyman.«
»Sie wollen wissen, wo ich zwischen vier Uhr fünfzehn und

fünf Uhr gewesen bin, Kommissar? Leider kann ich Ihnen das nicht so genau sagen – ich bin einfach durch die Gegend geschlendert . . .«
»Wo ungefähr waren Sie?«
»Hier und dort. Zuerst auf der Wiese, bei den Buden, um die Dorfbewohner beim Volksfest zu beobachten. Dann wechselte ich einige Worte mit der aufgeregten kleinen Filmschauspielerin, und schließlich, nachdem mir das alles zu dumm geworden war, ging ich zum Tennisplatz und dachte über den Entwurf für den Pavillon nach. Außerdem wollte ich wissen, ob jemand das Tennisnetz auf der Fotografie identifizieren würde, das der erste Anhaltspunkt für die Mörderjagd war.«
»Hat es jemand identifiziert?«
»Ja, ich glaube, es ist jemand gekommen, aber ich habe gerade da nicht mehr richtig aufgepaßt, weil ich eine neue Idee für den Pavillon hatte – es war ein Kompromiß zwischen meinem Geschmack und den Wünschen von Sir George.«
»Und danach?«
»Danach? Danach schlenderte ich langsam zum Haus zurück. Dann ging ich zum Kai hinunter, wechselte ein paar Worte mit dem alten Merdell und kehrte wieder zum Haus zurück. Auf einen genauen Zeitpunkt kann ich mich leider nicht festlegen – wie schon gesagt, ich bin einfach so durch die Gegend geschlendert. Mehr kann ich Ihnen nicht sagen.«
»Ich nehme an, daß sich Ihre Aussagen bestätigen lassen, Mr. Weyman«, bemerkte Kommissar Bland.
»Merdell wird Ihnen bestätigen, daß ich am Kai mit ihm gesprochen habe; das war allerdings etwas später als zu dem Zeitpunkt, an dem Sie interessiert sind – es muß schon nach fünf gewesen sein. Nicht sehr zufriedenstellend, fürchte ich.«
»Ich nehme an, es wird uns gelingen, Genaueres festzustellen, Mr. Weyman.«
Der Kommissar war zwar höflich, aber sein eiskalter Ton entging dem jungen Architekten nicht. Er setzte sich auf eine Sessellehne und sagte: »Ganz ernsthaft – wer hätte das Mädchen ermorden wollen?«
»Wie denken Sie selbst darüber, Mr. Weyman?«

»Zunächst einmal kommt mir unsere Autorin mit der blühenden Phantasie in den Sinn, unsere ›Rote Gefahr‹. Haben Sie ihr wahrhaft königliches, purpurrotes Gewand gesehen? Vielleicht hat sie zeitweilig den Verstand verloren und geglaubt, ihre Mörderjagd würde nur dann ein Erfolg werden, wenn ein echter Mord stattfände. Was halten Sie davon?«
»Meinen Sie das wirklich, Mr. Weyman?«
»Eine andere Möglichkeit fällt mir nicht ein.«
»Ich möchte Ihnen noch eine Frage stellen, Mr. Weyman: Haben Sie Lady Stubbs im Laufe des Nachmittags gesehen?«
»Selbstverständlich – man konnte sie kaum übersehen. Sie hatte sich wie ein Mannequin von Jacques Fath oder Christian Dior hergerichtet.«
»Wann haben Sie sie zuletzt gesehen?«
»Zuletzt? Das weiß ich nicht mehr so genau – vielleicht um halb vier – in malerischer Stellung auf dem Rasen, es mag aber auch Viertel vor vier gewesen sein.«
»Danach haben Sie sie nicht mehr gesehen?«
»Nein. Warum?«
»Weil anscheinend niemand Lady Stubbs nach vier Uhr gesehen hat. Sie ist verschwunden, Mr. Weyman.«
»Verschwunden? Unsere Hattie?«
»Überrascht Sie das?«
»Ja, ziemlich ... was mag sie wohl im Schilde führen?«
»Kennen Sie Lady Stubbs gut, Mr. Weyman?«
»Als ich vor fünf Tagen hier ankam, habe ich sie zum ersten Mal gesehen.«
»Haben Sie sich eine Meinung über sie gebildet?«
»Meiner Ansicht nach weiß sie ihren eigenen Vorteil besser wahrzunehmen als manche andere«, stellte Michael Weyman trocken fest. »Eine sehr dekorative junge Frau, die es versteht, sich zur Geltung zu bringen.«
»Aber geistig nicht sehr rege, nicht wahr?«
»Es kommt darauf an, was Sie mit ›geistig‹ meinen. Ich würde sie nicht als intellektuell bezeichnen, aber wenn Sie

glauben, daß sie ihre fünf Sinne nicht beisammen hat, irren Sie sich sehr.« Sein Ton wurde plötzlich bitter. »Meiner Ansicht nach weiß sie genau, was sie tut – ganz genau.«
Der Kommissar hob die Augenbrauen.
»Im allgemeinen denkt man anders über Lady Stubbs.«
»Aus irgendeinem Grund macht es ihr Spaß, sich dumm zu stellen. Warum, weiß ich nicht. Aber, wie ich schon sagte, meiner Ansicht nach weiß sie ganz genau, was sie tut.«
Der Kommissar betrachtete ihn einen Augenblick nachdenklich, dann fragte er: »Und Sie können mir wirklich keine genaueren Zeit- und Ortsangaben machen, Mr. Weyman?«
»Tut mir leid. Leider ganz unmöglich.« Weyman sprach abgehackt und nervös. »Ich wünschte, ich könnte – entsetzlich schlechtes Gedächtnis – kann mich niemals an genaue Zeiten erinnern. Darf ich jetzt gehen?«
Der Kommissar nickte, und Michael Weyman ging schnell aus dem Zimmer.
»Ich würde zu gern wissen, was zwischen ihm und Lady Stubbs vorgefallen ist«, murmelte Kommissar Bland vor sich hin. »Entweder hat er ihr nachgestellt, und sie hat ihn abgewiesen, oder sie haben sich gestritten ... Was hält man in der Nachbarschaft von Sir George und seiner Frau, Hoskins?«
»Man hält Lady Stubbs für verrückt«, erwiderte Hoskins prompt.
»Ich weiß, daß das *Ihre* Ansicht ist, Hoskins. Ist man allgemein derselben Meinung?«
»Ich glaube, ja.«
»Ist Sir George beliebt?«
»Ja, er ist ziemlich beliebt. Er ist sehr sportlich und versteht etwas von Landwirtschaft. Die alte Dame hat ihm sehr geholfen.«
»Welche alte Dame?«
»Mrs. Folliat, die im Pförtnerhäuschen wohnt.«
»Ja, natürlich. Diese Besitzung hat früher der Familie Folliat gehört, nicht wahr?«
»Ja, und Sir George und Lady Stubbs haben es Mrs. Folliat zu

verdanken, daß sie überall mit offenen Armen empfangen worden sind. Sie hat sie überall bei den feinen Leuten eingeführt, das muß man ihr lassen.«
»Glauben Sie, daß sie dafür bezahlt wurde?«
»Ausgeschlossen – nicht Mrs. Folliat!« Hoskins schien ganz entsetzt zu sein. »Ich hab gehört, daß sie Lady Stubbs schon vor ihrer Heirat kannte und daß sie Sir George zugeraten hat, Nasse House zu kaufen.«
»Ich muß mit Mrs. Folliat sprechen«, entschied der Kommissar. »Wissen Sie, wo sie jetzt ist?«

12

Mr. Folliat befand sich in diesem Augenblick im Wohnzimmer und unterhielt sich mit Poirot. Er hatte sie dort in einen Sessel zurückgelehnt angetroffen, und sie war nervös aufgefahren, als er das Zimmer betrat.
»Ach Sie sind's, M. Poirot«, sagte sie und sank erleichtert in ihren Sessel zurück.
»Verzeihung, Madame, störe ich?«
»Nein, durchaus nicht, ich ruhe mich nur etwas aus. Ich bin nicht mehr die Jüngste – dieser Schock war zuviel für mich.«
»Ich verstehe«, meinte Poirot, »ich verstehe nur zu gut.«
Mrs. Folliat, die krampfhaft ein Taschentuch in ihrer kleinen Hand hielt, starrte zur Decke empor und sagte mit vor Erregung halb erstickter Stimme:
»Ich kann's kaum ertragen, daran zu denken. Das arme Kind! Das arme, arme Kind!«
»Ich weiß, wie Ihnen zumute ist.«
»So jung – am Anfang seines Lebens«, murmelte Mrs. Folliat. Dann wiederholte sie: »Ich kann es kaum ertragen, daran zu denken.«
Poirot sah sie neugierig an. Sie schien um Jahre gealtert zu sein, seit sie am frühen Nachmittag leutselig die Gäste be-

grüßt hatte. Jetzt war ihr Gesicht hager, eingefallen und von tiefen Furchen durchzogen.
»Erst gestern sagten Sie zu mir, daß die Welt schlecht sei, Madame.«
»Hab ich das gesagt?« fragte Mrs. Folliat scheinbar überrascht. »Aber es ist wahr! Jetzt wird mir erst klar, wie wahr es ist.« Sie fügte leise hinzu: »Ich hätte es niemals für möglich gehalten, daß sich etwas *Derartiges* ereignen könnte.«
Wieder betrachtete Poirot sie neugierig.
»Was hatten Sie erwartet? Irgend etwas?«
»Nein, nein. So habe ich es nicht gemeint.«
Poirot ließ nicht locker.
»Sie haben erwartet, daß *irgend etwas* geschehen würde, nicht wahr? Etwas Ungewöhnliches ...«
»Sie haben mich mißverstanden, M. Poirot. Ich meinte nur, daß man niemals auf den Gedanken gekommen wäre, daß sich so etwas auf einem Gartenfest ereignen könnte.«
»Auch Lady Stubbs sprach heute morgen über schlechte Menschen.«
»Hattie? Tatsächlich? Bitte lassen Sie mich mit Hattie in Frieden. Ich will gar nicht an sie denken.« Sie schwieg einen Augenblick, dann fuhr sie fort: »Was hat sie über ›schlechte Menschen‹ zu sagen gehabt?«
»Sie sprach von ihrem Vetter – Etienne de Sousa. Sie sagte, er sei böse, ein schlechter Mensch, und daß sie sich vor ihm fürchte.«
Er beobachtete Mrs. Folliat; aber sie schüttelte nur ungläubig den Kopf.
»Wer ist Etienne de Sousa?«
»Natürlich, ich vergaß, daß Sie nicht beim Frühstück waren, Mrs. Folliat. Lady Stubbs erhielt einen Brief von diesem Vetter, den sie zuletzt als fünfzehnjähriges Mädchen gesehen hat. Er kündigte ihr seinen Besuch für heute nachmittag an.«
»Und ist er gekommen?«
»Ja, er ist um halb fünf angekommen.«
»Sprechen Sie etwa von dem dunklen, recht gut aussehen-

den jungen Mann, der auf dem Waldpfad von der Fähre her kam? Ich habe mir den Kopf zerbrochen, wer es sein könnte.«

»Ja, Madame, das war Mr. de Sousa.«

»Ich würde Hatties Worten an Ihrer Stelle keine Bedeutung beimessen«, erklärte Mrs. Folliat energisch. Sie errötete leicht, als sie merkte, daß Poirot sie forschend betrachtete, fuhr aber fort: »Sie ist wie ein Kind – sie hat Begriffe wie ein Kind: gut oder böse, kein Mittelding. Was sie Ihnen über diesen de Sousa erzählt hat, dürfen Sie nicht ernst nehmen.«

Wieder wurde Poirot nachdenklich. Er sagte langsam:

»Sie kennen Lady Stubbs sehr gut, nicht wahr, Mrs. Folliat?«

»Wahrscheinlich besser als die meisten anderen Menschen, vielleicht sogar besser als ihr Mann. Aber das ist ja janz unwichtig . . .«

»Was für ein Mensch ist sie wirklich, Madame?«

»Das ist eine sonderbare Frage, M. Poirot.«

»Wissen Sie, daß Lady Stubbs nirgends zu finden ist?«

Wiederum überraschte sie ihn mit ihrer Antwort. Sie schien weder erstaunt noch beunruhigt zu sein. Sie sagte: »Also ist sie fortgelaufen? Ich verstehe.«

»Erscheint Ihnen das ganz natürlich?«

»Natürlich ist vielleicht nicht der richtige Ausdruck, aber Hattie ist eben ziemlich unberechenbar.«

»Glauben Sie, daß sie fortgelaufen ist, weil sie ein schlechtes Gewissen hat?«

»Wie kommen Sie denn darauf, M. Poirot?«

»Ihr Vetter erzählte mir heute nachmittag von ihr, und er erwähnte unter anderem, daß sie schon als Kind geistig zurückgeblieben war. Es muß Ihnen doch bekannt sein, Madame, daß solche Menschen nicht immer für ihre Handlungen verantwortlich gemacht werden können.«

»Was wollen Sie damit sagen, M. Poirot?«

»Wie Sie selbst vorhin festgestellt haben, sind solche Menschen einfältig – wie Kinder –, aber in einem plötzlichen Wutanfall mögen sie unter Umständen imstande sein, zu töten.«

»So dürfen Sie nicht von Hattie sprechen!« sagte Mrs. Folliat in plötzlich aufwallendem Ärger. »Das kann ich nicht zulassen. Sie war ein sanftes, warmherziges Geschöpf, selbst wenn sie – wenn sie etwas einfältig war. Hattie würde niemals getötet haben!«
Sie atmete schwer und sah ihn herausfordernd an. Was sie sagte, machte Poirot nachdenklich – sehr, sehr nachdenklich.
Die Unterhaltung wurde durch das Erscheinen von Constable Hoskins unterbrochen. Er bemerkte entschuldigend:
»Ich habe überall nach Ihnen gesucht, Mrs. Folliat.«
»Guten Abend, Hoskins.« Mrs. Folliat hatte ihre Haltung zurückgewonnen; sie wirkte jetzt wieder wie die Herrin von Nasse House. »Um was handelt es sich?«
»Ich soll Ihnen vom Kommissar bestellen, daß er Sie gern sprechen möchte – wenn Sie's einrichten können«, fügte er hinzu, nachdem auch ihm, wie vorher Hercule Poirot, die Nachwirkungen des Schocks auf Mrs. Folliat aufgefallen waren.
»Selbstverständlich stehe ich zu seiner Verfügung.« Mrs. Folliat erhob sich und folgte Hoskins aus dem Zimmer.
Poirot, der höflich aufgestanden war, setzte sich wieder hin und starrte stirnrunzelnd zur Decke empor.
Als Mrs. Folliat eintrat, erhob sich der Kommissar, und Hoskins rückte einen Stuhl für sie neben den Schreibtisch.
»Es tut mir leid, daß ich Sie bemühen muß, Mrs. Folliat«, entschuldigte sich Bland, »aber ich nehme an, daß Sie die ganze Nachbarschaft kennen und daher vielleicht in der Lage sein werden, uns zu helfen.«
Mrs. Folliat lächelte schwach. »Ja, ich glaube, alle Leute in der Gegend gut zu kennen. Was möchten Sie wissen, Kommissar?«
»Kennen Sie die Tuckers? Die Familie und das Mädchen?«
»Ja, natürlich. Sie leben schon seit langer Zeit als Kleinpächter auf dem Gut. Mrs. Tucker war die Jüngste einer großen Familie. Ihr ältester Bruder war unser Obergärtner. Sie heiratete den Landarbeiter Alfred Tucker – nicht sehr intelligent. Mrs. Tucker neigt dazu, eine Haustyrannin zu sein. Ihr Heim

ist sehr sauber, und sie ist eine gute Hausfrau, aber Tucker darf niemals mit schmutzigen Schuhen das Haus betreten, und auch an den Kindern hat sie oft etwas auszusetzen. Die meisten sind jetzt bereits verheiratet und selbständig. Nur die arme Marlene war noch zu Hause und drei kleinere Geschwister, ein Mädchen und zwei Jungen, die noch zur Schule gehen.«

»Wie ich sehe, kennen Sie die Familie gut, Mrs. Folliat. Haben Sie eine Ahnung, warum Marlene heute ermordet worden ist?«

»Nein, ich kann mir nicht vorstellen, warum das arme Kind sterben mußte. Sie hatte keinen Freund, auch keine Verehrer, wenigstens nicht, daß ich wüßte.«

»Können Sie mir etwas über die Leute sagen, die an der Mörderjagd teilgenommen haben.«

»Mrs. Oliver habe ich vorher nicht gekannt. Sie ist anders, als ich erwartet hatte; so stellte ich mir eine Autorin von Kriminalromanen nicht vor. Die Arme ist natürlich fassungslos – kein Wunder, nach den entsetzlichen Ereignissen.«

»Und die anderen Beteiligten? Zum Beispiel Captain Warburton?«

»Ich wüßte nicht, warum er Marlene Tucker hätte ermorden sollen – falls Sie das von mir wissen wollen«, erklärte Mrs. Folliat ruhig. »Ich mag ihn nicht besonders gut leiden, weil er mir etwas zu verschlagen ist, aber als Politiker kommt man mit Offenheit wohl nicht weit. Auf jeden Fall ist er energisch und tüchtig und hat uns sehr bei den Vorbereitungen zu diesem Fest geholfen. Ich halte es für unmöglich, daß er das Mädchen umgebracht hat, weil er den ganzen Nachmittag über auf der Wiese war.«

Der Kommissar nickte.

»Und was wissen Sie von den Legges?«

»Ich halte sie für ein sehr nettes junges Paar. Er scheint etwas launisch zu sein, sonst weiß ich nicht viel über ihn. Sie ist eine geborene Carstairs, und ihre Familie ist mir gut bekannt. Sie haben die kleine rosa Villa bei der Mühle für zwei Monate gemietet, und ich hoffe, daß sie ihren Ferienaufenthalt genießen. Wir haben uns alle sehr angefreundet.«

»Wie ich höre, ist Mrs. Legge sehr attraktiv?«

»O ja, sehr.«

»Glauben Sie, daß Sir George in sie verliebt sein könnte?«

Mrs. Folliat sah ihn erstaunt an.

»Nein, das halte ich für ganz unwahrscheinlich. Sir George geht in seinem Geschäft auf, und er liebt seine Frau von Herzen. Er ist durchaus kein leichtlebiger Mann.«

»Und Sie glauben auch nicht, daß zwischen Lady Stubbs und Mr. Legge mehr als freundschaftliche Beziehungen bestanden?«

Wieder schüttelte Mrs. Folliat den Kopf.

»Ausgeschlossen.«

Der Kommissar ließ nicht locker. »Sie wissen von keinem Zerwürfnis zwischen Sir George und seiner Frau?« fragte er.

»Nein, bestimmt nicht«, erklärte Mrs. Folliat nachdrücklich, »wenn es Unstimmigkeiten gegeben hätte, wüßte ich das sicherlich.«

»Lady Stubbs ist also, Ihrer Ansicht nach, nicht fortgegangen, weil sie sich mit ihrem Mann gezankt hatte?«

»Nein, nein.« Sie fügte hinzu: »Das dumme Kind wollte, wie ich höre, aus einem unbegreiflichen Vorurteil heraus eine Begegnung mit seinem Vetter vermeiden, und deshalb ist Hattie weggelaufen.«

»Das ist also Ihre Meinung. Vermuten Sie sonst noch etwas?«

»Oh, nein, ich nehme an, sie wird bald wieder nach Hause kommen und sich schämen.« Dann fragte sie leichthin: »Was ist übrigens aus diesem Vetter geworden? Ist er noch immer hier im Haus?«

»Wie ich höre, ist er zurück zu seiner Jacht gefahren.«

»Die liegt in Helmmouth vor Anker, nicht wahr?«

»Ja, in Helmmouth.«

»Es ist wirklich ein Jammer, daß Hattie sich gerade jetzt so kindisch aufführt«, meinte Mrs. Folliat. »Wenn er jedoch ein paar Tage hierbleiben sollte, müssen wir ihr klarmachen, daß sie sich wie ein erwachsener Mensch zu benehmen hat, nicht wahr?«

Der Kommissar zog es vor, auf diese Frage nicht einzugehen; statt dessen sagte er: »Wahrscheinlich glauben Sie, daß diese Dinge mit unserem eigentlichen Problem nicht viel zu tun haben, aber leider haben wir ein ziemlich weites Feld zu sondieren. Da wäre zum Beispiel noch Miss Brewis ... Was wissen Sie von ihr, Mrs. Folliat?«

»Sie ist eine ausgezeichnete Sekretärin – mehr als eine Sekretärin. Sie erfüllt auch noch sämtliche Pflichten einer Haushälterin, und ich weiß nicht, was sie hier ohne Miss Brewis anfangen würden.«

»War sie schon vor seiner Heirat Sir Georges Sekretärin?«

»Ich glaube, aber ich weiß es nicht genau. Ich kenne sie erst, seitdem sie mit Sir George und Lady Stubbs hierhergekommen ist.«

»Sie macht sich wohl nicht viel aus Lady Stubbs?«

»Ich fürchte, nein«, erwiderte Mrs. Folliat. »Ich glaube, diese perfekten Sekretärinnen haben selten etwas für die Frauen ihrer Chefs übrig; vielleicht ist das ganz natürlich.«

»Haben Sie oder Lady Stubbs Miss Brewis gebeten, dem Mädchen Kuchen und Limonade ins Bootshaus zu bringen?«

Mrs. Folliat sah etwas erstaunt aus.

»Ich erinnere mich, daß Miss Brewis Kuchen und anderes auf ein Tablett stellte und sagte, daß sie es Marlene bringen wolle. Ich wußte nicht, daß ihr irgend jemand ausdrücklich aufgetragen hatte, das zu tun – ich war es bestimmt nicht.«

»Aha. Sie sagten, daß Sie von vier Uhr an im Teezelt waren. Mrs. Legge hat, glaube ich, um diese Zeit auch Tee getrunken?«

»Mrs. Legge? Nein, ich glaube nicht, jedenfalls kann ich mich nicht erinnern, sie dort gesehen zu haben – nein, sie war bestimmt nicht da. Es waren gerade eine Menge Leute mit dem Autobus aus Torquay angekommen, und ich entsinne mich, daß ich im Zelt lauter fremde Gesichter sah. Ich dachte, daß es wahrscheinlich alles Feriengäste wären. Mrs. Legge wird wohl später ins Teezelt gekommen sein.«

»Nun, das spielt auch weiter keine Rolle«, meinte der Kommissar und fügte höflich hinzu: »Ich glaube, das wäre alles. Vielen Dank für Ihre Hilfe, Mrs. Folliat. Wir können nur hoffen, daß Lady Stubbs bald zurückkommen wird.«
»Ja, es ist sehr gedankenlos von der lieben Hattie, uns allen solche Sorgen zu machen.« Sie sprach mit lebhafter Stimme, aber ihr ungezwungener Ton war nicht ganz echt. »Ich bin davon überzeugt, daß sie wohl und munter ist.«
In diesem Augenblick öffnete sich die Tür, und eine reizvolle junge Frau mit rotem Haar und Sommersprossen kam herein.
»Wie ich höre, wünschen Sie mich zu sprechen«, sagte sie.
»Das ist Mrs. Legge, Kommissar«, stellte Mrs. Folliat vor. »Ich weiß nicht, ob Sie schon von der entsetzlichen Tragödie gehört haben, liebste Sally?«
»Ja, ich habe davon gehört – grauenhaft, nicht wahr?« erwiderte Mrs. Legge. Sie seufzte tief und ließ sich erschöpft in den Sessel fallen, nachdem Mrs. Folliat das Zimmer verlassen hatte. »Wie entsetzlich leid mir das alles tut«, sagte sie. »Es erscheint mir ganz unvorstellbar – Sie wissen, was ich meine! Leider kann ich Ihnen in keiner Weise helfen, weil ich den ganzen Nachmittag über wahrgesagt habe und nicht sah, was draußen vorging.«
»Das weiß ich, Mrs. Legge. Trotzdem müssen wir allen die gleichen Routinefragen stellen – zum Beispiel: Wo waren Sie zwischen vier Uhr fünfzehn und fünf Uhr?«
»Um vier Uhr bin ich Tee trinken gegangen.«
»Ins Teezelt?«
»Ja.«
»War es sehr voll?«
»Entsetzlich voll.«
»Haben Sie dort Bekannte getroffen?«
»Ja, ich sah einige Bekannte, aber ich habe mit niemandem gesprochen. Was ich für einen Durst hatte, können Sie sich gar nicht vorstellen! Also das war um vier, und um halb fünf war ich wieder in meinem Zelt und habe weiter wahrgesagt. Am Ende versprach ich den Frauen das Blaue vom Himmel

herunter: einen Millionär zum Mann, einen Filmvertrag in Hollywood und wer weiß was sonst noch alles. Die üblichen Reisen übers große Wasser und verdächtige dunkelhaarige Frauen erschienen mir allmählich zu zahm.«

»Was geschah während Ihrer halbstündigen Abwesenheit? Angenommen, es wollte jemand zum Wahrsagen zu Ihnen kommen?«

»Ich hatte draußen am Zelt ein Schild angebracht: ›Bin um halb fünf zurück.‹«

Der Kommissar notierte sich etwas.

»Wann haben Sie Lady Stubbs zuletzt gesehen?«

»Hattie? Das weiß ich nicht mehr. Sie war ganz in meiner Nähe, als ich mein Zelt verließ, um Tee trinken zu gehen, aber ich habe nicht mit ihr gesprochen. Ich kann mich nicht entsinnen, sie danach noch einmal gesehen zu haben. Irgend jemand hat mir eben erzählt, daß sie verschwunden ist. Stimmt das?«

»Ja.«

»Na ja, sie ist nicht ganz richtig im Kopf«, meinte Sally. »Wahrscheinlich ist sie entsetzlich erschrocken, als sie von dem Mord hörte.«

»Mag sein – jedenfalls danke ich Ihnen sehr, Mrs. Legge.«

Mrs. Legge verstand sofort, daß sie entlassen war. Als sie hinausging, trat Hercule Poirot ins Zimmer.

Der Kommissar blickte zur Decke empor und sagte:

»Mrs. Legge behauptet, daß sie zwischen vier und halb fünf im Teezelt war. Mrs. Folliat gab an, daß sie von vier Uhr an im Teezelt geholfen habe und daß Mrs. Legge nicht anwesend war.« Er machte eine Pause, dann fuhr er fort: »Miss Brewis sagt, daß Lady Stubbs sie gebeten habe, Marlene Tukker Kuchen und Limonade zu bringen. Michael Weyman meint, daß Lady Stubbs nie auf so einen Gedanken gekommen wäre.«

»Ja, ja. Einander widersprechende Aussagen. Das stellt man immer fest«, fand Poirot.

»Und wieviel Arbeit es macht, sie richtigzustellen«, bemerkte der Kommissar. »Manchmal ist es wichtig, aber in den meisten Fällen spielt es gar keine Rolle. Eins ist sicher: Wir haben einen Haufen Kleinarbeit vor uns.«

»Und was denken Sie jetzt, *mon cher*? Wie sind Ihre letzten Eindrücke?«

»Ich glaube, daß Marlene Tucker etwas gesehen hat, was sie nicht sehen sollte«, sagte Bland ernst, »und daß sie deshalb ermordet werden mußte.«

»Ich will Ihnen nicht widersprechen«, meinte Poirot. »Die Frage ist: *Was* hat sie gesehen?«

»Sie mag einen Mord gesehen haben oder die Person, die den Mord verübte«, erklärte der Kommissar.

»Mord?« fragte Poirot. »Wer wurde denn sonst noch ermordet?«

»Was glauben Sie, Poirot? Lebt Lady Stubbs, oder ist sie tot?«

Poirot überlegte einen Augenblick, bevor er antwortete:

»Ich glaube, daß Lady Stubbs tot ist, *mon ami*, und ich will Ihnen auch sagen, warum ich das glaube: *Weil Mrs. Folliat sie für tot hält.* Ja, was sie jetzt auch sagen oder behaupten mag, Mrs. Folliat glaubt, daß Hattie Stubbs tot ist. Mrs. Folliat weiß vieles, was wir nicht wissen«, fügte er hinzu.

13

Als Hercule Poirot am nächsten Morgen zum Frühstück herunterkam, war der Tisch nur spärlich besetzt. Mrs. Oliver, die noch an den Nachwirkungen des gestrigen Schocks litt, frühstückte im Bett. Michael Weyman hatte nur eine Tasse Kaffee getrunken und war gleich danach fortgegangen. Nur Sir George und die treue Miss Brewis saßen am Tisch. Sir George bekundete seine Verzweiflung dadurch, daß er so gut wie nichts aß. Das Essen auf seinem Teller war fast unberührt. Er schob den kleinen Stoß von Briefen, die Miss Brewis für ihn geöffnet hatte, beiseite. Er trank seinen Kaffee mit einer Miene, als wüßte er nicht, was er täte. Er sagte

pflichtschuldig: »Guten Morgen«, zu Poirot, dann fiel er wieder in dumpfes Grübeln. Hin und wieder murmelte er etwas vor sich hin.
»Unfaßbar, die ganze verdammte Sache! Wo kann sie nur sein?«
»Die gerichtliche Untersuchung findet am Donnerstag im Hausfrauenverein statt; man hat eben angerufen«, meldete Miss Brewis.
Sir George sah sie an, als verstehe er nicht, was sie sagte.
»Untersuchung?« fragte er. »Ach ja, natürlich.« Sein Ton war verwirrt, gleichgültig. Nachdem er noch einen Schluck Kaffee getrunken hatte, bemerkte er: »Frauen sind unberechenbar. Was denkt sie sich eigentlich?«
Miss Brewis verzog den Mund. Poirot stellte ganz richtig fest, daß sie gereizt und nervös war.
»Heute vormittag kommt Hodgson, um mit Ihnen über die Installation der elektrischen Melkmaschinen zu sprechen«, berichtete Miss Brewis, »und um zwölf kommt –«
Sir George unterbrach sie: »Ich kann niemanden empfangen. Sagen Sie alles ab! Verflucht und zugenäht, was stellen Sie sich eigentlich vor? Glauben Sie, daß ein Mann, der sich die furchtbarsten Sorgen um seine Frau macht, sich um Geschäfte kümmern kann?«
»Wie Sie wünschen, Sir George«, erwiderte Miss Brewis mißbilligend.
»Man weiß nie, was Frauen sich in den Kopf setzen, was für Dummheiten sie vorhaben. Das müssen Sie doch zugeben, Poirot?«
Die letzte Frage kam wie aus der Pistole geschossen.
»*Les femmes*? Unberechenbar«, erwiderte Poirot mit hochgezogenen Augenbrauen und einer ausdrucksvollen Handbewegung. Miss Brewis putzte sich laut und ärgerlich die Nase.
»Sie schien ganz in Ordnung zu sein«, erklärte Sir George. »Sie hat sich wie ein Kind über den neuen Ring gefreut, und es bereitete ihr Spaß, sich fürs Gartenfest feinzumachen. Alles war ganz normal – wir hatten uns auch nicht gezankt –, und urplötzlich verschwindet sie, ohne mir ein Wort zu sagen!«

»Was diese Briefe anbetrifft . . .«, begann Miss Brewis.
»Zum Teufel mit den verfluchten Briefen«, schrie Sir George und schob seine Kaffeetasse beiseite. Er ergriff die Briefe und warf sie ihr wütend zu.
»Antworten Sie, was Sie wollen, aber lassen Sie mich in Frieden.« Er fuhr in verletztem Ton fort: »Ich weiß wirklich nicht, was ich tun könnte . . . weiß nicht mal, ob dieser Kommissar sein Handwerk versteht. Er scheint mir sehr unsicher zu sein.«
»Meiner Ansicht nach kann man sich auf die Polizei verlassen«, bemerkte Miss Brewis. »Unsere Leute sind sehr tüchtig, und sie haben Mittel und Wege, vermißten Personen auf die Spur zu kommen.«
»Manchmal brauchen sie Tage, bis sie ein Kind wiederfinden, das sich in einem Heuschober versteckt hat«, stellte Sir George fest.
»Ich glaube nicht, daß sich Lady Stubbs in einem Heuschober verborgen hält, Sir George.«
»Wenn ich doch nur etwas *tun* könnte«, wiederholte der verzweifelte Ehemann. »Vielleicht sollte man eine Annonce in die Zeitung setzen. Amanda, schreiben Sie!« Er dachte kurz nach, dann diktierte er: »›Hattie! Bitte komm nach Hause! Bin verzweifelt! George.‹ Lassen Sie das in alle Zeitungen setzen, Amanda.«
Miss Brewis erwiderte bissig:
»Lady Stubbs liest selten Zeitungen, Sir George. Sie interessiert sich weder für Politik noch dafür, was in der Welt vorgeht.« Sie fügte ziemlich giftig hinzu: »Natürlich könnten Sie eine Anzeige in die *Vogue* setzen, dort würde sie ihr vielleicht auffallen.«
Sir George, der offensichtlich nicht in der Stimmung war, auf giftige Bemerkungen einzugehen, meinte nur: »Tun Sie, was Sie für richtig halten, und zwar so schnell wie möglich.«
Er erhob sich und ging zur Tür. Er hatte bereits die Hand auf die Klinke gelegt, als er nachdenklich stehenblieb; dann kam er zurück, stellte sich vor Poirot und sagte:
»*Sie* halten sie doch nicht für tot, Poirot?«

Poirot blickte in seine Kaffeetasse, während er antwortete: »Ich halte es für verfrüht, eine derartige Entwicklung in Betracht zu ziehen; wir haben vorläufig keinen Grund, uns mit diesem Gedanken zu beschäftigen.«
»Sie glauben es also«, stellte Sir George mit einem schweren Seufzer fest. »Und ich glaube es nicht«, fügte er trotzig hinzu. »*Ich* sage, daß sie wohl und munter ist.« Er nickte herausfordernd mehrmals hintereinander, bevor er aus dem Zimmer ging und die Tür hinter sich zuschlug.
Poirot bestrich nachdenklich eine Scheibe Toast mit Butter. In Fällen, bei denen es sich um den eventuellen Mord an einer Ehefrau handelte, fiel Poirots Verdacht zunächst einmal automatisch auf ihren Mann. (Im umgekehrten Fall verdächtigte er die Frau.) Aber in diesem Fall verdächtigte er Sir George Stubbs nicht des Mordes an seiner Frau. Obwohl er nur kurz Gelegenheit gehabt hatte, sie zusammen zu beobachten, war Poirot davon überzeugt, daß Sir George seiner Frau sehr zugetan war. Außerdem, wenn er sich auf sein ausgezeichnetes Gedächtnis verlassen konnte (und es hatte ihn noch selten im Stich gelassen), hatte sich Sir George während des ganzen Nachmittags auf der Wiese aufgehalten, bis er, Poirot, mit Mrs. Oliver zum Bootshaus gegangen war und die Leiche entdeckt hatte. Als sie dann mit der Schreckensbotschaft zurückkehrten, war Sir George noch immer auf der Wiese. Nein, Sir George konnte für Hatties Tod nicht verantwortlich sein – falls sie wirklich tot war. Schließlich bestand, wie er eben zu Sir George gesagt hatte, vorläufig noch keine Ursache, das Schlimmste zu befürchten. Aber im Grunde seines Herzens war er davon überzeugt, daß sie nicht mehr am Leben war, daß es sich hier nicht nur um einen Mord handelte, sondern um einen Doppelmord.
Miss Brewis unterbrach seine Gedanken; ihre Stimme war von Tränen der Wut erstickt, als sie sagte: »Männer sind so töricht – so ungeheuer töricht! In mancher Beziehung sind sie klug, sogar gerissen, aber wenn's zum Heiraten kommt, fallen sie auf die falsche Frau herein.«

Poirot war immer bereit, den Leuten zuzuhören. Je länger sie mit ihm sprachen, je mehr sie ihm von sich erzählten, desto besser, denn meistens war unter der Spreu ein Körnchen Wahrheit verborgen.

»Halten Sie diese Ehe für unglücklich?« fragte er.

»Für eine Katastrophe!«

»Wollen Sie damit sagen, daß sich die beiden nicht vertragen?«

»Sie übt in jeder Beziehung einen schlechten Einfluß auf ihn aus.«

»Das ist interessant! Inwiefern, Miss Brewis?«

»Sie kommandiert und hetzt ihn herum, sie hat es nur darauf abgesehen, wertvolle Geschenke von ihm zu ergattern – sie besitzt mehr Schmuck, als eine Frau jemals tragen kann – und Pelze, zwei Nerzmäntel und einen russischen Hermelin. Wozu braucht eine Frau *zwei* Nerzmäntel, können Sie mir das erklären«

Poirot schüttelte den Kopf.

»Das weiß ich wirklich nicht«, meinte er.

»Eine falsche Person«, fuhr Miss Brewis fort, »spielt die Unschuld vom Lande, besonders wenn wir Besuch haben. Wahrscheinlich glaubt sie, daß ihm das gefällt.«

»Und gefällt es ihm wirklich?«

Miss Brewis schien jetzt einem hysterischen Anfall nahe zu sein. Sie sagte mit zitternder Stimme: »Männer! – Was wissen denn die! Tüchtigkeit, Selbstlosigkeit, Loyalität – alle diese Eigenschaften bedeuten ihnen nichts! Mit einer tüchtigen, intelligenten Frau hätte Sir George etwas im Leben erreichen können.«

»Was hätte er erreichen können?«

»Er hätte in unserem Landkreis eine wichtige Rolle spielen oder sich um den Posten eines Parlamentsabgeordneten bewerben können. Er würde sich dazu viel besser eignen als der arme Mr. Masterton. Ich weiß nicht, ob Sie Mr. Masterton jemals auf einer Rednertribüne gesehen haben – er ist ein stockender, schlechter Redner – kein Feuer! Er verdankt seine Stellung lediglich seiner Frau. Mrs. Masterton ist die

treibende Kraft; sie allein hat Ehrgeiz, Initiative und politischen Scharfsinn.«
Poirot schauderte innerlich bei dem Gedanken, mit Mrs. Masterton verheiratet zu sein, obwohl er ganz derselben Meinung war wie Miss Brewis.
»Ja, Sie haben recht. *Une femme formidable*!«
»Sir George scheint keinen Ehrgeiz zu besitzen«, erklärte Miss Brewis. »Er begnügt sich damit, sich gelegentlich um seine Landwirtschaft zu kümmern und den Gutsherrn zu spielen und hin und wieder nach London zu fahren, um einer Aufsichtsratssitzung beizuwohnen. Aber mit seinen Fähigkeiten könnte er viel mehr aus sich machen – er ist ein außergewöhnlich intelligenter Mensch, M. Poirot. Diese Frau hat ihn nie verstanden. Für sie ist er eine Maschine, die kostbare Kleider, Juwelen und Pelze produziert. Wenn er mit einer Frau verheiratet wäre, die seine Fähigkeiten schätzte . . .«
Hier unterbrach sich Miss Brewis; ihre Stimme zitterte verdächtig.
Poirot hatte großes Mitleid mit ihr. Miss Brewis war offensichtlich in ihren Arbeitgeber verliebt. Sie diente ihm treu und war ihm von ganzem Herzen ergeben; er jedoch war sich dieser Tatsache sicherlich weder bewußt, noch wäre er daran interessiert gewesen. Sir George betrachtete Amanda Brewis als eine Art Automaten, der ihm die Lasten des täglichen Lebens gewissenhaft abnahm, der Telefonate entgegennahm, Briefe schrieb, Dienstboten engagierte, Mahlzeiten bestellte und ihm das Leben so angenehm wie möglich gestaltete. Poirot bezweifelte, daß Sir George jemals auf den Gedanken kam, Miss Brewis sei eine Frau. Und das war gefährlich – denn Frauen sind imstande, sich in eine Hysterie hineinzusteigern, die dem Gegenstand ihrer Verehrung meist völlig entgeht, weil der betreffende Mann keine Ahnung von ihren Gefühlen für ihn hat.
»Eine raffinierte, gerissene, hinterhältige Schlange ist sie«, sagte Miss Brewis mit tränenerstickter Stimme.
»Ich stelle fest, daß Sie *ist* sagen – nicht *war*«, sagte Poirot.
»Natürlich ist sie nicht tot. Sie ist mit irgendeinem Kerl

durchgebrannt – das würde ihr jedenfalls ähnlich sehen«, erklärte Miss Brewis verächtlich.

»Schon möglich – alles möglich«, murmelte Poirot, nahm noch eine Scheibe Toast und blickte sich auf dem Tisch um, weil er hoffte, außer der bitteren Orangenmarmelade noch eine andere Sorte vorzufinden. Da es nur Orangenmarmelade gab, begnügte er sich mit Butter.

»Das ist die einzige Erklärung«, meinte Miss Brewis, »obwohl *er* natürlich niemals darauf kommen würde.«

»Gab es denn irgendwelche Männergeschichten?« fragte Poirot vorsichtig.

»Oh, sie war sehr raffiniert.«

»Meinen Sie, daß Sie ihr nicht hinter die Schliche kommen konnten?«

»Ja, dafür hat sie gesorgt.«

»Aber Sie glauben, daß sie – wie soll ich mich ausdrücken – heimliche Abenteuer hatte?«

»Sie hat sich die größte Mühe gegeben, Michael Weyman zu ihrem Sklaven zu machen. Und wahrscheinlich wäre ihr das auch gelungen, wenn er nicht anderweitig interessiert gewesen wäre.«

»Aha, er ist anderweitig interessiert«, wiederholte Poirot und bestrich sich nachdenklich die Hälfte seiner Toastscheibe mit Orangenmarmelade, nachdem er sie vorsichtig gekostet hatte.

»Mrs. Legge, die ihn vor ihrer Heirat kannte, hat ihn Sir George empfohlen«, erklärte Miss Brewis. »Wie ich höre, hat sie in der Künstlergegend von Chelsea gewohnt – sie war nämlich Malerin.«

»Sie scheint eine sehr charmante und intelligente junge Dame zu sein«, meinte Poirot zögernd.

»Ja, sie ist sehr intelligent«. »Sie hat studiert und hätte Karriere machen können, wenn sie nicht geheiratet hätte.«

»Ist sie schon lange verheiratet?«

»Ungefähr drei Jahre. Ich glaube, es ist keine sehr gute Ehe.«

»Warum? Verstehen sie sich nicht?«

»Er ist ein merkwürdiger junger Mann – sehr launisch. Geht

auf einsame Wanderungen, und ich habe selbst mal erlebt, wie er die Geduld mit seiner Frau verloren hat.«

»Streit und Versöhnung gehören zu jeder jungen Ehe«, meinte Poirot. »Sonst würde das Zusammenleben zu eintönig werden.«

»Sie ist viel mit Michael Weyman zusammen. Ich glaube, er war in sie verliebt, bevor sie Alec Legge heiratete. Für sie ist es wohl nur ein Flirt«, fügte Miss Brewis mißbilligend hinzu.

»Das paßt Mr. Legge vermutlich nicht gerade?«

»Schwer zu sagen – er ist so unberechenbar. Aber in letzter Zeit war er womöglich noch launischer als früher.«

»Ist er vielleicht ein Verehrer von Lady Stubbs?«

»Auf jeden Fall hat sie sich das eingebildet. Sie glaubt, daß sie nur den kleinen Finger zu rühren braucht, damit ein Mann sich in sie verliebt.«

»Wenn sie, wie Sie annehmen, mit einem Mann durchgebrannt ist, kann es jedenfalls nicht Mr. Weyman sein, denn der ist noch hier.«

»Es muß jemand sein, mit dem sie sich heimlich getroffen hat, davon bin ich überzeugt«, erklärte Miss Brewis. »Sie geht oft allein im Wald spazieren; vorgestern abend zum Beispiel hat sie gegähnt und gesagt, daß sie müde sei und sich hinlegen wolle. Eine halbe Stunde später habe ich sie zufällig mit einem Schal über dem Kopf durch eine Seitentür aus dem Haus schlüpfen sehen.«

Poirot sah die ihm gegenübersitzende Frau nachdenklich an. Er fragte sich, ob man den Behauptungen von Miss Brewis, soweit es sich um Lady Stubbs handelte, irgendwelche Bedeutung beimessen konnte, oder ob es sich lediglich um Wunschträume handelte. Mrs. Folliat, die Hattie viel besser kannte als Miss Brewis, sah sie ganz anders. Es würde Miss Brewis bestimmt in den Kram passen, wenn Lady Stubbs mit einem Liebhaber auf und davon gegangen wäre, denn dann würde es ihr zufallen, den unglücklichen Gatten zu trösten und die Scheidung in die Wege zu leiten. Aber ihm erschien das Ganze höchst unwahrscheinlich. Wenn Hattie Stubbs wirklich mit ihrem Liebhaber davongelaufen war, hatte sie

sich dazu jedenfalls einen merkwürdigen Zeitpunkt gewählt, dachte Poirot. Er selbst glaubte nicht an diese Theorie.
Miss Brewis rümpfte die Nase und ordnete verschiedene Briefe. »Wenn Sir George wirklich darauf besteht, diese Anzeige in die Zeitung zu setzen, muß ich mich jetzt wohl darum kümmern«, meinte sie. »Ich halte es für eine sinnlose Zeitverschwendung. Oh, guten Morgen, Mrs. Masterton«, fügte sie hinzu, als die Tür geöffnet wurde und Mrs. Masterton mit energischem Schritt das Zimmer betrat.
»Die gerichtliche Untersuchung ist für Donnerstag angesetzt worden«, verkündete sie mit dröhnender Stimme. »Morgen, M. Poirot.«
»Kann ich Ihnen irgendwie behilflich sein, Mrs. Masterton?« fragte Miss Brewis, die ihre Briefe geordnet hatte.
»Nein, danke, Miss Brewis. Ich nehme an, daß Sie heute morgen alle Hände voll zu tun haben, aber ich möchte Ihnen für all die Arbeit danken, die Sie gestern geleistet haben. Sie verstehen es, zu organisieren und methodisch zu arbeiten. Wir sind Ihnen alle sehr zu Dank verpflichtet.«
»Vielen Dank, Mrs. Masterton.«
»Lassen Sie sich bitte durch mich nicht stören. Ich werde mich einen Augenblick hinsetzen und mich mit M. Poirot unterhalten.«
»*Enchanté, madame*«, sagte Poirot, stand auf und verbeugte sich vor ihr.
Mrs. Masterton rückte sich einen Stuhl zurecht und setzte sich. Miss Brewis – jetzt wieder kühl und gefaßt – verließ das Zimmer.
»Großartige Person«, erklärte Mrs. Masterton. »Ich weiß nicht, was Sir George und Lady Stubbs ohne sie anfangen würden. Es ist heutzutage nicht leicht, einen so großen Haushalt zu führen; Hattie könnte das nicht schaffen ... Phantastische Angelegenheit – ich wollte nur wissen, was Sie davon halten, Monsieur Poirot.«
»Was halten Sie davon, Madame?«
»Es ist eine höchst unangenehme Vorstellung – ich fürchte, daß es sich um einen pathologischen Fall handelt, vielleicht

jemand, der zu früh aus dem Irrenhaus entlassen wurde, das hört man leider immer wieder. Denn wer sollte auf die Idee kommen, die kleine Tucker zu erwürgen? Es muß ein Irrsinniger gewesen sein, und wahrscheinlich hat derselbe Kerl auch die arme Hattie Stubbs auf dem Gewissen. Unglücklicherweise ist Hattie ziemlich einfältig. Wenn ihr ein halbwegs passabler Mann begegnete und sie aufforderte, mit ihm in den Wald zu gehen, um sich etwas anzusehen, würde sie ihm sanft und harmlos und ohne den geringsten Verdacht folgen.«

»Glauben Sie, daß sich ihre Leiche hier auf dem Grundstück befindet?«

»Ja, M. Poirot. Sie werden sie finden, wenn die Suche erst einmal begonnen hat. Es mag nicht leicht sein, da wir hier etwas viel Wald haben; falls sie unter Bäumen oder im Gebüsch versteckt worden ist, werden wir Bluthunde brauchen«, sagte Mrs. Masterton und sah, während sie sprach, selbst wie ein Bluthund aus. »Bluthunde! Ich werde persönlich bei der Polizei anrufen und das verlangen.«

»Sie mögen recht haben, Madame«, meinte Poirot. Was sonst hätte er zu Mrs. Masterton sagen können?

»Selbstverständlich habe ich recht«, erklärte sie. »Ich muß sagen, der Gedanke, daß dieser Bursche frei in der Gegend herumläuft, ist mir höchst unbehaglich. ich werde von hier aus ins Dorf gehen, um den Müttern zu sagen, daß sie ihre Töchter nicht allein ausgehen lassen sollen. Die Vorstellung, einen Mörder unter uns zu haben, ist nicht schön, M. Poirot.«

»Noch eine Frage, Madame: Wie konnte ein Fremder in das Bootshaus kommen? Dazu brauchte er doch einen Schlüssel.«

»Das läßt sich leicht erklären: Sie ist natürlich hinausgegangen.«

»Aus dem Bootshaus?«

»Ja, wahrscheinlich ist es ihr langweilig geworden, und sie ist ein bißchen herumgewandert. Ich halte es sogar für sehr wahrscheinlich, daß sie sah, wie Hattie Stubbs ermordet wurde. Vielleicht hörte sie das Geräusch eines Kampfes, sah nach, was vorging, wurde zur Augenzeugin des Verbrechens, woraufhin der Mörder natürlich auch sie umbringen mußte. Es kann nicht sehr schwierig für ihn gewesen sein, sie zurück zum Bootshaus zu schleifen und beim Verlassen des Bootshauses die Tür hinter sich zuzuschlagen. Es ist ein Zylinderschloß, das automatisch zuschnappt.«

Poirot nickte höflich. Er fand es sinnlos, sich mit Mrs. Masterton in eine Auseinandersetzung einzulassen und ihr zu beweisen, daß, wenn Marlene Tucker außerhalb des Bootshauses ermordet worden war, der Täter über die Regeln des Mörderjagdspieles Bescheid gewußt haben mußte, da sie in genau der Stellung vorgefunden wurde, die das »Opfer« einnehmen sollte. Statt dessen bemerkte er sanft:

»Sir George Stubbs ist davon überzeugt, daß seine Frau noch am Leben ist.«

»Das sagt er nur, weil er es glauben *will*. Er hat seine Frau nämlich sehr geliebt.« Dann fügte sie unerwarteterweise hinzu: »Ich kann George Stubbs gut leiden, obwohl er ein Geschäftsmann ist und aus keiner guten Familie kommt; er paßt trotz allem aufs Land. Man kann höchstens eins gegen ihn vorbringen – daß er ein kleiner Snob ist, aber das ist wirklich ein harmloses Vergehen.«

»Heutzutage gilt Geld mindestens soviel wie eine gute Familie, Madame«, stellte Poirot ein wenig zynisch fest.

»Ich bin ganz Ihrer Meinung, mein Lieber. Er hat es gar nicht nötig, ein Snob zu sein – er braucht nur ein großes Gut zu kaufen und mit seinem Geld um sich zu werfen – und schon sind wir alle da! Aber der Mann ist wirklich beliebt, und nicht nur seines Geldes wegen. Das verdankt er zum Teil unserer Amy Folliat, die sich seiner angenommen hat und die in dieser Gegend gesellschaftlich einen großen Einfluß ausübt. Schließlich haben die Folliats seit den Zeiten der Tudors hier gelebt.«

»In Nasse House wird es immer Folliats geben«, murmelte Poirot vor sich hin.

Mrs. Masterton seufzte. »Traurig, was der Krieg alles ange-

richtet hat – ihre beiden Söhne sind gefallen, und dann kamen die Erbschaftssteuern. Wenn man in der heutigen Zeit eine Besitzung erbt, kann man es sich nicht leisten, sie zu halten. Man muß sie verkaufen.«
»Aber obwohl sie ihr Heim verloren hat, lebt Mrs. Folliat noch immer auf dem Gut.«
»Ja, und sie hat sich das Pförtnerhaus ganz reizend eingerichtet. Waren Sie einmal dort?«
»Nein, wir haben uns an der Tür verabschiedet.«
»Jedermanns Geschmack wäre es nicht, ins Pförtnerhaus zu ziehen und Fremde im ehemals eigenen Haus wohnen zu sehen. Aber ich glaube nicht, daß Amy Folliat sich das sehr zu Herzen nimmt; im Gegenteil, das Ganze war ihre Idee. Sie hat Hattie auf den Gedanken gebracht, hier zu leben und Sir George dazu zu überreden, Nasse House zu kaufen. Es wäre nur unerträglich für Amy Folliat gewesen, wenn das Haus in ein Heim oder in ein Hotel umgewandelt worden wäre.« Sie stand auf. »So, und jetzt muß ich gehen, ich habe viel zu tun.«
»Aber natürlich, Sie müssen sich mit dem Polizeipräsidenten über die Bluthunde unterhalten.«
Mrs. Masterton brach in ein tiefes Lachen aus. »Sie werden's nicht glauben, aber ich habe früher eine Bluthundezucht gehabt«, sagte sie. »Manche Leute finden, daß ich selbst wie ein Bluthund aussehe.«
Poirot war peinlich berührt, und es fiel ihr sofort auf.
»Wetten, daß Sie dasselbe gedacht haben, M. Poirot?«

14

Nachdem Mrs. Masterton gegangen war, begab sich Poirot auf einen Spaziergang durch den Wald. Seine Nerven waren in keinem sehr guten Zustand; er fühlte ein unwiderstehliches Verlangen, hinter jedem Busch und jedem Rhododendronstrauch nachzusehen, ob dort eine Leiche verborgen

lag. Schließlich kam er zum Folly, ging hinein und setzte sich auf eine Steinbank, um seine Füße etwas auszuruhen, die, wie gewöhnlich, in engen, spitzen Lackschuhen steckten.
Der Fluß schimmerte durch die Bäume, und Poirot konnte sogar ein Stückchen des bewaldeten gegenüberliegenden Ufers erkennen. Er gab dem jungen Architekten recht, der gemeint hatte, daß dies nicht der richtige Platz für ein bizarres Lusthäuschen sei. Man konnte natürlich einige Bäume fällen, aber selbst dann würde man keine richtige Aussicht haben. Wenn das Folly dagegen, wie Michael Weyman vorgeschlagen hatte, oberhalb des Grasabhangs in der Nähe des Hauses errichtet worden wäre, hätte man einen wundervollen Blick auf den Fluß bis nach Helmmouth hinunter gehabt. Poirots Gedanken wanderten von Helmmouth zur Jacht »Espérance« und zu Etienne de Sousa. Den gestrigen Ereignissen mußte ein Plan zugrunde liegen, aber was für ein Plan es war, konnte er sich nicht vorstellen. Vorläufig sah er nichts als einen verschwommenen Umriß.
Sein Blick fiel auf etwas Glitzerndes, und er bückte sich, um es aufzuheben. Es lag in einem kleinen Sprung des Betonfußbodens. Er hielt es in der Hand und betrachtete es; er hatte das Gefühl, den kleinen goldenen Anhänger – es war ein winziges Flugzeug – schon einmal gesehen zu haben. Plötzlich erinnerte er sich an ein Armband – ein Armband mit klimpernden goldenen Anhängern. Er saß wieder im Zelt, und die Stimme der Madame Suleika, im Privatleben Sally Legge, beschwor Vorstellungen von dunkelhaarigen Frauen, Reisen übers große Wasser und einem erfreulichen Brief. Ja, sie besaß ein Armband, an dem eine Menge kleiner goldener Anhänger hingen. Diese neueste Mode war in Poirots Jugend schon einmal *le dernier cri* gewesen. Deshalb hatte das Armband wahrscheinlich Eindruck auf ihn gemacht. Mrs. Legge mußte irgendwann hier im Folly gesessen und diesen Anhänger verloren haben. Vielleicht hatte sie den Verlust gar nicht bemerkt. Es mochte vor Wochen oder Tagen gewesen sein vielleicht aber auch erst gestern nachmittag ...

Poirot dachte noch über diese Möglichkeit nach, als er draußen Schritte hörte und gespannt aufblickte. Eine Gestalt erschien am Eingang des Folly und blieb bei Poirots Anblick erschrocken stehen. Poirot musterte den schlanken, blonden jungen Mann, der ein Hemd trug, das über und über mit Schildkröten aller Art bedruckt war. Dieses Hemd war unverwechselbar. Er hatte es gestern neugierig betrachtet, während sein Eigentümer Kokosnüsse warf.

Es fiel ihm auf, daß der junge Mann fast übertrieben verstört zu sein schien. Er sagte schnell mit einem ausländischen Akzent:

»Verzeihung . . . ich wußte nicht . . .«

Poirot lächelte freundlich; aber dann bemerkte er in leicht vorwurfsvollem Ton: »Das Betreten dieser Besitzung ist verboten.«

»Ich weiß, bitte entschuldigen Sie.«

»Kommen Sie aus der Jugendherberge?«

»Ja. Ich dachte, man könnte durch den Wald gehen, um den Weg zum Kai abzuschneiden.«

»Ich muß Sie leider bitten, wieder zurückzugehen. Dieser Waldpfad ist ein Privatweg«, sagte Poirot sanft.

Der junge Mann wiederholte mit einem breiten Lächeln:

»Bitte vielmals um Entschuldigung.«

Er verbeugte sich und ging fort.

Poirot verließ das Folly ebenfalls, um dem jungen Mann vom Weg aus nachzublicken. Als er zum Ende des Pfades kam, drehte sich der Träger des Schildkrötenhemdes noch einmal schnell um. Dann, als er bemerkte, daß Poirot ihn beobachtete, beschleunigte er seine Schritte und verschwand um die Ecke.

»*Eh bien*«, murmelte Poirot, »habe ich einen Mörder gesehen – oder nicht?«

Der junge Mann war gestern beim Gartenfest gewesen und hatte ein unfreundliches Gesicht gemacht, als Poirot versehentlich mit ihm zusammengestoßen war; zweifellos wußte er, daß der Weg zur Fähre ein Privatweg war. Wenn er übrigens wirklich den Weg zur Fähre gesucht hätte, wäre er nicht

bis zum Folly gekommen, sondern hätte den unteren Weg, näher beim Fluß, eingeschlagen. Statt dessen war er beim Folly mit der Miene eines Menschen angekommen, der ein bestimmtes Ziel erreicht hat und sehr erschrocken ist, die falsche Person anzutreffen.
»Ja, das war es«, murmelte Poirot. »Er hatte sich verabredet . . . aber mit wem? Und warum?«
Er schlenderte bis zur Wegbiegung und verfolgte den Pfad mit den Augen bis zu der Stelle, an der er sich in den Bäumen verlor. Der junge Mann im Schildkrötenhemd war nicht mehr zu sehen. Wahrscheinlich hatte er es für klüger gehalten, sich so schnell wie möglich zu verziehen. Poirot ging kopfschüttelnd zum Folly zurück.
Als er über die Schwelle trat, blieb er erstaunt stehen. Sally Legge kniete auf dem Boden; ihr Kopf war über den Sprung im Beton gebeugt. Als sie ihn sah, sprang sie erschrocken auf.
»Sie haben mich aber erschreckt, M. Poirot. Ich habe Sie nicht kommen hören.«
»Suchen Sie etwas, Madame?«
»Ich – nein – eigentlich nicht.«
»Vielleicht haben Sie etwas verloren«, meinte Poirot, »oder es ist Ihnen etwas hingefallen, oder vielleicht . . .« Er spielte die Rolle des schelmischen Kavaliers ». . . oder vielleicht haben Sie ein Rendezvous, und ich bin unglücklicherweise nicht derjenige, den Sie treffen wollten?«
Inzwischen hatte sie sich wieder in der Gewalt.
»Hat man am hellichten Vormittag ein Rendezvous?« fragte sie.
»Manchmal ist das die einzig mögliche Zeit – Ehemänner sind oft eifersüchtig.«
»Ich bezweifle, daß meiner eifersüchtig ist«, versetzte Sally Legge.
Obwohl sie die Worte leichthin sagte, glaubte Poirot, einen bitteren Unterton herauszuhören.
»Er ist so völlig mit seinen eigenen Problemen beschäftigt.«
»Das behaupten alle Frauen von ihren Männern, ganz besonders in England«, bemerkte Poirot.

»Ihr Ausländer seid viel galanter.«
»Wir wissen, daß man einer Frau mindestens einmal in der Woche, wenn möglich öfter, versichern muß, daß man sie liebt, und daß es sich lohnt, ihr Blumen mitzubringen, ihr Komplimente zu machen und ihr zu sagen, wie gut ihr das neue Kleid oder der neue Hut steht.«
»Ist das *Ihre* Methode?«
»Ich bin nicht verheiratet, Madame. Leider nicht«, fügte er hinzu.
»Ich bin davon überzeugt, daß Sie es nicht bereuen, sondern daß Sie es genießen, ein sorgloser Junggeselle zu sein.«
»Nein, nein, Madame. Ich habe das Gefühl, vieles im Leben versäumt zu haben.«
»Ich finde, es ist Wahnsinn, zu heiraten«, erklärte Sally Legge.
»Haben Sie Sehnsucht nach Ihrem Atelier in Chelsea und nach der Malerei?«
»Sie scheinen gut über mich Bescheid zu wissen, M. Poirot.«
»Ich selbst bin geschwätzig, und ich höre gern Klatsch über andere Leute«, gestand Hercule Poirot. Er fuhr fort: »Sehnen Sie sich nach dieser Zeit, Madame?«
»Das weiß ich wirklich nicht«, sagte sie ungeduldig und setzte sich auf die Bank. Poirot nahm neben ihr Platz.
Er war darauf vorbereitet, wieder einmal den sonderbaren Fall zu erleben, daß ihm ein reizvolles Mädchen Dinge anvertraute, die sie einem Engländer gegenüber nie erwähnen würde.
»Ich hoffte, daß hier, fern von den Sorgen des Alltags, alles wieder gut werden würde zwischen uns«, begann das hübsche Rotköpfchen. »Leider ist es nicht so gekommen.«
»Nein?«
»Nein. Alec ist so launisch wie immer, und – es ist schwer zu erklären – ausschließlich mit sich und seinen Problemen beschäftigt. Ich weiß nicht, was mit ihm los ist. Er ist nervös und gereizt. Leute rufen an und hinterlassen sonderbare Nachrichten für ihn, und er weigert sich, mir zu sagen, um was es sich handelt. Darüber bin ich so wütend! Er *will* mir

nichts sagen! Zuerst dachte ich, es gäbe eine andere Frau in seinem Leben, aber davon bin ich eigentlich abgekommen ...«

Poirot bemerkte jedoch sofort einen gewissen Zweifel in ihrer Stimme.

»Haben Sie Ihre Teepause gestern nachmittag genossen, Madame?«

»Die Teepause?« Sie sah ihn stirnrunzelnd an. Ihre Gedanken waren scheinbar in eine ganz andere Richtung geschweift. Dann sagte sie hastig: »Ja, sehr. Sie haben keine Ahnung, wie anstrengend es ist, stundenlang mit einem Schleier vorm Gesicht in dem stickigen Zelt zu sitzen.«

»Im Teezelt muß es auch ziemlich stickig gewesen sein.«

»Allerdings, aber es gibt nun mal nichts Schöneres als eine Tasse Tee, nicht wahr?«

»Sie haben eben etwas gesucht, Madame – könnte es vielleicht das hier sein?« Er zeigte ihr den kleinen goldenen Anhänger.

»Sie meinen ... Ja, natürlich, M. Poirot. Vielen Dank. Wo haben Sie ihn gefunden?«

»Hier auf dem Fußboden, in diesem Sprung.«

»Da muß er wohl hinuntergefallen sein.«

»Gestern?«

»O nein, nicht gestern – vor einiger Zeit.«

»Aber ich entsinne mich, gerade diesen Anhänger an Ihrem Armband bemerkt zu haben, als Sie mir gestern die Zukunft voraussagten.«

Niemand konnte eine offensichtliche Lüge schneller erkennen als Poirot. Er sprach mit Überzeugung, und Sally Legge senkte ihren Blick.

»Ich kann mich wirklich nicht genau erinnern; ich weiß nur, daß ich den Verlust heute morgen bemerkte«, erklärte sie.

»Auf jeden Fall freut es mich, Ihnen Ihr Eigentum zurückerstatten zu können«, meinte Poirot galant.

Sie drehte den Anhänger nervös zwischen den Fingern. Dann stand sie auf.

»Also vielen Dank, M. Poirot; vielen Dank«, sagte sie schwer-

atmend und mit unruhigen Augen. Dann verließ sie schnell das Folly. Poirot lehnte sich zurück und nickte langsam mit dem Kopf.
Nein, dachte er, du bist gestern nachmittag nicht im Teezelt gewesen, und du hast mich nicht so ängstlich gefragt, ob es schon vier Uhr sei, weil du solchen Durst hattest. Gestern nachmittag bist du hier gewesen, *hier* im Folly, *auf halbem Weg zum Bootshaus,* und du warst hier, um jemanden zu treffen.
Wieder hörte er herannahende Schritte – schnelle, ungeduldige Schritte. Poirot lächelte in der Hoffnung, jetzt vielleicht die Person kennenzulernen, mit der Mrs. Legge sich verabredet hatte. Aber dann, als Alec Legge um die Ecke bog, rief er:
»Wieder ein Irrtum!«
»Wie bitte? Was sagten Sie?«
Alec Legge sah ihn erstaunt an.
»Daß ich mich wieder geirrt habe«, erklärte Poirot. »Da ich mich im allgemeinen selten irre, erbittert mich das. Ich hatte nicht erwartet, Sie zu sehen.«
»Wen hatten Sie erwartet?«
»Einen jungen Mann – fast noch ein Knabe – in einem Hemd mit Schildkrötenmuster«, antwortete Poirot prompt.
Er war über die Wirkung seiner Worte erfreut. Alec Legge kam auf ihn zu und fragte mit stockender Stimme: »Woher wußten Sie? Wieso haben Sie ... was meinen Sie eigentlich?«
»Ich bin hellsichtig«, behauptete Hercule Poirot und schloß die Augen.
Alec Legge trat noch näher an ihn heran. Er war sehr ärgerlich.
»Zum Teufel nochmal, wovon sprechen Sie eigentlich?«
»Ich glaube, Ihr Freund ist zurück zur Jugendherberge gegangen«, antwortete Poirot ruhig. »Wenn Sie ihn sprechen wollen, müssen Sie dorthin gehen.«
»Das ist es also«, murmelte Alec Legge.
Er ließ sich auf das andere Ende der Steinbank fallen.
»Deshalb sind Sie also hier – nicht um die Preise zu verteilen.

Das hätte ich mir gleich denken sollen.« Er wandte sich von Poirot ab. Sein Gesicht hatte einen unglücklichen Ausdruck. »Ich weiß, was Sie annehmen, ich weiß, worauf das Ganze scheinbar hindeutet«, sagte er. »Aber es ist nicht so, wie Sie denken. Man verfolgt mich ... wenn man einmal in die Klauen dieser Burschen gerät, kommt man nicht so leicht von ihnen los. Und ich möchte loskommen, das ist der springende Punkt: *Ich möchte loskommen.* Man ist verzweifelt, und man greift zu Verzweiflungsmaßnahmen. Man fühlt sich wie eine Ratte in der Falle, und man ist hilflos. Aber welchen Sinn hat es, darüber zu reden? Sie wissen jetzt, was Sie wissen wollen. Sie haben Ihr Beweismaterial.« Er stand auf, stolperte, als könnte er nicht richtig sehen, und eilte dann plötzlich davon, ohne sich noch einmal umzublicken. Poirot blieb mit großen, erstaunten Augen zurück.
»Höchst sonderbar«, murmelte er. »Sonderbar und faszinierend. Ich habe einen Beweis, nicht wahr? Aber wofür? Für einen Mord?«

15

Kommissar Bland war im Polizeikommissariat in Helmmouth. Ihm gegenüber saß Superintendent Baldwin, ein korpulenter, gemütlich aussehender Mann. Auf dem Tisch, zwischen den beiden, lag eine schwarze, durchweichte Masse. Kommissar Bland berührte sie vorsichtig mit einem Finger.
»Ich glaube bestimmt, das ist ihr Hut«, meinte er, »obwohl ich es natürlich nicht beschwören könnte. Ihr Mädchen erzählte mir, daß das ihre Lieblingsform sei. Sie besaß mehrere – auch einen in blaßrosa und einen in dunkelbraun, aber gestern hat sie den schwarzen getragen – diesen hier. Der ist also aus dem Fluß gefischt worden? Demnach sieht es so aus, als sei unsere Theorie richtig.«

»Mit Bestimmtheit läßt sich das noch nicht sagen«, erwiderte Baldwin. »Schließlich kann jeder einen Hut ins Wasser werfen.«
»Ja, vom Bootshaus aus oder von der Jacht«, meinte Bland.
»Jedenfalls haben wir um die Jacht einen Kordon gezogen. Wenn sie dort sein sollte – tot oder lebendig –, kann sie nicht unbeobachtet verschwinden.«
»Ist de Sousa heute an Land gegangen?«
»Vorläufig ist er noch an Bord. Er sitzt auf dem Deck und raucht eine Zigarre.«
Kommissar Bland sah auf die Uhr.
»Gleich Zeit, an Bord zu gehen«, sagte er.
»Glauben Sie, daß Sie sie dort finden werden?« fragte Baldwin.
»Ich bin mir nicht sicher«, meinte Bland. »Ich habe das Gefühl, daß wir es mit einem gerissenen Kerl zu tun haben.« In Gedanken verloren befühlte er noch einmal den Hut, dann sagte er: »Was ist wohl mit der Leiche geschehen – falls es eine gibt? Haben Sie eine Ahnung?«
»Ja, darüber habe ich heute früh mit Otterweight gesprochen«, erwiderte Baldwin. »Der Mann war früher bei der Küstenwacht. Ich konsultiere ihn immer bei Fragen, die mit Ebbe und Flut zusammenhängen. Um die Zeit, als die Dame in die Helm sprang – falls sie hineingesprungen ist –, war Ebbe. Wir haben gerade Vollmond; die Strömung ist stark und würde sie wahrscheinlich ins offene Meer schwemmen, in die Nähe der Cornischen Küste. Man kann niemals voraussagen, ob eine Leiche an die Oberfläche kommt oder nicht. Zweimal sind hier Leute ertrunken, deren Leichnam nicht geborgen werden konnte. Manchmal zerschellen sie an den Klippen. Andererseits ist es natürlich durchaus möglich, daß die Leiche an Land geschwemmt wird.«
»Wenn nicht, kann die Sache für uns recht schwierig werden«, sagte Bland.
»Sind Sie davon überzeugt, daß sie ins Wasser gegangen ist?«
»Ich wüßte nicht, was sie sonst getan haben könnte«, erwi-

derte Bland ernst. »Wir haben in Zügen und Autobussen Nachforschungen angestellt – wir sind in einer Sackgasse. Sie war sehr auffallend gekleidet, und da sie keine anderen Kleidungsstücke mitgenommen hat, glaube ich, daß sie Nasse niemals verlassen hat. Ihre Leiche befindet sich entweder im Meer oder irgendwo auf dem Besitz. Was ich jetzt vor allem suche, ist ein Motiv – und natürlich die Leiche«, fügte er nach kurzem Nachdenken hinzu. »Bevor wir die nicht gefunden haben, werden wir nicht weiterkommen.«

»Und das junge Mädchen?«

»Muß den Mord mit angesehen haben ... Wir werden das Ganze bestimmt entwirren, aber es wird nicht leicht sein.«

Jetzt blickte Baldwin auf die Uhr.

»Zeit zu gehen«, sagte er.

Die beiden Kriminalbeamten wurden an Bord der »Espérance« von de Sousa mit großer Liebenswürdigkeit empfangen. Er bot ihnen Drinks an, die sie dankend ablehnten, und zeigte höfliches Interesse an ihren Aktivitäten.

»Haben Ihre Erkundigungen über den Tod des jungen Mädchens bereits zu einem Ergebnis geführt?«

»Wir machen Fortschritte«, erwiderte Kommissar Bland.

Der Superintendent ergriff das Wort und erklärte mit großem Takt den Zweck ihres Besuches auf der Jacht.

»Sie möchten die ›Espérance‹ durchsuchen?«

De Sousa schien weniger verärgert als belustigt zu sein. »Aber warum? Glauben Sie, ich habe den Mörder versteckt? Oder halten Sie mich selbst vielleicht für den Täter?«

»Eine Durchsuchung läßt sich leider nicht vermeiden, Mr. de Sousa. Ich hoffe, Sie werden Verständnis für die Schwierigkeit der Lage haben. Ein Haussuchungsbefehl ...«

De Sousa hob beide Hände.

»Aber ich bin bereit, alles zu tun, um Ihnen zu helfen! In der freundschaftlichsten Weise! Selbstverständlich können Sie mein Schiff durchsuchen – von oben bis unten. Sie glauben vielleicht, ich verberge hier meine Kusine, Lady Stubbs? Sie denken vielleicht, sie habe ihren Mann verlas-

sen und bei mir Unterschlupf gefunden? Aber bitte, meine Herren, beginnen Sie mit der Durchsuchung.«
Die Jacht wurde gründlich durchsucht. Schließlich verabschiedeten sich die beiden Kriminalbeamten von de Sousa. Sie versuchten, ihre Enttäuschung zu verbergen, so gut sie konnten.
»Sie haben nichts gefunden? Wie enttäuschend! Aber ich habe es Ihnen ja gesagt. Kann ich Ihnen jetzt eine kleine Erfrischung anbieten? Nein?«
Er begleitete sie bis zu ihrem Boot, das längsseits neben der Jacht angelegt hatte.
»Und habe ich jetzt die Erlaubnis abzufahren?« fragte er. »Es wird mir etwas langweilig hier – Sie verstehen. Das Wetter ist gut, und ich würde gern weiterfahren nach Plymouth.«
»Würden Sie die Liebenswürdigkeit haben, bis zur morgigen gerichtlichen Untersuchung hierzubleiben, Mr. de Sousa? Für den Fall, daß die Leichenschaukommission Ihnen noch irgendwelche Fragen stellen möchte.«
»Aber selbstverständlich, ich will alles tun, um Ihnen zu helfen. Und danach?«
»Danach können Sie natürlich fahren, wohin Sie wollen, Mr. de Sousa«, sagte Baldwin kühl.
De Sousa blickte lächelnd auf sie herab, während sich das Boot langsam von der Jacht entfernte.

Die gerichtliche Untersuchung und die damit verbundene Leichenschau ergab keinerlei Sensation, und die neugierigen Zuschauer waren enttäuscht. Die Leiche wurde identifiziert, danach wurde das ärztliche Gutachten verlesen, und weiter ereignete sich nichts. Eine Terminverschiebung wurde verlangt und gewährt. Die Untersuchung war eine reine Formalität gewesen.
Allerdings verbrachte Kommissar Bland den Nachmittag nach der Untersuchung auf eine weniger formelle Weise, nämlich auf dem bekannten Vergnügungsdampfer »Devon Belle«. Das Schiff fuhr gegen drei Uhr von Brixwell ab, machte eine kleine Rundfahrt um die Küste, kam zur Mün-

dung der Helm und fuhr schließlich den Fluß hinauf. Außer Kommissar Bland waren noch etwa zweihundertdreißig Leute an Bord. Er saß auf der Steuerbordseite des Dampfers und hielt seinen Blick unverwandt auf das waldige Ufer gerichtet. Sie fuhren um eine Biegung des Flusses und kamen an einem isoliert stehenden, grauen Bootshaus vorbei, das zur Jugendherberge gehörte. Kommissar Bland sah wiederholt auf die Uhr. Es war genau vier Uhr fünfzehn, als sie dicht an dem zu Nasse House gehörenden Bootshaus vorbeifuhren. Es war halb von Bäumen verborgen, jedoch konnte man den kleinen Balkon und den Anlegesteg deutlich erkennen. Nichts deutete darauf hin, daß sich jemand im Haus befand, obgleich Kommissar Bland ganz genau wußte, daß Constable Hoskins dort war, weil er ihm den Befehl gegeben hatte, sich im Bootshaus aufzuhalten.

Nicht weit von den Bootshausstufen entfernt lag ein kleines Boot, in dem sich ein junger Mann und ein Mädchen befanden, die sich die Zeit mit ziemlich rauhen Scherzen zu vertreiben schienen. Das Mädchen schrie, der Mann gab vor, sie ins Wasser werfen zu wollen. In diesem Augenblick dröhnte eine laute Stimme über den Lautsprecher:

»Meine Damen und Herren! Wir nähern uns jetzt dem wohlbekannten Dorf Gitcham, wo wir eine dreiviertel Stunde Aufenthalt haben. Sie können hier frische Hummern und Krabben zum Tee bekommen sowie die berühmte Devonshire-Schlagsahne. Zu Ihrer Rechten sehen Sie die Besitzung Nasse; wir werden das Haus selbst in zwei bis drei Minuten passieren, und Sie werden es hinter den Bäumen erkennen können. Ursprünglich war es das Heim von Sir Gervase Folliat, einem Zeitgenossen von Sir Francis Drake, mit dem er die große Seereise in die Neue Welt unternahm. Der jetzige Eigentümer ist Sir George Stubbs. Zur Linken befindet sich der berühmte Gooseacre-Felsen, auf dem man in früheren Zeiten während der Ebbe zänkische Ehefrauen aussetzte und sie dort ließ, bis die Fluten ihnen bis zum Kinn gestiegen waren.«

Alle Passagiere der »Devon Belle« starrten fasziniert auf den

Gooseacre-Felsen. Es wurden Witze gemacht, und man hörte von allen Seiten Gelächter.
Inzwischen hatte der junge Mann im Boot seine Freundin tatsächlich über Bord gestoßen. Er beugte sich über sie, hielt sie im Wasser fest und sagte lachend: »Nein, ich ziehe dich nicht heraus, bis du versprochen hast, dich zu benehmen.«
Mit Ausnahme von Kommissar Bland bemerkte jedoch niemand diesen Zwischenfall. Jedermann hatte der Stimme aus dem Lautsprecher gelauscht, versucht, durch die Bäume hindurch einen Blick auf Nasse House zu erhaschen, und sich den Gooseacre-Felsen mit großem Interesse angesehen.
Der Jüngling ließ sein Mädchen los; es verschwand einen Augenblick unter Wasser, um dann auf der anderen Seite des Bootes wieder aufzutauchen. Sie schwamm dicht an das Boot heran und kletterte mühelos an Bord. Die Polizistin Alice Jones war eine ausgezeichnete Schwimmerin.
Kommissar Bland ging mit den restlichen zweihundertdreißig Passagieren in Gitcham an Land, trank Tee und aß dazu einen Hummer und dann ein Stück Sahnetorte. Dabei murmelte er vor sich hin: »Man konnte es also tun, ohne daß es jemand bemerken würde.«

Während Kommissar Bland seine Experimente auf der Helm machte, untersuchte Hercule Poirot ein Zelt auf der Wiese von Nasse House. Es war das Zelt, in dem Madame Suleika die Zukunft vorausgesagt hatte und das man auf Poirots besonderen Wunsch stehen ließ, während die anderen Zelte und Buden bereits abgebaut worden waren.
Jetzt betrat er das Innere des Zeltes, machte die Klappen hinter sich zu und widmete sich der Rückwand. Er öffnete die hinteren Klappen geschickt, schlüpfte ins Freie, verschnürte die Klappen wieder und verschwand hinter der Rhododendronhecke, die gleich beim Zelt begann. Er wanderte der Hecke entlang und erreichte bald eine kleine Gartenlaube mit einer verschlossenen Tür. Poirot öffnete die Tür und ging hinein.
Im Innern der Laube war es ziemlich dunkel, weil sie von

dichten Rhododendronsträuchern umgeben war, die nur wenig Tageslicht hereinließen. Er fand eine Kiste mit Krocketbällen und ein paar verrostete Krocketbügel sowie einige zerbrochene Hockeystöcke, eine Menge Ohrwürmer und Spinnen und eine runde, unregelmäßige Spur auf dem staubigen Boden. Poirot betrachtete diese Spur nachdenklich, kniete sich hin, nahm ein Zentimetermaß aus der Tasche und notierte sich sorgfältig die Maße. Dann nickte er zufrieden mit dem Kopf.

Er schlüpfte leise hinaus und machte die Tür hinter sich zu, dann bahnte er sich einen Weg schräg durch die Rhododendronbüsche. Sein Weg führte ihn bergauf, und bald stieß er auf den Pfad, der erst zum Folly führte und von dort zum Bootshaus.

Dieses Mal betrat er das Folly nicht, sondern ging den Zickzackweg hinunter, bis er zum Bootshaus kam. Er hatte den Schlüssel bei sich, öffnete die Tür und ging hinein.

Es war genauso, wie er es in Erinnerung hatte, nur daß die Leiche und das Tablett mit dem Geschirr fortgeschafft worden waren. Die Polizei hatte das Innere des Bootshauses fotografiert und eine genaue Aufstellung des Inventars gemacht. Er ging zum Tisch, auf dem der Stoß von illustrierten Zeitschriften und Witzblättern lag. Er sah sie durch, und sein Ausdruck war dem von Kommissar Bland nicht unähnlich, als auch er entdeckte, was Marlene an den Rand gekritzelt hatte, bevor sie ums Leben gekommen war: »Jackie Blake geht mit Susan Brown.« – »Peter kneift Mädchen im Kino.« – »Georgie Porgie küßt Mädchen im Wald.« – »Biddy Fox liebt Jungens.« – »Albert geht mit Doreen.«

Er erinnerte sich an Marlenes reizloses Gesicht, an ihre unreine Haut, und er fand die unreifen Bemerkungen des jungen Mädchens doppelt mitleiderregend. Er hatte den Verdacht, daß Marlene niemals im Kino von einem Jungen gekniffen worden war und daß ihre Abenteuer nur darin bestanden hatten, andere zu beobachten und ihnen nachzuspionieren. Ja, sie hatte ihnen nachspioniert, und sie hatte Dinge gesehen, die sie nicht sehen sollte. Meistens handelte

es sich wohl um unwichtige Vorfälle, aber sie mochte zufällig einmal etwas mit angesehen haben, von dessen Wichtigkeit sie selbst keine Ahnung gehabt hatte.
Aber das waren nur Vermutungen, und Poirot zuckte zweifelnd die Achseln. Sein fanatischer Ordnungssinn trieb ihn dazu, die Zeitungen wieder zu einem säuberlichen Stoß aufeinanderzulegen; dabei kam ihm plötzlich der Gedanke, daß irgend etwas fehlte. Irgend etwas ... was war es? Etwas, das hier sein sollte ... etwas ... er schüttelte den Kopf, als das flüchtige Bild wieder verblaßte.
Er verließ das Bootshaus mit zögernden Schritten, unglücklich und unzufrieden mit sich selbst. Er, Hercule Poirot, war hierhergerufen worden, um einen Mord zu verhindern – und es war ihm nicht gelungen. Der Mord war geschehen, und die größte Demütigung war, daß er keine wirkliche Vorstellung davon hatte, was eigentlich geschehen war. Es war eine Schande, und morgen mußte er geschlagen nach London zurückkehren. Sein Selbstbewußtsein hatte einen harten Schlag erlitten, selbst seine Schnurrbartspitzen hingen traurig nach unten.

16

Zwei Wochen später hatte Kommissar Bland eine höchst unbefriedigende Unterhaltung mit dem Polizeichef.
Major Merrall hatte widerspenstige, buschige Augenbrauen und besaß eine gewisse Ähnlichkeit mit einem wütenden Terrier. Aber er war bei seinen Untergebenen beliebt, und man gab viel auf sein Urteil.
»So, so, und welche Beweise haben wir in Händen?« fragte Major Merrall. »Gar keine! Dieser de Sousa? Wir können ihn in keiner Weise mit der ermordeten Pfadfinderin in Verbindung bringen. Alles wäre natürlich ganz anders, wenn wir die Leiche von Lady Stubbs gefunden hätten.« Er blickte Bland herausfordernd an. »Sie glauben, daß Lady Stubbs tot

ist, nicht wahr?«
»Was glauben Sie, Sir?«
»Ich bin ganz Ihrer Meinung; wenn sie noch am Leben wäre, hätten wir längst eine Spur gefunden. Natürlich besteht die Möglichkeit, daß sie ihre Flucht mit größter Sorgfalt vorbereitet hatte, aber ich halte das nicht für wahrscheinlich. Wie wir wissen, besaß sie kein eigenes Geld; obwohl Sir George sie mit einem reichlichen Taschengeld versah, verfügte sie niemals über größere Summen. Einen Geliebten scheint sie auch nicht gehabt zu haben, sonst würde sich das hier auf dem Land bestimmt herumgesprochen haben.«
Er begann auf und ab zu gehen.
»Wir müssen zugeben, daß wir nichts herausgefunden haben. Wir *glauben,* daß de Sousa sich aus unbekannten Gründen mit seiner Kusine aus dem Staub gemacht hat. Noch wahrscheinlicher ist, daß er sich unten am Bootshaus mit ihr verabredete, daß sie in sein Motorboot stieg und daß er sie über Bord stieß. Sie haben festgestellt, daß das möglich gewesen wäre?«
»Allerdings! Man könnte während der Ferienzeit eine ganze Bootsladung von Leuten ertränken, ohne daß es einem einzigen Menschen, der mit dem Dampfer vorüberfährt, auffallen würde. Alle sind damit beschäftigt zu scherzen, zu plaudern und die Sehenswürdigkeiten zu betrachten. Aber de Sousa wußte natürlich nicht, daß im Bootshaus ein Mädchen war, das nichts zu tun hatte, sich langweilte und höchstwahrscheinlich aus dem Fenster geguckt hat.«
»Hoskins hat aus dem Fenster gesehen und die von Ihnen arrangierten Vorgänge beobachtet, ohne daß Sie ihn gesehen hätten, nicht wahr?«
»Das ist richtig, Sir. Man hätte nicht ahnen können, daß jemand im Bootshaus war, außer er wäre gerade auf den Balkon gekommen.«
»Vielleicht *war* aber das Mädchen auf dem Balkon, und vielleicht hat de Sousa bemerkt, daß sie gewisse Dinge beobachtet hatte. Er brauchte daraufhin nur an Land zu gehen und Marlene zu bitten, ihn ins Bootshaus zu lassen. Dort fragte

er sie, was sie täte; sie berichtete ihm stolz von ihrer Rolle im Mörderjagdspiel, er legte ihr die Schnur spielerisch um den Hals und –« der Major machte eine ausdrucksvolle Geste – »schon war's geschehen. Ich weiß, Bland, ich weiß – reine Vermutungen! Wir haben keine Beweise; wir haben keine Leiche, und wenn wir versuchten, de Sousa daran zu hindern, das Land zu verlassen, würden wir in ein Wespennest treten. Wir müssen ihn fortlassen. Heute in einer Woche segelt er los – zurück zu seiner verdammten Insel.«

»Dann haben wir nicht mehr viel Zeit«, meinte Bland.

»Es könnte aber auch jemand anders getan haben.«

»Bestimmt, Sir; es gibt verschiedene Möglichkeiten. Ich glaube nach wie vor, daß sie von einem Menschen ermordet wurde, der über die Einzelheiten der Mörderjagd Bescheid wußte. Zwei Personen können wir ausschließen: Sir George Stubbs und Captain Warburton. Sie waren während des ganzen Nachmittags auf der Wiese bei den Buden und Wettbewerben beschäftigt. Das können Dutzende von Leuten bezeugen. Das gleiche gilt für Mrs. Masterton, aber sie steht ja sowieso nicht unter Verdacht.«

»Alle stehen unter Verdacht«, bemerkte Major Merrall. »Mrs. Masterton ruft dauernd an und spricht von Bluthunden. In einem Kriminalroman wäre gerade sie diejenige, die das Verbrechen begangen hat. Aber schließlich hab ich Connie Masterton Zeit meines Lebens gekannt, und ich kann mir wahrhaftig nicht vorstellen, daß sie junge Mädchen erwürgt oder exotische Schönheiten umbringt. Wen haben wir sonst noch?«

»Mrs. Oliver, die das Mörderjagdspiel erfunden hat«, sagte Bland. »Sie ist ziemlich exzentrisch, und sie war eine ganze Zeit allein. Dann Mr. Alec Legge –«

»Der die kleine rosa Villa gemietet hat, nicht wahr?«

»Ja. Er verließ das Gartenfest ziemlich früh – jedenfalls ist er nicht mehr dort gesehen worden. Er sagt, daß es ihm zu langweilig geworden und er zurück zu seinem Haus gegangen sei. Andererseits erklärt der alte Merdell, der die Fähre bedient und die Boote unten am Kai verwaltet, daß er Alec

Legge erst um fünf Uhr zu seinem Haus gehen sah – nicht früher. Demnach könnte er für etwa eine Stunde kein Alibi beibringen. Er behauptet allerdings, der alte Merdell habe keine Ahnung, wie spät oder früh es war, als er ihn zurückgehen sah, und schließlich ist der alte Mann zweiundneunzig Jahre alt.«

»Nicht sehr befriedigend«, stellte Major Merrall fest. »Wäre in seinem Fall irgendein Motiv vorhanden?«

»Er könnte ein Verhältnis mit Lady Stubbs gehabt haben«, meinte Bland unsicher. »Sie mag gedroht haben, es seiner Frau zu erzählen, er brachte sie um, und das Mädchen könnte es gesehen haben . . .«

»Und danach hätte er die Leiche von Lady Stubbs irgendwo versteckt?«

»Ja, aber ich kann mir beim besten Willen nicht vorstellen, wie und wo. Meine Leute haben das ganze Gebiet gründlich abgesucht, und ich kann wohl sagen, daß sie hinter jeden Busch und in jedes Eckchen gesehen haben. Aber gesetzt den Fall, daß es ihm doch gelungen wäre, die Leiche zu verbergen, hat er den Hut vielleicht in den Fluß geworfen, um uns auf eine falsche Fährte zu locken, und natürlich konnte er dabei von Marlene Tucker beobachtet worden sein – das gilt für alle unsere Hypothesen.« Kommissar Bland machte eine Pause, bevor er fortfuhr: »Und dann käme natürlich noch Mrs. Legge in Frage.«

»Was wissen wir von ihr?«

»Sie war nicht, wie sie behauptet, zwischen vier und halb fünf im Teezelt«, sagte Kommissar Bland langsam. »Das entdeckte ich sofort, nachdem ich mit ihr und mit Mrs. Folliat gesprochen hatte. Mrs. Folliats Aussage wurde von anderen bestätigt. Und das war die ausschlaggebende halbe Stunde.« Wieder machte er eine Pause. »Und dann der junge Architekt, Michael Weyman. Es ist schwer, ihn in irgendeiner Weise mit dem Verbrechen in Verbindung zu bringen, aber meiner Ansicht nach ist er ein potentieller Mörder – ein unverschämter, nervöser junger Kerl. Würde jeden umbringen, ohne die Miene zu verziehen, verkehrt wahrscheinlich in

lockerer Gesellschaft . . .«
»Sie triefen ja vor Moral, Bland«, meinte Major Merrall. »Hat er ein Alibi?«
»Er drückt sich sehr unbestimmt aus, Sir.«
»Das beweist, daß er ein richtiger Architekt ist«, erklärte Merrall mit Gefühl. Er hatte sich erst kürzlich ein Haus an der Küste bauen lassen. »Sie sind so zaghaft und unsicher, daß man sich manchmal fragt, ob sie überhaupt lebendig sind.«
»Er weiß nicht, wo er wann war, und niemand scheint ihn gesehen zu haben. Wir haben gewisse Beweise, daß Lady Stubbs es auf ihn abgesehen hatte.«
»Denken Sie an ein Sittlichkeitsverbrechen?«
»Man muß an alles denken, Sir«, stellte Bland salbungsvoll fest. »Bleibt noch Miss Brewis . . .« Er zögerte.
»Das ist die Sekretärin, nicht wahr?«
»Ja, eine sehr tüchtige Person.«
Wieder trat eine Pause ein, und Major Merrall sah seinen Untergebenen scharf an.
»Und Sie haben sie in Verdacht, nicht wahr?«
»Ja, Sir. Sie gibt nämlich ganz offen zu, daß sie ungefähr zu der Zeit, um die der Mord geschehen sein muß, im Bootshaus war.«
»Würde sie das tun, wenn sie schuldig wäre?«
»Möglicherweise«, erwiderte Bland langsam. »Etwas Besseres könnte sie gar nicht tun. Wenn sie ein Tablett mit Kuchen und Limonade in die Hand nimmt und allen sagt, daß sie es der Kleinen ins Bootshaus bringt, hat sie einen stichhaltigen Grund für ihre Abwesenheit. Sie kommt zurück und behauptet, daß das Mädchen wohl und munter sei, und wir nehmen ihre Aussage für bare Münze. Wie Sie sich erinnern werden, stellt Dr. Cook in seinem ärztlichen Gutachten fest, daß der Tod zwischen vier Uhr fünfzehn und fünf Uhr eingetreten sein muß. In unserer Annahme, daß Marlene um vier Uhr fünfzehn noch am Leben war, können wir uns nur auf Miss Brewis' Aussage stützen. Ich bin diesbezüglich auf etwas Merkwürdiges gestoßen: Sie hat ausgesagt, daß Lady Stubbs sie gebeten habe, Marlene Kuchen zu bringen; aber ein an-

derer Zeuge behauptet steif und fest, daß Lady Stubbs niemals auf einen solchen Gedanken gekommen wäre, und ich bin derselben Meinung. Lady Stubbs war nur mit sich und ihrem Aussehen beschäftigt; sie scheint sich zum Beispiel niemals um Mahlzeiten oder um andere Haushaltsfragen gekümmert zu haben. Je mehr ich darüber nachdenke, um so unwahrscheinlicher erscheint es mir, daß sie Miss Brewis veranlaßte, Marlene etwas zu essen zu bringen.«

»Sie mögen da auf einer richtigen Spur sein, Bland; aber was für ein Motiv sollte sie haben?« fragte Merrall.

»Kein Motiv, das junge Mädchen zu töten, aber ich halte es für möglich, daß sie einen Grund hatte, Lady Stubbs umzubringen. M. Poirot, von dem ich Ihnen erzählte, glaubt, daß sie bis über beide Ohren in ihren Arbeitgeber verliebt ist. Nehmen wir an, sie folgte Lady Stubbs in den Wald und ermordete sie, und Marlene, die aus Langeweile das Bootshaus verlassen hatte, wurde zufällig Augenzeugin des Verbrechens. Daraufhin wäre Miss Brewis natürlich gezwungen gewesen, auch Marlene zu ermorden. Was war dann am besten zu tun? Marlenes Leiche ins Bootshaus zu schleifen, zum Haus zurückzukommen, das Tablett zu holen und wieder zum Bootshaus zu gehen. Damit war ihre Abwesenheit vom Gartenfest erklärt, und wir hatten *ihre* Aussage – offensichtlich die einzige zuverlässige Aussage –, *daß Marlene Tucker um vier Uhr fünfzehn noch am Leben war.*«

»So weit, so gut«, sagte Merrall seufzend. »Und was hat sie, nach Ihrer Ansicht, mit der Leiche von Lady Stubbs angefangen?«

»Sie im Wald versteckt, vergraben oder in den Fluß geworfen.«

»Das letztere wäre ziemlich schwierig, glauben Sie nicht?«

»Kommt darauf an, wo der Mord stattgefunden hat«, erklärte der Kommissar. »Sie ist eine ziemlich kräftige Person. Wenn es in der Nähe des Bootshauses war, könnte sie die Leiche bis zum Anlegesteg getragen und sie von dort ins Wasser geworfen haben.«

»Obwohl dort dauernd Vergnügungsdampfer vorbeifah-

ren?«
»Ja, denn das hätte, wie wir wissen, wahrscheinlich wie ein grober Scherz ausgesehen – aber vielleicht wäre es doch etwas zu riskant gewesen. Ich nehme eher an, daß sie die Leiche irgendwo versteckte und nur den Hut ins Wasser warf. Sie kennt das Haus und das Grundstück gut und weiß vielleicht von einem Platz, an dem man einen Leichnam verbergen kann. Sie mag ihn auch später in den Fluß geworfen haben, wer weiß ... Falls sie es wirklich getan haben sollte«, fügte Bland nach einigem Zögern hinzu, »denn im Grunde genommen glaube ich doch, daß es de Sousa war.«
Major Merrall hatte sich einige Notizen gemacht. Jetzt blickte er auf und räusperte sich.
»Die Lage läßt sich also folgendermaßen zusammenfassen: Wir kennen fünf oder sechs Leute, die Marlene Tucker ermordet haben könnten. Auf den einen mögen wir einen stärkeren Verdacht haben als auf den anderen – mehr können wir nicht sagen. Wir glauben zu wissen, *warum* sie ermordet wurde – nämlich weil sie etwas gesehen hat. Aber bis wir genau wissen, was sie sah, wissen wir nicht, wer sie ermordet hat.«
»Wie Sie es darstellen, klingt das Ganze sehr kompliziert, Sir.«
»Es *ist* sehr kompliziert, aber wir werden der Sache auf den Grund kommen.«
»Und in der Zwischenzeit wird dieser Bursche England verlassen haben und sich ins Fäustchen lachen, weil es ihm gelungen ist, ungestraft zwei Menschen zu ermorden.«
»Sie scheinen Ihrer Sache ziemlich sicher zu sein. Ich will nicht behaupten, daß Sie unrecht haben, aber trotzdem ...«
Major Merrall schwieg einen Augenblick, dann zuckte er die Achseln und sagte: »Immer noch besser, als wenn der Mörder ein Psychopath gewesen wäre, denn dann würden wir es wahrscheinlich bald mit einem dritten Mord zu tun haben.«
»Aller guten Dinge sind drei«, bemerkte Bland düster.
Diese Bemerkung wiederholte er am nächsten Morgen, als er hörte, daß der alte Merdell auf dem Rückweg von seiner

Stammkneipe in Gitcham auf der gegenüberliegenden Seite des Flusses, wohl nachdem er etwas mehr als gewöhnlich getrunken hatte, ins Wasser gefallen und ertrunken sei. Scheinbar hatte er versucht, von seinem Boot auf den Anlegesteg zu klettern, und war ausgerutscht. Man hatte seinen Leichnam sowie das auf dem Fluß treibende Boot noch am selben Abend gefunden.
Die gerichtliche Untersuchung war kurz und unkompliziert. Es war ein dunkler, bewölkter Abend gewesen; der alte Merdell hatte drei Maß Bier getrunken, und er war schließlich und endlich zweiundneunzig Jahre alt. Das Gericht kam zu dem Schluß, daß sein Tod einem Unfall zuzuschreiben sei.

17

Hercule Poirot saß auf einem quadratischen Sessel vor dem quadratischen Kamin in einem quadratischen Zimmer seiner Londoner Wohnung. Vor ihm lagen verschiedene Gegenstände, die durchaus nicht quadratisch waren, sondern unregelmäßige, fast unmögliche Kurven hatten. Wenn man jeden dieser Gegenstände einzeln betrachtete, glaubte man, daß er zu nichts nutze sei und keine Funktionen zu erfüllen habe; es schienen sonderbare, wild durcheinandergewürfelte Teile eines undefinierbaren Ganzen zu sein. Jedoch konnte man hier wieder einmal feststellen, daß der Schein trügt.
In der richtigen Ordnung hatte jedes der merkwürdig geformten Gebilde seinen besonderen Platz im Universum, und das Ganze ergab nicht nur einen Sinn, sondern auch ein Bild. Kurz gesagt: Hercule Poirot beschäftigte sich mit einem Puzzlespiel.
Er blickte auf eine Stelle innerhalb des Rechtecks, die noch eine grotesk geformte Lücke aufwies. Er fand diesen Zeitvertreib angenehm und beruhigend, weil er damit aus dem Chaos Ordnung schuf und weil dieses Spiel seinem Beruf in gewisser Weise nicht unähnlich war. Auch in seinem Beruf

stand er verschiedenen unwahrscheinlichen und scheinbar zusammenhanglosen Tatsachen gegenüber, und doch spielte jede Einzelheit eine wichtige Rolle und fand schließlich ihren Platz im Gesamtbild.

Er wählte mit sicherem Griff ein dunkelgraues Teilchen und setzte es in den blauen Himmel; er hatte soeben herausgefunden, daß es der Teil eines Flugzeuges war.

»Ja, so muß man es machen«, murmelte Poirot. »Ein verschnörkeltes Stück hier, ein unregelmäßiges Stück dort, und am Ende ergibt sich daraus ein einfaches Bild, das aber in Wirklichkeit gar nicht so einfach ist. *Eh bien*, alles hat seinen Platz, alles hat seine Ordnung!«

Er setzte mit flinken Fingern ein kleines Teilchen eines Minaretts ein, dann ein Stück, das wie ein gestreiftes Zeltdach aussah, aber in Wirklichkeit der Rücken einer Katze war, und schließlich fand er noch den richtigen Platz für ein Eckchen rotgoldenen Sonnenuntergang.

Wenn man wüßte, nach was man suchen muß, wäre alles so einfach, dachte Hercule Poirot, aber leider weiß man das eben nicht, und man sucht an den falschen Orten nach den falschen Dingen. Er seufzte ärgerlich. Sein Blick schweifte vom Puzzlespiel zu dem auf der anderen Kaminseite stehenden Sessel, auf dem noch vor einer halben Stunde Kommissar Bland gesessen, Tee getrunken und sich ziemlich verstimmt mit ihm unterhalten hatte. Er war beruflich in London, und nach getaner Arbeit hatte er Poirot einen Besuch abgestattet. Er wollte, wie er erklärte, herausfinden, ob Poirot bestimmte Theorien habe. Dann hatte er ihm seine eigene Theorie vorgetragen, und Poirot war in allen Punkten seiner Meinung gewesen. Er fand, daß Kommissar Bland ein klares und unvoreingenommenes Gutachten über den Fall abgegeben hatte.

Inzwischen waren seit den Ereignissen in Nasse House fast fünf Wochen vergangen – fünf deprimierende, ergebnislose Wochen. Man hatte die Leiche von Lady Stubbs nicht entdeckt; vielleicht war Hattie sogar noch am Leben – jedenfalls fand man keine Spuren. Aber Kommissar Bland hielt es für

sehr unwahrscheinlich, daß Lady Stubbs noch lebte. Poirot war derselben Meinung.
»Natürlich besteht die Möglichkeit, daß die Leiche nicht an Land geschwemmt worden ist; sie mag noch irgendwo auftauchen, würde aber wohl kaum mehr zu identifizieren sein«, meinte Bland.
»Es gibt eine dritte Möglichkeit«, bemerkte Poirot.
Bland nickte.
»Ja, daran habe ich auch schon gedacht, es geht mir sogar dauernd im Kopf herum. Sie glauben, daß der Leichnam noch immer irgendwo auf dem Grundstück verborgen ist, an einer Stelle, die wir übersehen haben. Möglich wäre es ... Es ist ein altes Haus und eine riesige Besitzung; es mag Stellen geben, die uns niemals aufgefallen sind, die man nicht findet, wenn man nicht von ihnen weiß.« Nach einer kurzen, nachdenklichen Pause fuhr er fort: »Neulich war ich in einem Haus, an das während des Krieges ein Luftschutzschuppen angebaut worden war. Der Schuppen war nicht sehr solide gebaut; ein Gang führte von ihm in den Keller des Hauses. Nach dem Krieg verfiel der Schuppen; man schaufelte Erde über den Schutthaufen und machte eine Art Steingarten daraus. Wenn man jetzt durch den Garten schlendert, würde man nie darauf kommen, daß dort einmal ein Luftschutzschuppen gestanden hat und daß sich unter den Beeten ein Raum befindet. Sieht aus, als wäre es immer ein Steingarten gewesen, aber nach wie vor führt ein Gang, der jetzt nur von einem Weinfaß verstellt ist, vom Keller in den Garten ... Sie verstehen, was ich meine? Ein Ort, von dem ein Fremder nichts wissen kann. Ich nehme an, daß es auf Nasse kein eigentliches Burgverlies gibt?«
»Nein, um die Zeit, als Nasse House gebaut wurde, gab es das nicht.«
»Das denkt Mr. Weyman auch; er sagt, das Haus wurde um 1790 gebaut, als die Priester keinen Grund hatten, sich zu verstecken. Trotzdem besteht die Möglichkeit, daß zu irgendeiner Zeit bauliche Veränderungen stattgefunden ha-

ben, von denen ein Familienmitglied wissen mag. Was meinen Sie, Monsieur Poirot?«
»Mag sein, *mais oui,* das ist eine Idee«, stimmte Poirot zu. »Wenn man diese Möglichkeit akzeptierte, wäre die nächste Frage: *Wer* könnte davon wissen? Wahrscheinlich irgend jemand, der im Haus wohnt . . .«
»Ja. In diesem Fall käme de Sousa natürlich nicht mehr in Betracht.« Der Kommissar machte ein unzufriedenes Gesicht, denn er hatte de Sousa noch immer in starkem Verdacht. »Wie Sie sagen, irgend jemand, der im Haus wohnt, entweder einer der Dienstboten oder ein Familienmitglied, könnte Bescheid wissen. Jemand, der nur zu Besuch ist, würde wohl kaum orientiert sein, und Leute, die wie die Legges nur gelegentlich ins Haus kommen, noch weniger.«
»Eine Person, die bestimmt über diese Dinge Bescheid weiß, ist Mrs. Folliat; sie würde Ihnen sicherlich die gewünschte Auskunft geben«, bemerkte Poirot.
Mrs. Folliat weiß alles Wissenswerte über Nasse House, dachte Poirot . . . Mrs. Folliat weiß sehr viel . . . Mrs. Folliat hatte sofort gewußt, daß Hattie Stubbs tot war. Mrs. Folliat hatte, bevor Marlene und Hattie ums Leben gekommen waren, festgestellt, daß die Welt schlecht und voller schlechter Menschen war. Mrs. Folliat ist der Schlüssel zu allem, dachte Poirot irritiert, aber ein Schlüssel, mit dem sich das Schloß nicht allzu leicht öffnen lassen würde.
»Ich habe die Dame mehrfach verhört«, sagte der Kommissar. »Sie ist sehr nett und scheint sehr unglücklich darüber zu sein, daß sie uns in keiner Weise helfen kann.«
Kann sie nicht oder will sie nicht? dachte Poirot. Vielleicht dachte Bland dasselbe.
»Sie ist eine Frau, die man nicht zwingen kann«, meinte er. »Sie läßt sich weder einschüchtern noch überreden, noch kann man ihr etwas vormachen.«
Allerdings würde es niemandem gelingen, Mrs. Folliat einzuschüchtern oder ihr etwas vorzumachen, dachte Poirot.
Der Kommissar hatte seinen Tee ausgetrunken und sich seufzend verabschiedet; Poirot hatte sich wieder mit seinem

Puzzlespiel beschäftigt, um sich von seiner wachsenden Erbitterung abzulenken. Er war nicht nur erbittert, sondern fühlte sich auch gedemütigt. Mrs. Oliver hatte ihn, Hercule Poirot, kommen lassen, um ihr bei der Aufklärung unheimlicher Vorgänge zu helfen; sie hatte geahnt, daß etwas nicht geheuer war, und sie hatte sich nicht getäuscht. Sie hatte volles Vertrauen zu Poirot und hoffte, daß er ein eventuelles Verbrechen verhindern könnte – aber es war ihm nicht gelungen. Dann glaubte sie, daß er den Mörder entdecken würde – und auch das war ihm nicht geglückt. Er tappte im dunkeln, in einem dichten Nebel, der nur manchmal von einem Lichtstrahl erhellt wurde. Aber trotz dieser Lichtblicke war er nicht weitergekommen, weil er ihre Bedeutung nicht richtig erfaßt hatte.

Poirot stand auf, ging auf die andere Seite des Kamins, rückte den zweiten quadratischen Sessel in einen bestimmten Winkel zur Wand und nahm darauf Platz. Er war von dem aus bemaltem Holz bestehenden Puzzlespiel zu dem Puzzlespiel eines Mordproblems übergegangen. Er nahm sein Notizbuch aus der Tasche und schrieb mit kleinen sauberen Buchstaben:

»Etienne de Sousa, Amanda Brewis, Alec Legge, Sally Legge, Michael Weyman.«

Für Sir George und für Jim Warburton wäre es technisch unmöglich gewesen, Marlene Tucker zu ermorden; da das aber für Mrs. Oliver nicht zutraf, setzte er auch ihren Namen nach kurzem Zögern mit auf die Liste. Schließlich fügte er noch Mrs. Masterton hinzu, weil er persönlich sich nicht daran erinnern konnte, sie zwischen vier Uhr fünfzehn und fünf Uhr dauernd auf der Wiese gesehen zu haben. Henden, den Namen des Butlers, setzte er hauptsächlich deshalb auf die Liste, weil ein unheimlicher Butler eine Rolle in Mrs. Olivers Mörderjagd spielte, jedoch hegte er gegen den schwarzhaarigen Künstler mit dem Gongschlegel eigentlich keinen Verdacht. Dann schrieb er noch: »Junger Mann mit dem Schildkrötenhemd?« mit einem großen Fragezeichen. Er schüttelte den Kopf, lächelte, nahm eine Stecknadel, schloß die Augen

und stach blind in seine Liste hinein. Nicht besser und nicht schlechter als andere Methoden, dachte er.
Er war mit Recht verärgert, als er feststellte, daß die Nadelspitze den letzten Namen durchbohrt hatte.
»Ich muß von Sinnen sein«, sagte Hercule Poirot. »Was hat der junge Mann im Schildkrötenhemd mit dem Mord zu tun?«
Aber dann realisierte er, daß er einen bestimmten Grund gehabt haben mußte, diesen rätselhaften Burschen mit auf die Liste zu setzen. Er erinnerte sich nochmals an den Tag, an dem er im Folly gesessen hatte, und an das erstaunte Gesicht des Jungen, als er ihn dort sitzen sah. Kein sehr sympathisches Gesicht, obwohl es jung und hübsch war – es hatte einen arroganten, rücksichtslosen Ausdruck. Der junge Mann war zu einem bestimmten Zweck ins Folly gekommen. Er hatte sich mit jemandem verabredet, den er öffentlich nicht treffen konnte oder treffen wollte. Es war eine Verabredung, die nicht auffallen sollte – eine geheimnisvolle Zusammenkunft, die vielleicht etwas mit dem Mord zu tun haben konnte ...
Poirot dachte weiter darüber nach. Ein junger Bursche, der in der Jugendherberge abgestiegen war, der sich also höchstens für zwei Nächte in der Nachbarschaft aufhielt ... War er zufällig dorthin gekommen? War er einer von den vielen jungen Studenten, die England bereisten? Oder war er aus einem bestimmten Grund gekommen, um sich mit einer bestimmten Person zu treffen? Er hätte auf dem Gartenfest eine zufällige Bekanntschaft gemacht haben können – wahrscheinlich war das der Fall.
Ich weiß eine ganze Menge, sagte sich Hercule Poirot; ich habe viele, viele Teile des Puzzlespiels in Händen, ich habe eine Idee über die Art des Verbrechens, aber scheinbar sehe ich es noch nicht im richtigen Licht.
Er wandte ein Blatt in seinem Notizbuch um und schrieb:
Hat Lady Stubbs Miss Brewis gebeten, Marlene Kuchen und Limonade zu bringen? Wenn nicht, aus welchem Grund behauptet Miss Brewis, daß sie es getan habe?

Er dachte über diesen Punkt nach. Mis Brewis hätte leicht selbst daran denken können, dem Mädchen Erfrischungen zu bringen, warum also sollte sie das nicht einfach zugeben? Warum behauptete sie, daß Lady Stubbs sie darum gebeten hätte? Warum log sie? War es möglich, daß Marlene bereits tot war, als Miss Brewis zum Bootshaus kam? Das schien sehr unwahrscheinlich, falls Miss Brewis den Mord nicht selbst begangen hatte. Sie war weder eine nervöse noch eine phantasiereiche Frau. Wenn sie das Mädchen tot vorgefunden hätte, würde sie sicherlich sofort Alarm geschlagen haben.

Er starrte eine Zeitlang auf die Fragen, die er in sein Notizbuch geschrieben hatte. Er wurde das Gefühl nicht los, daß er irgendwo einen ausschlaggebenden Punkt übersehen haben mußte. Nachdem er eine Weile nachgedacht hatte, schrieb er folgendes auf:

Etienne de Sousa erklärt, er habe drei Wochen vor seiner Ankunft an seine Kusine geschrieben. Ist das wahr oder nicht?

Poirot war fast sicher, daß es nicht zutraf. Er erinnerte sich an die Szene beim Frühstückstisch. Aus welchem Grund sollten Sir George oder Lady Stubbs Erstaunen, ja Bestürzung vorgetäuscht haben – wenn sie dergleichen gar nicht fühlten? Welchen Sinn sollte das gehabt haben? Angenommen, Etienne de Sousa hatte gelogen – *warum*? Um den Eindruck zu erwecken, daß sein Besuch willkommen war? Möglich, aber nicht sehr wahrscheinlich. Bestimmt gab es keinen Beweis, daß ein solcher Brief geschrieben oder empfangen worden war. War es ein Versuch von de Sousa, sein *bona fides* nachzuweisen? Wollte er den Eindruck erwecken, daß er erwartet wurde? Sir George hat ihn jedenfalls freundschaftlich empfangen, obgleich er ihn nicht kannte.

Poirot kam plötzlich auf einen neuen Gedanken: Sir George kannte de Sousa nicht. Seine Frau, die ihn kannte, hatte ihn nicht gesehen. Wäre es möglich, daß der Etienne de Sousa, der am Tag des Gartenfestes ankam, gar nicht der richtige Etienne de Sousa war? Er dachte lange darüber nach, kam aber zu keinem Resultat. Welchen Grund hätte er gehabt, sich als de Sousa auszugeben, wenn er es nicht war? Was konnte er dadurch erreichen? Außerdem hätte er von Hatties Tod keinerlei Vorteile erwarten können. Wie die Polizei festgestellt hatte, besaß Hattie kein eigenes Geld, außer dem Taschengeld, das ihr Mann ihr gab.

Poirot versuchte, sich genau daran zu erinnern, was sie ihm an jenem Morgen gesagt hatte: »Er ist böse. Er ist ein schlechter Mensch.« Und Bland fand heraus, daß sie zu ihrem Mann gesagt hatte: »Er bringt Menschen um.«

Im Rahmen der allgemeinen Untersuchungen schien dieser Satz jetzt eine besondere Bedeutung zu gewinnen: *Er bringt Menschen um.*

Am Tage von Etienne de Sousas Ankunft in Nasse House war zweifellos jemand ums Leben gekommen – vielleicht waren es sogar zwei Personen gewesen. Mrs. Folliat aber sagte nachdrücklich, daß man Hatties melodramatischen Ausbrüchen keine Beachtung schenken sollte. Mrs. Folliat ...

Hercule Poirot runzelte die Stirn, dann trommelte er mit den Fingern auf die Sessellehne.

»Ich komme immer wieder zu Mrs. Folliat zurück. Wenn ich wüßte, was sie weiß ... nein, ich kann nicht mehr im Sessel sitzenbleiben und nachdenken. Ich muß Mrs. Folliat aufsuchen.«

Hercule Poirot blieb einen Augenblick vor dem großen, schmiedeeisernen Tor von Nasse House stehen. Er blickte auf die lange, gewundene Auffahrtsstraße, die vor ihm lag. Der Sommer war vorüber; die goldbraunen Blätter der Bäume wehten langsam zur Erde, und auf den Grashängen blühten kleine, hellviolette Alpenveilchen. Poirot seufzte. Die Schönheit von Nasse beeindruckte ihn, ob er es wollte oder nicht. Im allgemeinen bewunderte er ungezähmte Naturschönheit nicht; er liebte alles ordentlich und gepflegt, aber die gewaltigen Bäume und die wild wuchernden Hekken waren ein herrlicher Anblick.

Zu seiner Linken befand sich das kleine weiße Pförtnerhaus.

Es war ein schöner Nachmittag, und Mrs. Folliat würde wahrscheinlich nicht zu Hause sein. Sie würde sich entweder mit Gartenkorb und Gartenschere irgendwo auf dem Grundstück befinden oder Freunde in der Nachbarschaft besuchen. Sie besaß eine große Anzahl von Freunden. Hier war seit vielen, vielen Jahren ihr Heim. Wie hatte der alte Mann am Kai gesagt: »In Nasse House wird es immer Folliats geben.«
Poirot klopfte vorsichtig an die Tür des Pförtnerhauses. Bald darauf hörte er Schritte – langsame, zögernde Schritte. Dann wurde die Tür geöffnet, und Mrs. Folliat stand im Türrahmen. Er stellte erstaunt fest, wie zart und zerbrechlich sie aussah. Sie starrte ihn einen Augenblick ungläubig an, dann sagte sie: »M. Poirot? Sie?«
Im ersten Augenblick glaubte er, Furcht in ihren Augen zu entdecken, aber wahrscheinlich war das Einbildung. Er fragte höflich: »Darf ich hereinkommen, Madame?«
»Aber natürlich.«
Sie hatte ihre gewohnte Selbstsicherheit wiedergefunden und bedeutete ihm mit einer Geste, ihr in das kleine Wohnzimmer zu folgen. Auf dem Kaminsims standen einige entzückende Chelsea-Porzellanfiguren, zwei Sessel waren mit auserlesener Petit-Point-Stickerei bezogen, und auf einem kleinen Tisch stand ein Teeservice aus zartem Derby-Porzellan.
»Ich hole noch eine Tasse«, sagte Mrs. Folliat.
Poirot hob seine Hand in schwachem Protest, aber sie ließ ihn nicht zu Wort kommen.
»Natürlich müssen Sie eine Tasse Tee trinken.«
Sie verließ das Zimmer, und er blickte sich nochmals um. Auf dem Tisch lag eine Handarbeit – ein Petit-Point-Kissenbezug, in dem eine Sticknadel steckte. An der einen Wand stand ein Büchergestell; darüber hing eine kleine Gruppe von Miniaturen und die vergilbte, silbergerahmte Fotografie eines Mannes in Uniform mit einem steifen Schnurrbart und einem schwachen Kinn. Mrs. Folliat kam mit einer Teetasse und einem Teller in der Hand ins Zimmer zurück.
»Ihr Gatte, Madame?« erkundigte sich Poirot.

»Ja.«
Als sie bemerkte, daß Poirots Blick über das oberste Fach des Büchergestells schweifte, sagte sie schroff:
»Ich mache mir nichts aus Fotografien, weil sie einen zu sehr an die Vergangenheit erinnern. Man muß lernen, zu vergessen und in der Gegenwart zu leben. Man muß das tote Holz ausmerzen.«
Poirot dachte an sein erstes Zusammentreffen mit Mrs. Folliat; sie war damit beschäftigt gewesen, mit einer großen Gartenschere eine Hecke zu stutzen, und auch damals hatte sie etwas von ›totem Holz‹ gesagt. Er betrachtete sie nachdenklich und versuchte, ihren Charakter zu ergründen. Eine rätselhafte Frau, dachte er, eine Frau, die trotz ihrer zarten, gebrechlichen Erscheinung rücksichtslos und unbarmherzig sein kann, eine Frau, die imstande ist, das tote Holz auch aus ihrem eigenen Leben auszumerzen . . .
Sie setzte sich, goß ihm eine Tasse Tee ein und fragte:
»Milch? Zucker?«
»Würden Sie so gut sein, mir drei Stück Zucker zu geben, Madame.«
Sie reichte ihm die Tasse und sagte in leichtem Unterhaltungston:
»Ich war überrascht, Sie wiederzusehen; ich hätte kaum geglaubt, daß Sie so bald wieder in diese Gegend kommen würden.«
»Ich bin nicht auf der Durchreise, Madame.«
»Nein?« fragte sie mit leicht erhobenen Augenbrauen.
»Ich bin aus ganz bestimmten Gründen hier.«
Sie blickte ihn noch immer fragend an.
»Teilweise gilt mein Besuch Ihnen, Madame.«
»Tatsächlich?«
»Zunächst einmal wollte ich Sie fragen, ob man nichts über den Verbleib der jungen Lady Stubbs gehört hat.«
Mrs. Folliat schüttelte den Kopf.
»Neulich ist in Cornwall eine Leiche an Land geschwemmt worden«, sagte sie. »George fuhr hin, um zu sehen, ob er sie identifizieren könnte – aber es war nicht Hattie. George tut

mir entsetzlich leid«, fügte sie hinzu. »Es ist eine furchtbare Belastung.«
»Glaubt er noch immer, daß seine Frau am Leben sein könnte?«
Mrs. Folliat schüttelte traurig den Kopf.
»Ich glaube, er hat die Hoffnung aufgegeben«, meinte sie. »Wenn Hattie noch am Leben wäre, könnte sie sich unmöglich so lange versteckt halten, während die Polizei und die gesamte Presse nach ihr suchen. Selbst wenn sie an plötzlichem Gedächtnisschwund litte, hätte die Polizei sie doch sicher längst gefunden, nicht wahr?«
»Man sollte es jedenfalls annehmen«, erwiderte Poirot. »Setzt die Polizei die Suche fort?«
»Ich glaube, aber ich weiß es nicht genau.«
»Aber Sir George hat die Hoffnung aufgegeben.«
»Gesagt hat er das nicht«, erklärte Mrs. Folliat. »Ich habe ihn auch in der letzten Zeit nicht gesehen, er ist oft in London.«
»Und über den Mord an dem jungen Mädchen hat man auch nichts erfahren?«
»Nicht daß ich wüßte. Es war ein völlig sinnloses Verbrechen, ganz unerklärlich«, fügte sie hinzu. »Armes Kind!«
»Ich sehe, daß der Gedanke daran Sie noch immer erregt, Madame.«
Mrs. Folliat antwortete ihm nicht gleich. Schließlich meinte sie: »Wenn man alt ist, bringt einen der Tod eines so jungen Wesens über Gebühr aus der Fassung. Wir Alten erwarten den Tod, aber dieses Kind hatte sein ganzes Leben noch vor sich.«
»Vielleicht kein sehr interessantes Leben . . .«
»Von unserem Standpunkt aus wahrscheinlich nicht, aber Marlene hätte wohl anders darüber gedacht.«
»Und obwohl wir Alten, wie Sie sagten, den Tod erwarten, wollen auch wir noch nicht sterben. Ich jedenfalls nicht, ich finde das Leben noch immer hochinteressant.«
»Ich nicht.« Sie sprach mehr zu sich selbst als zu ihm. Nach einer kurzen Pause fuhr sie fort: »Ich bin sehr müde, M.

Poirot. Ich werde nicht nur bereit sein, sondern auch dankbar, wenn meine Zeit kommt.«

Er warf ihr einen schnellen Blick zu. Wiederum fragte er sich, ob ihm vielleicht eine kranke Frau gegenübersaß, eine Frau, die wußte, daß der Tod nicht mehr lange auf sich warten lassen würde? Gab es eine andere Erklärung für ihr müdes, resigniertes Benehmen? Diese Mattigkeit paßte nicht zu Amy Folliat; Poirot spürte, daß sie eine von Natur aus energische und zielbewußte Frau war. Sie hatte viel Schweres durchgemacht: Sie hatte ihr Heim und ihr Vermögen verloren, und ihre beiden Söhne waren gestorben. Sie hatte all das überlebt, hatte ›das tote Holz ausgemerzt‹, aber jetzt gab es etwas in ihrem Leben, das weder sie selbst noch ein anderer ausmerzen konnte. Er hatte keine Ahnung, was es sein mochte, falls es keine körperliche Krankheit war. Plötzlich lächelte sie schwach, als könnte sie seine Gedanken lesen.

»Ich habe wirklich nicht viel vom Leben, M. Poirot«, sagte sie. »Ich habe zwar viele Freunde, aber keine nahen Verwandten, keine Familie.«

»Sie haben Ihr Heim«, warf Poirot, einem Impuls folgend, ein.

»Sie meinen Nasse? Ja . . .«

»Nasse ist doch Ihr Heim, obwohl es auf dem Papier Sir George Stubbs gehört, nicht wahr? Jetzt, nachdem Sir George nach London gefahren ist, führen Sie statt seiner das Zepter.«

Wieder bemerkte er den furchtsamen Ausdruck ihrer Augen.

»Ich weiß nicht, was Sie meinen«, sagte sie mit eisiger Stimme. »Ich bin Sir George dankbar, daß er mir das Pförtnerhaus vermietet hat. Ich bezahle pünktlich meine Miete, und es ist mein gutes Recht, das Grundstück zu betreten.«

Poirot breitete die Hände aus.

»Ich bitte vielmals um Verzeihung, Madame. Ich wollte Sie nicht beleidigen.«

»Ich muß Sie falsch verstanden haben«, meinte Mrs. Folliat.

»Ein wunderschönes Haus und ein herrliches Grundstück«, sagte Poirot. »Hier herrschen Ruhe und Frieden.«
»Ja, das habe ich auch immer so empfunden«, stimmte ihm Mrs. Folliat zu. Ihre Stimme klang jetzt wärmer. »Schon als Kind, als ich es zum ersten Mal sah.«
»Aber jetzt ist es nicht mehr so ruhig und friedlich, nicht wahr, Madame?«
»Warum nicht?«
»Ein ungeahndeter Mord, unschuldig vergossenes Blut«, sagte Poirot. »Bevor sich dieser Schatten nicht gehoben hat, wird es hier keinen Frieden geben. Und das wissen Sie ebensogut wie ich, Madame«, fügte er hinzu.
Mrs. Folliat antwortete nicht. Sie bewegte sich nicht, sie sprach nicht. Sie saß ganz still da, und Poirot hatte keine Ahnung, woran sie dachte. Er beugte sich etwas vor und sagte:
»Sie wissen über vieles, was mit diesem Mord zusammenhängt, Bescheid, Madame, vielleicht über alles. Sie wissen, *wer* das Mädchen ermordet hat und *warum*. Sie wissen, wer Hattie Stubbs getötet hat und vielleicht sogar, wo ihre Leiche verborgen ist.«
Mrs. Folliat antwortete mit lauter, fast barscher Stimme.
»Ich weiß nichts«, sagte sie. »Gar nichts.«
»Vielleicht habe ich mich falsch ausgedrückt. Sie wissen es nicht, Madame, aber Sie können es erraten. Ich bin sicher, daß Sie es erraten haben.«
»Verzeihen Sie, M. Poirot, aber das ist geradezu lächerlich!«
»Es ist nicht lächerlich – es ist gefährlich, Madame.«
»Gefährlich? Für wen?«
»Für Sie, Madame. Solange Sie Ihr Wissen für sich behalten, sind Sie in Gefahr. Ich habe mehr Erfahrung mit Mördern als Sie.«
»Ich sagte Ihnen bereits, ich weiß von nichts.«
»Aber Sie haben einen Verdacht . . .«
»Auch keinen Verdacht.«
»Entschuldigen Sie, Madame, das ist nicht wahr.«
»Es wäre sehr unrecht, einen unbegründeten Verdacht auszusprechen, es wäre niederträchtig.«

Poirot beugte sich vor. »Ebenso niederträchtig wie das, was hier vor einem Monat geschehen ist?«
Sie saß zusammengesunken auf ihrem Stuhl und flüsterte: »Sprechen Sie nicht mit mir darüber.« Dann fügte sie mit einem tiefen Seufzer hinzu: »Außerdem ist es ja vorbei – ein für allemal erledigt.«
»Woher wollen Sie das wissen, Madame? Ich kann Ihnen aus meiner eigenen Erfahrung sagen, daß ein unaufgeklärter Mord niemals erledigt ist.«
Sie schüttelte den Kopf.
»Sie irren sich – dies ist das Ende. Und *ich* kann sowieso nichts tun – gar nichts.«
Er stand auf und blickte auf sie herab. Sie sagte in einem fast ärgerlichen Ton: »Sogar die Polizei hat aufgegeben.«
Poirot schüttelte den Kopf.
»O nein, Madame. Sie irren sich. Die Polizei gibt nicht so schnell auf, und ich auch nicht«, fügte er hinzu. »Bitte merken Sie sich, Madame, daß Hercule Poirot niemals etwas aufgibt.«
Diese abschließende Bemerkung war sehr typich für Hercule Poirot.

18

Nachdem Poirot Nasse verlassen hatte, ging er ins Dorf und erkundigte sich nach dem Haus der Familie Tucker. Er klopfte an die Haustür, aber Mrs. Tuckers schrille Stimme übertönte alle anderen Geräusche.
». . . und was stellst du dir eigentlich vor, Jim Tucker? Was fällt dir ein, mit deinen dreckigen Stiefeln über mein sauberes Linoleum zu trampeln? Hundertmal hab ich dir das schon gesagt, den ganzen Morgen hab ich geschrubbt und gebohnert, und wie sieht's nun wieder aus?«
Mr. Tuckers Antwort auf die Vorwürfe seiner Frau klang wie ein fernes Grollen, aber mit einem versöhnlichen Unterton.

»Du vergißt alles, weil du nur den einen Gedanken im Kopf hast, möglichst schnell das Radio anzustellen, damit du um Gottes willen nicht die Sportnachrichten versäumst. Dabei dauert es doch keine zwei Minuten, sich die Stiefel auszuziehen ... Behalt deinen Bonbon gefälligst im Mund, Gary, und nimm deine klebrigen Finger von der guten silbernen Teekanne ... Draußen klopft jemand ... sieh mal nach, wer es ist, Marylin!«
Die Tür wurde vorsichtig geöffnet, und ein etwa elfjähriges Mädchen mit einem Bonbon im Mund sah Poirot mißtrauisch an. Es war ein ganz niedliches kleines Mädchen mit blauen Schlitzaugen, etwas zu wohlgenährt; es sah aus wie ein rosiges Marzipanschweinchen.
»Ein Herr steht draußen, Mum!« rief sie ins Haus.
Mrs. Tucker kam zur Tür; eine unordentliche Haarsträhne fiel ihr in das erhitzte Gesicht.
»Was wollen Sie?« fragte sie unfreundlich. »Wir brauchen keine ...« Sie unterbrach sich, sah Poirot nochmals an und schien sich plötzlich dunkel an ihn zu erinnern.
»Warten Sie mal, waren Sie nicht damals mit der Polizei?«
»Es tut mir sehr leid, schmerzliche Erinnerungen aufzurühren, Madame«, sagte Poirot und betrat das Haus, ohne eine Aufforderung abzuwarten.
Mrs. Tucker warf einen schnellen, verzweifelten Blick auf seine Füße, aber Poirots spitze Lackschuhe waren nur mit der Hauptstraße in Berührung gekommen und hinterließen keine Schmutzspuren auf dem frisch gebohnerten Linoleum.
»Bitte kommen Sie herein«, sagte sie und öffnete eine Tür zu ihrer Rechten.
Poirot wurde in eine unheimlich ordentliche Wohnstube geführt, die nach Metall- und Möbelpolitur roch und ein Sofa, zwei Sessel, zwei Geranientöpfe, einen reich verzierten Kaminvorsatz aus Messing und viele verschiedenartige Nippsachen enthielt.
»Bitte nehmen Sie Platz. Ich kann mich leider nicht an Ihren Namen erinnern – ich hab ihn, glaub ich, auch noch nie gehört.«

»Mein Name ist Hercule Poirot«, erwiderte Poirot schnell. »Ich hatte hier in der Gegend zu tun, und ich bin vorbeigekommen, um Ihnen mein Beileid auszusprechen und um mich zu erkundigen, ob man den Mörder Ihrer Tochter gefunden hat.«
»Nein, man hat nichts von ihm gesehen«, erklärte Mrs. Tukker bitter, »und wenn Sie meine Meinung wissen wollen, ich halte es für eine Sünde und eine Schande! Mit unsereinem gibt sich die Polizei eben keine Mühe. Ich halte überhaupt nichts von der Polizei; wenn die alle wie Bill Hoskins sind, wird das ganze Land bald eine Verbrecherhöhle sein – der tut nichts, als in die Autos zu starren, die am Waldrand parken.«
Jetzt erschien Mr. Tucker, der seine Stiefel ausgezogen hatte, in Strümpfen an der Tür. Er war ein kräftiger Mann mit einem roten Gesicht und friedlicher Miene.
»Schimpf nicht immer auf die Polizei, die haben's auch nicht leicht«, sagte er. »Ist nicht so einfach, diese Verbrecher zu finden« – er wandte sich an Poirot – »sehen aus wie Sie und ich.«
Das kleine Mädchen, das Poirot die Tür aufgemacht hatte, und ein etwa achtjähriger Junge erschienen hinter ihrem Vater und betrachteten Poirot mit großem Interesse.
»Das hier ist Marylin, und das ist Gary«, stellte Mrs. Tucker vor. »Sag schön guten Tag, Gary, und benimm dich.«
Gary verzog sich ohne ein Wort zu sagen.
»Ist'n bißchen scheu«, erklärte seine Mutter.
»Sehr freundlich von Ihnen, nach Marlene zu fragen«, meinte Mr. Tucker. »Das war ein furchtbarer Schlag für uns – ganz furchtbar.«
»Ich komme gerade von Mrs. Folliat; auch sie scheint noch immer darunter zu leiden«, sagte Poirot.
»Sie kann sich gar nicht erholen«, stimmte Mrs. Tucker zu. »Ist eben eine alte Dame, und es war ja auch ein großer Schock, überhaupt wo's auf ihrem eigenen Gut passiert ist.«
Poirot stellte wieder einmal fest, daß Mrs. Folliat nach wie vor unbewußt von allen als die Besitzerin von Nasse House angesehen wurde.

»Fühlt sich wohl mitverantwortlich«, fuhr Mrs. Tucker fort, »wo sie in Wirklichkeit doch gar nichts damit zu tun hat.«
»Wer hat eigentlich vorgeschlagen, daß Marlene das Opfer spielen sollte?« fragte Poirot.
»Die Dame aus London, wo Bücher schreibt«, erwiderte Mrs. Tucker prompt.
Poirot lächelte schwach.
»Aber sie war doch ganz kurz hier; sie kannte Marlene nicht einmal.«
»Eigentlich hat Mrs. Masterton die Mädchen zusammengetrommelt, und die wird wohl auch gesagt haben, daß unsere Marlene es tun sollte«, erklärte Mrs. Tucker. »Und unsere Marlene hat sich darüber gefreut.«
Wieder hatte Poirot das Gefühl, gegen eine Mauer anzurennen; aber er wußte jetzt, was Mrs. Oliver empfunden hatte, als sie ihn um seine Hilfe bat. Irgend jemand, der sich selbst im Hintergrund hielt, hatte andere für sich arbeiten lassen, hatte Mrs. Oliver und Mrs. Masterton vorgeschoben. Er sagte:
»Ich habe mir wiederholt die Frage vorgelegt, ob Marlene diesen – diesen irrsinnigen Verbrecher gekannt haben könnte.«
»So einen hat sie bestimmt niemals nicht gekannt«, stellte Mrs. Tucker entrüstet fest.
»Ja, aber wie Ihr Mann eben so richtig bemerkte, ist es nicht leicht, diese Verbrecher als solche zu erkennen. Sie sehen oft ganz unverdächtig aus. Jemand könnte beim Gartenfest, oder schon vorher, mit Marlene gesprochen haben, ganz harmlos und freundschaftlich, er mag ihr sogar Geschenke gemacht haben.«
»Ausgeschlossen, unsere Marlene hat von keinem Fremden Geschenke angenommen, die wußte, was sich schickt.«
»Aber vielleicht hatte sie das Gefühl, es handele sich ja um eine nette Dame«, meinte Poirot.
»Jemand wie die junge Mrs. Legge vielleicht?«
»Ja, jemand wie Mrs. Legge«, bestätigte Poirot.
»Die hat unserer Marlene mal einen Lippenstift gegeben«,

erzählte Mrs. Tucker. »Ich war wütend! ›Ich verbiete dir, das Ding zu benutzen‹, hab ich zu Marlene gesagt, ›dein Vater würde sowas nie dulden!‹ – ›Aber die Dame meinte, ich würde sehr gut aussehen, wenn ich mir die Lippen ein bißchen anmale‹, gab Marlene ganz frech zurück. ›Kümmere du dich gefälligst nicht darum, was die Damen aus London meinen‹, sagte ich zu Marlene. ›Die können sich meinethalben die Gesichter anmalen und die Wimpern schwarz färben und alles, aber du bist ein anständiges Mädchen‹, sagte ich, ›und du wirst dir dein Gesicht mit Wasser und Seife waschen, auf jeden Fall bis du viel älter bist‹.«

»Aber wahrscheinlich war sie nicht Ihrer Ansicht«, meinte Poirot lächelnd.

»Wenn ich was sage, meine ich es auch«, erwiderte Mrs. Tukker. Die dicke Marylin lachte plötzlich laut los. Poirot sah sie scharf an.

»Hat Mrs. Legge Marlene sonst noch etwas geschenkt?« fragte er.

»Ich glaube einen Schal, den sie nicht mehr haben wollte, ziemlich auffallend, aber schlechte Qualität, ich weiß nämlich, was gut ist, ich hab als junges Mädchen in einem feinen Haus gearbeitet. Damals haben die Damen noch gute Sachen getragen – keine grellen Farben, keine Kunstseide oder dieses Nylonzeug, nichts als reine Seide. Die Taftkleider hätten Sie sehen sollen, schwere, steife Seide war das!«

»Junge Mädchen putzen sich gern«, stellte Mr. Tucker wohlwollend fest. »Dagegen hab ich auch gar nichts oder gegen bunte Farben, aber Lippenstift gibt's bei mir nicht.«

»Vielleicht war ich ein bißchen zu streng mit ihr«, sagte Mrs. Tucker plötzlich mit feuchten Augen. »Und dann ist das furchtbare Unglück geschehen. Hinterher hat's mir leid getan, daß ich sie so oft angeschrien habe. Nichts wie Unglück, ein Begräbnis nach dem anderen! Ein Unglück kommt selten allein, heißt es, und das stimmt.«

»Haben Sie noch andere Verluste zu beklagen?« erkundigte sich Poirot höflich.

»Meiner Frau ihr Vater«, erklärte Mr. Tucker. »Kommt

nachts aus dem Wirtshaus zurück, muß gestolpert sein und den Anlegesteg verfehlt haben, fällt ins Wasser und ertrinkt. Hätte in seinem Alter lieber ruhig zu Hause bleiben sollen, aber er wollte ja nicht auf uns hören, hat den ganzen Tag lang am Kai herumgestanden.«

»Na ja, Vater ist eben nichts über seine Boote gegangen«, meinte Mrs. Tucker. »Früher, unter dem alten Mr. Folliat, war er für die Boote verantwortlich, aber das ist schon viele Jahre her. Ein großer Verlust ist es ja nicht gewesen«, fuhr sie offenherzig fort, »Vater war über neunzig und hatte etliche komische Angewohnheiten, hat immerzu vor sich hin gebrummt. Seine Zeit war gekommen. Aber wir mußten ihn natürlich in Ehren begraben, und zwei Begräbnisse kosten viel Geld.«

Diese finanziellen Erwägungen interessierten Poirot nicht, aber er schien sich plötzlich an etwas zu erinnern.

»Ein alter Mann? Beim Kai? Ich habe, glaube ich, mit ihm gesprochen. Wie heißt er?«

»Merdell – das war mein Mädchenname.«

»Wenn ich mich recht erinnere, war Ihr Vater Obergärtner auf Nasse?«

»Nein, das war mein ältester Bruder, ich bin die Jüngste – wir waren elf Geschwister.« Mrs. Tucker fügte stolz hinzu: »Die Merdells haben viele Jahre auf Nasse gearbeitet, aber jetzt sind wir natürlich in alle Winde verstreut.«

»*In Nasse House wird es immer Folliats geben*«, murmelte Poirot vor sich hin.

»Wie bitte?«

»Ich wiederhole nur, was Ihr alter Vater am Kai zu mir gesagt hat.«

»Na ja, Vater hat viel Unsinn geredet; manchmal hab ich ihm ordentlich die Meinung sagen müssen.«

»Also Marlene war Merdells Enkeltochter, ich verstehe«, stellte Poirot fest. Er schwieg einen Augenblick, dann bemächtigte sich seiner ganz unvermittelt eine große Erregung. »Sie sagten, daß Ihr Vater im Fluß ertrunken ist?«

»Ja, hat einen über den Durst getrunken – woher er das Geld

dafür hatte, weiß ich nicht. Natürlich hat er manchmal ein Trinkgeld bekommen, wenn er Leuten am Kai mit den Booten geholfen hat oder mit dem Parken von ihren Autos. Und er war ganz gerissen – hat das Geld immer vor mir versteckt. Ja, ja, muß wohl einen über den Durst getrunken haben, ins Wasser gefallen und ertrunken sein. Seine Leiche wurde noch am selben Abend in der Nähe von Helmmouth an Land gespült. Ein Wunder, daß das nicht viel eher passiert ist – ein alter Mann von zweiundneunzig und halb blind ... Na ja, es war eben ein Unfall, der sich nicht vermeiden ließ.«
»Ein Unfall«, murmelte Poirot, »ich bin nicht so sicher.«
Er stand auf und flüsterte vor sich hin: »Darauf hätte ich schon lange kommen sollen ... das Kind hat es mir ja sozusagen erzählt ...«
»Verzeihung?«
»Nichts – gar nichts«, entgegnete Poirot. »Darf ich Ihnen beiden nochmals mein Beileid zum Tode Ihrer Tochter und Ihres Vaters aussprechen.«
Er schüttelte beiden die Hände und verließ das Haus. Zu sich selbst sagte er: »Ich war töricht – sehr töricht. Ich habe alles im falschen Licht gesehen.«
»Entschuldigen Sie bitte«, flüsterte eine kindliche Stimme.
Poirot drehte sich um und sah die dicke, kleine Marylin, die im Schatten der Hausmauer stand. Das Kind winkte ihn heran und sagte leise: »Mutti weiß nicht alles. Marlene hat den Schal gar nicht von der Dame bekommen.«
»Woher hatte sie ihn denn?«
»Hat ihn sich in Torquay gekauft und einen Lippenstift auch und eine kleine Flasche Parfüm mit einem komischen Namen: *Nuits de Paris* hieß es, und eine Tube Hautcreme, wo sie in einer Annonce davon gelesen hatte.« Marylin kicherte. »Mutti weiß das nicht. Marlene hat alles in der Schublade versteckt, unter ihrer Wollwäsche. Wenn sie ins Kino ging, hat sie sich immer im WC bei der Bushaltestelle zurechtgemacht.«
Marylin kicherte wieder. »Das hat Mutti nie gewußt.«

»Hat deine Mutter die Sachen nach Marlenes Tod nicht gefunden?«
Marylin schüttelte ihren Lockenkopf.
»Nein, ich hab sie nämlich jetzt, sie liegen in meiner Schublade. Mutti weiß es natürlich nicht.«
Poirot sah sie nachdenklich an und sagte:
»Du scheinst ein kluges Kind zu sein, Marylin.«
Marylin lächelte verlegen.
»Miss Bird meint, es hat keinen Zweck, daß ich versuche, eine Freistelle für die höhere Schule zu kriegen.«
»So wichtig ist die höhere Schule auch nicht«, meinte Poirot. »Sag mal, woher hat Marlene das Geld gehabt, um sich diese Sachen zu kaufen?«
Marylin blickte starr auf die Dachrinne am Haus.
»Weiß ich nicht«, murmelte sie.
»Ich glaube, du weißt es doch.«
Er nahm ohne zu zögern ein Zweishillingstück aus seiner Tasche und fügte noch ein zweites hinzu.
»Ich habe von einem sehr guten neuen Lippenstift gehört, er heißt ›Purpur-Kuß‹.«
»Klingt fabelhaft«, meinte Marylin und streckte ihre Hand nach den beiden Geldstücken aus, dann flüsterte sie ihm schnell zu: »Unsere Marlene hat immer so ein bißchen rumgeschnüffelt, und manchmal hat sie Sachen gesehen – Sie wissen schon was –, und dann hat Marlene versprochen, es keinem zu erzählen, und dann haben sie ihr was geschenkt, verstehen Sie?«
»Ich verstehe«, sagte Poirot und drückte ihr das Geld in die Hand. Dann nickte er Marylin zu und ging. Er flüsterte immer wieder atemlos: *»Ich verstehe«* – aber diesmal hatte es eine ganz bestimmte Bedeutung.
So vieles wurde ihm jetzt klar – nicht alles, durchaus nicht alles; aber endlich war er auf der richtigen Spur. Es war eine ganz deutliche Spur; wenn er nur intelligent genug gewesen wäre, sie gleich zu erkennen ... Jene erste Unterhaltung mit Mrs. Oliver, die zufälligen Bemerkungen von Michael Weyman, die bedeutungsvolle Unterhaltung mit dem alten Mer-

dell am Kai, die interessanten Feststellungen, die Miss Brewis gemacht hatte – und die Ankunft von Etienne de Sousa.

Neben der Dorfpost befand sich eine öffentliche Telefonzelle. Er ging hinein und wählte eine Nummer; bald darauf sprach er mit Kommissar Bland.

»Wo sind Sie, M. Poirot?«

»Ich bin hier, in Nassecombe.«

»Aber gestern nachmittag waren Sie doch noch in London?«

»Mit dem Schnellzug ist man in dreieinhalb Stunden hier«, erklärte Poirot. »Ich möchte Ihnen eine Frage stellen.«

»Ja?«

»Was für eine Jacht hatte Etienne de Sousa?«

»Vielleicht weiß ich, was Sie denken, M. Poirot, doch ich versichere Ihnen, daß sie nicht für Schmuggelzwecke eingerichtet war. Das meinen Sie doch, nicht wahr? Es gab keine doppelten Böden oder Geheimfächer; wir hätten sie gefunden, wenn welche dagewesen wären. Es war bestimmt kein Platz auf der Jacht, wo man eine Leiche hätte verstecken können.«

»Sie irren sich, *mon cher*, das meine ich nicht. Ich wollte nur wissen, ob die Jacht groß oder klein war.«

»Es war eine sehr elegante Jacht – muß irrsinnig teuer gewesen sein. Alles frisch gestrichen und sehr luxuriös eingerichtet.«

»Wie ich angenommen habe«, sagte Poirot, und seine Stimme klang so zufrieden, daß Kommissar Bland ganz erstaunt war.

»Worauf wollen Sie hinaus, M. Poirot?« fragte er.

»Etienne de Sousa ist ein reicher Mann, und das ist sehr bedeutsam«, erwiderte Poirot.

»Warum?« fragte Bland.

»Weil es meine neueste Theorie bestärkt.«

»Sie haben also eine Theorie?«

»Ja, endlich habe ich eine Idee. Bis jetzt war ich leider ziemlich begriffsstutzig.«

»Sie meinen, bis jetzt sind wir alle begriffsstutzig gewesen.«

»Nein, ich spreche nur von mir«, erklärte Poirot. »Ich hatte das Glück, auf eine völlig klare Spur zu stoßen, und ich habe sie nicht erkannt.«

»Aber jetzt glauben Sie, den richtigen Weg gefunden zu haben?«
»Ich glaube es, ja.«
»Hören Sie zu, M. Poirot . . .«
Aber Poirot hatte bereits eingehängt. Nachdem er genügend Kleingeld aus seinen Taschen hervorgekramt hatte, verlangte er eine Voranmeldung für Mrs. Oliver in London.
»Die Dame soll auf keinen Fall gestört werden, wenn sie gerade bei der Arbeit ist«, fügte er schnell hinzu.
Er erinnerte sich daran, daß Mrs. Oliver ihm einmal bittere Vorwürfe gemacht hatte, weil er ihren schöpferischen Gedankenflug unterbrochen hatte und weil die Welt auf diese Weise um einen aufregenden Kriminalroman ärmer wurde, dessen Geheimnis auf einem altmodischen Wollhemd mit langen Ärmeln beruhte. Das Telefonamt schien jedoch kein Verständnis für seine Skrupel zu haben.
»Wollen Sie nun eine Voranmeldung oder nicht?« fragte die Telefonistin.
»Ja, natürlich«, erwiderte Poirot und opferte Mrs. Olivers schöpferisches Genie dem Altar seiner Ungeduld. Er war sehr erleichtert, als er Mrs. Olivers Stimme hörte. Sie unterbrach seine Entschuldigungen.
»Großartig, daß Sie anrufen«, sagte sie. »Ich war gerade im Begriff auszugehen, um einen Vortrag über das Thema ›Wie schreibt man Kriminalromane‹ zu halten. Jetzt kann ich meine Sekretärin bitten, anzurufen und zu sagen, daß ich leider durch dringende Geschäfte verhindert bin.«
»Aber Sie dürfen sich auf keinen Fall von mir abhalten lassen, Madame . . .«
»Ich lasse mich nur zu gern davon abhalten«, meinte Mrs. Oliver fröhlich. »Ich hätte mich lächerlich gemacht, denn was kann man eigentlich darüber sagen, wie man ein Buch schreibt? Zuerst muß einem etwas einfallen, und danach muß man sich dazu zwingen, sich hinzusetzen und es aufzuschreiben, das ist alles. Das hätte ich in drei Minuten erklären können, und die Zuhörer wären enttäuscht gewesen. Ich weiß wirklich nicht, warum man immer von Autoren ver-

langt, daß sie über ihre Bücher sprechen. Man sollte glauben, daß es die Aufgabe einer Autorin ist, zu schreiben und nicht zu reden.«

»Und doch wollte ich Sie gerade etwas im Zusammenhang mit Ihrer schriftstellerischen Tätigkeit fragen.«

»Bitte fragen Sie, aber wahrscheinlich werde ich Ihre Frage nicht beantworten können«, erwiderte Mrs. Oliver. »Man setzt sich einfach hin und schreibt, ach, entschuldigen Sie, ich habe mir für den Vortrag einen geradezu lächerlich unpraktischen Hut aufgesetzt, und ich *muß* ihn abnehmen. Einen Augenblick bitte.« Es trat eine kurze Pause ein, dann fuhr Mrs. Oliver hörbar erleichtert fort: »Heutzutage sind Hüte nur noch ein Symbol, finden Sie nicht? Man trägt sie nicht mehr, um sich vorm Regen zu schützen oder vor der Sonne, oder um sein Gesicht vor Leuten zu verbergen, die man nicht treffen möchte ... Verzeihung, sagten Sie etwas, M. Poirot?«

»Es war nur ein Ausruf. Es ist wirklich höchst sonderbar, wie Sie mich immer auf Ideen bringen; das haben Sie mit meinem alten Freund Hastings gemeinsam, den ich seit vielen Jahren nicht gesehen habe. Sie halfen mir eben bei der Lösung eines meiner Probleme, aber das gehört nicht zur Sache ... Darf ich Ihnen statt dessen eine Frage stellen? Kennen Sie einen Atomwissenschaftler, Madame?«

»Ob ich einen Atomwissenschaftler kenne?« fragte Mrs. Oliver erstaunt. »Ich weiß nicht ... doch, vielleicht kenne ich einen. Bestimmt kenne ich eine Menge Professoren, obwohl ich niemals genau weiß, was sie eigentlich tun.«

»Aber einer der unter Verdacht Stehenden in Ihrem Mörderjagdspiel war ein Atomwissenschaftler, nicht wahr?«

»Ach das – den hab ich nur hineingenommen, um aktuell zu sein. Wissen Sie, als ich neulich ein Geburtstagsgeschenk für meinen Neffen kaufte, sah ich nichts als utopische Romane und Bücher über die Stratosphäre und Raumschiffahrt. Deshalb hielt ich es für richtig, einen Atomwissenschaftler in das Mörderjagdspiel zu bringen, um mit der Zeit zu gehen. Den erforderlichen technischen Jargon hätte ich leicht von Alec Legge lernen können.«

»Alec Legge? Sallys Mann? Ist er Atomwissenschaftler?«
»Ja, er arbeitet zwar nicht in Harwell, sondern irgendwo in Wales, ich glaube, in Cardiff, oder war es Bristol? Das Häuschen bei der Mühle haben sie nur für die Ferien gemietet. Ja, wie Sie sehen, kenne ich wirklich einen Atomwissenschaftler.«
»Wahrscheinlich ist Ihnen die Idee für den Atomwissenschaftler doch erst gekommen, als Sie ihn zufällig in Nasse House kennenlernten, nicht wahr? Aber seine Frau ist keine Jugoslawin.«
»O nein, sie ist Engländerin, eine typische Engländerin. Das haben Sie doch bestimmt bemerkt, M. Poirot.«
»Wieso sind Sie dann auf eine Jugoslawin gekommen?«
»Das kann ich Ihnen wirklich nicht sagen ... Vielleicht durch Emigranten oder Studenten? Wahrscheinlich durch die vielen jungen Ausländerinnen aus der Jugendherberge, die immer unerlaubterweise durch den Wald von Nassecombe wandern und gebrochenes Englisch sprechen.«
»Ich verstehe, ja, jetzt verstehe ich vieles.«
»Es ist auch höchste Zeit«, meinte Mrs. Oliver.
»*Pardon?*«
»Es ist Zeit, daß Ihnen verschiedene Dinge klarwerden, bisher scheinen Sie ja gar nichts herausgefunden zu haben.« Ihre Stimme klang vorwurfsvoll.
»Diese Probleme lassen sich nicht im Handumdrehen lösen«, verteidigte sich Poirot und fügte hinzu: »Auch die Polizei steht vor einem Rätsel.«
»Lassen Sie mich mit der Polizei zufrieden«, sagte Mrs. Oliver. »Ja, wenn eine Frau an der Spitze von Scotland Yard stünde ...«
Poirot hatte diese Feststellung schon oft aus ihrem Mund gehört, deshalb unterbrach er sie schnell.
»Es war eine höchst verwickelte Angelegenheit, aber jetzt bin ich – im Vertrauen gesagt – meinem Ziel nahe.«
Mrs. Oliver schien nicht sehr beeindruckt zu sein.
»Schon möglich«, meinte sie, »aber inzwischen sind zwei Morde verübt worden.«

»Drei«, verbesserte Poirot.
»Drei Morde? Wer ist das dritte Opfer?«
»Ein alter Mann namens Merdell.«
»Davon habe ich noch nichts gehört. Wird es in die Zeitungen kommen?« fragte Mrs. Oliver.
»Nein, da bisher niemand den Verdacht geäußert hat, daß es sich um etwas anderes als um einen Unfall handeln könnte.«
»Aber es war kein Unfall?«
»Nein, es war kein Unfall«, erwiderte Poirot.
»Und wer hat den Mord verübt – *die* Morde, meine ich, oder können Sie mir das jetzt nicht sagen?«
»Über diese Dinge spricht man nicht am Telefon«, erklärte Poirot.
»Dann werde ich auflegen«, sagte Mrs. Oliver. »Das ertrage ich nicht.«
»Warten Sie einen Augenblick«, bat Poirot. »Ich wollte Sie noch etwas fragen – was war es doch gleich?«
»Ein Zeichen, daß man älter wird; mir geht es ebenso. Ich vergesse auch alles«, meinte Mrs. Oliver.
»Was war es nur – eine bestimmte Sache –, es hing mit dem Bootshaus zusammen.«
Er versuchte sich zu erinnern. Der Stoß von Witzblättern . . . Die Sätze, die Marlene an den Rand gekritzelt hatte. »Albert geht mit Doreen.« Hier fehlte irgend etwas, wonach er Mrs. Oliver fragen wollte.
»Sind Sie noch am Apparat, Poirot?« erkundigte sich Mrs. Oliver.
Gleichzeitig verlangte die Telefonistin eine Nachzahlung. Nachdem diese Formalität erledigt war, fragte Poirot: »Sind Sie noch da, Madame?«
»Ja, ja, und jetzt wollen wir unsere Zeit nicht mehr damit verschwenden, uns gegenseitig zu fragen, ob wir noch am Apparat sind. Was ist es?«
»Nichts sehr Wichtiges. Erinnern Sie sich an Ihre Mörderjagd?«
»Ja, natürlich, darüber haben wir doch fast die ganze Zeit gesprochen.«

»Ich habe einen schweren Fehler gemacht«, erklärte Poirot. »Ich habe Ihre Synopsis für die am Wettbewerb Beteiligten nicht gelesen, denn nachdem der Mord entdeckt worden war, schien das ganz unwichtig geworden zu sein. Aber ich irrte mich – es *war* wichtig. Sie sind ein feinfühliger Mensch, Madame, Sie lassen sich von der Atmosphäre eines Hauses, von den Leuten, die Ihnen begegnen, unbewußt beeinflussen. Und diese Eindrücke spiegeln sich in Ihrem Werk wider – vielleicht nicht deutlich erkennbar, aber sie sind die Quelle, aus der Ihre lebhafte Phantasie Anregungen schöpft.«

»Welch eine schöne, blumige Sprache«, meinte Mrs. Oliver. »Aber was wollen Sie damit eigentlich andeuten?«

»Daß Sie schon mehr über das Verbrechen wußten, als Sie selbst realisierten. Und jetzt komme ich zu meiner Frage – eigentlich sind es zwei Fragen, aber vor allem die erste ist sehr wichtig. Beabsichtigten Sie anfänglich, als Sie den Plan für die Mörderjagd entwarfen, daß das Opfer im Bootshaus gefunden werden sollte?«

»Nein.«

»Wo sollte die Leiche gefunden werden?«

»In dem kleinen Sommerhaus, eigentlich ist es mehr eine Gartenlaube, das hinter der Rhododendronhecke liegt. Es ist nicht weit vom Haus entfernt, und ich hielt es für den besten Ort. Aber dann bestand irgend jemand darauf – ich kann mich nicht erinnern, wer –, daß das Opfer im Folly liegen sollte. Das war natürlich eine absurde Idee! Schließlich hätte dort jeder zufällig hineinschlendern und die Leiche entdekken können, ohne auch nur einem einzigen Anhaltspunkt zu folgen. Natürlich konnte ich diesem Vorschlag nicht zustimmen.«

»Statt dessen haben Sie sich auf das Bootshaus geeinigt?«

»Ja, so war es, und obwohl gegen das Bootshaus nichts einzuwenden war, wäre mir das Sommerhäuschen lieber gewesen.«

»Nun noch eine Frage: Erinnern Sie sich, mir erzählt zu haben, daß der letzte Anhaltspunkt auf dem Rand eines der

Witzblätter stand, die Sie Marlene gegeben hatten, um sich die Zeit zu vertreiben?«
»Ja natürlich.«
»Hieß dieser Satz vielleicht so ähnlich wie ...« Er versuchte, sich an die verschiedenen auf den Rand der Zeitungen gekritzelten Bemerkungen zu erinnern. »... ›Albert geht mit Doreen. Georgie Porgie küßt Mädchen im Wald. Peter kneift Mädchen im Kino ...‹«
»Um Himmels willen!« erwiderte Mrs. Oliver entsetzt. »So dumm war es denn doch nicht! Nein, nein, es war ein ganz einfacher, deutlicher Hinweis.« Sie sagte mit leiser, geheimnisvoller Stimme: »›*Sehen Sie im Rucksack der Pfadfinderin nach!*‹«
»*Epatant!*« rief Poirot. »*Epatant!* Dieses Witzblatt wäre natürlich mitgenommen worden und hätte jemanden auf gewisse Gedanken bringen können.«
»Der Rucksack lag auf dem Boden neben dem Opfer und ...«
»Ich denke an einen ganz anderen Rucksack.«
»Sie verwirren mich mit den vielen Rucksäcken«, beschwerte sich Mrs. Oliver. »In meiner Mörderjagd war nur einer. Möchten Sie nicht wissen, was darin war?«
»Durchaus nicht«, erwiderte Poirot, fügte aber sofort höflich hinzu: »Ich würde es natürlich gern erfahren, aber ...«
Mrs. Oliver schien das »Aber« nicht gehört zu haben.
»Eine sehr raffinierte Idee«, erklärte sie stolz. »Sie dürfen nicht vergessen, daß Marlenes Rucksack eigentlich der Rucksack der Jugoslawin sein sollte, und Sie werden verstehen ...«
»Ja, ja«, murmelte Poirot, der sich damit abgefunden hatte, sich wieder einmal im Nebel zu verlieren.
»Also, im Rucksack befand sich die Medizinflasche mit dem Gift, mit dem der Gutsherr seine Frau umbringen sollte. Das jugoslawische Mädchen war nämlich nach England gekommen, um Krankenpflege zu erlernen, und sie war im Haus, als Major Blunt seine erste Frau um ihres Geldes willen vergiftete. Und sie, die Krankenpflegerin, hatte die Flasche ge-

funden und behalten und war nun zurückgekommen, um ihn zu erpressen. Deshalb hat er sie natürlich ermordet. Deckt sich das mit Ihren Ideen, M. Poirot?«

»Nein, keineswegs«, sagte Poirot, aber dann fuhr er schnell fort: »Darf ich Ihnen gleichwohl meine Bewunderung aussprechen, Madame? Ich bin davon überzeugt, daß Ihr Mörderjagdspiel so genial war, daß niemand den Preis gewinnen konnte.«

»Sie irren sich«, erwiderte Mrs. Oliver. »Spät am Nachmittag, so gegen sieben, ist eine halb verrückte, aber unentwegte alte Dame, die alle Anhaltspunkte gefunden hatte, triumphierend beim Bootshaus angekommen, aber da war die Polizei natürlich schon da. Erst dann hörte sie von dem Mord – und sie muß der einzige Mensch auf dem Gartenfest gewesen sein, der noch nichts davon wußte. Jedenfalls hat sie den Preis bekommen.« Sie fügte befriedigt hinzu: »Dieser gräßliche junge Mann mit den Sommersprossen, der behauptet hat, daß ich trinke, ist nicht weiter als bis zum Kameliengarten gelangt.«

»Später müssen Sie mir einmal den Verlauf Ihrer Geschichte in allen Einzelheiten erzählen«, schlug Poirot vor.

»Ich habe schon daran gedacht, sie für einen Roman zu verwenden. Es wäre ein Jammer, diese Idee nicht zu nutzen.«

Es mag an dieser Stelle erwähnt werden, daß Hercule Poirot drei Jahre später einen Roman von Ariadne Oliver las: »Die Frau im Walde«, und sich wunderte, warum ihm einige der Personen und der Ereignisse irgendwie bekannt vorkamen.

19

Die Sonne ging unter, als Poirot zu der kleinen rosa Villa kam, die offiziell das »Mühlenhaus« genannt wurde. Er klopfte an die Tür, die daraufhin mit solcher Gewalt aufgerissen wurde, daß er erschrocken einen Schritt zurücktrat. Der ärgerlich aussehende junge Mann an der Tür sah ihn einen Augenblick an, ohne ihn zu erkennen, dann lachte er kurz auf.

»Hallo! Der Herr Detektiv persönlich. Treten Sie ein, M. Poirot. Ich bin gerade beim Packen.«

Poirot nahm die Einladung an und folgte dem jungen Mann ins Haus. Es war einfach und nicht sehr geschmackvoll möbliert, und im Augenblick nahm Alec Legges persönliches Eigentum den weitaus größten Teil des Raumes ein. Bücher, Papiere, Kleidungsstücke aller Art lagen auf dem Fußboden verstreut, und ein Koffer stand offen da.

»Endgültiger Abbruch der *ménage*«, erklärte Alec Legge. »Sally ist mir durchgegangen, wie Sie wohl schon gehört haben.«

»Nein, das war mir nicht bekannt.«

»Freut mich, daß es wenigstens gelegentlich Dinge gibt, die Ihnen nicht gekannt sind«, meinte Alec ironisch. »Ja, sie hat genug von mir gehabt und wird ihr Leben von jetzt an mit diesem läppischen Architekten verbringen.«

»Das tut mir aufrichtig leid«, sagte Poirot.

»Ich sehe nicht ein, warum Ihnen das leid tun sollte.«

Poirot räumte zwei Bücher und ein Hemd von der Sofaecke und setzte sich. Dann erklärte er: »Es tut mir leid, weil ich glaube, daß sie mit ihm weniger glücklich sein wird als mit Ihnen.«

»Während der letzten sechs Monate ist sie mit mir nicht besonders glücklich gewesen.«

»Sechs Monate sind keine Ewigkeit«, meinte Poirot, »sondern nur eine kurze Zeitspanne einer Ehe, die unter Umständen lang und glücklich sein könnte.«

»Sie reden fast wie ein Pfarrer.«

»Möglich ... darf ich noch hinzufügen, daß Sie selbst wahrscheinlich der Hauptschuldige am Unglück Ihrer Frau sind.«

»Davon ist sie jedenfalls fest überzeugt. Ich bin, wie immer, an allem schuld ...«

»Nicht an allem, nur an einigem.«

»Schieben Sie mir ruhig die Schuld an allem zu. Vielleicht

sollte ich mich am besten in den Fluß stürzen, dann wäre der Fall wenigstens erledigt.«
Poirot sah ihn nachdenklich an.
»Ich stelle mit Genugtuung fest, daß Sie im Augenblick mehr mit Ihren eigenen Sorgen beschäftigt sind als mit der Weltpolitik«, bemerkte er.
»Meinethalben kann die Welt untergehen«, sagte Alec Legge bitter. »Ich scheine mich auf der ganzen Linie zum Narren gemacht zu haben.«
»Ja, vielleicht haben Sie etwas unbedacht gehandelt, aber im großen und ganzen haben Sie einfach Pech gehabt.«
Alec Legge starrte ihn an.
»Wer hat Ihnen den Auftrag gegeben, mir nachzuspionieren? War es Sally?« fragte er empört.
»Wie kommen Sie darauf?«
»Da sich offiziell nichts ereignet hat, bin ich zu der logischen Schlußfolgerung gelangt, daß Sie in privatem Auftrag hergekommen sind.«
»Sie irren sich«, erwiderte Poirot. »Ich habe Sie niemals beobachtet. Als ich hierherkam, habe ich nicht einmal von Ihrer Existenz gewußt.«
»Woher wollen Sie dann wissen, daß ich Pech hatte oder mich zum Narren gemacht habe?«
»Nur weil ich nachgedacht und einiges kombiniert habe«, antwortete Poirot. »Soll ich eine kleine Vermutung aussprechen, und wollen Sie mir sagen, ob sie richtig ist?«
»Sie können so viele Vermutungen aussprechen, wie Sie wollen, aber erwarten Sie nicht, daß ich meinen Kommentar dazu abgebe«, erklärte Alec Legge.
»Ich glaube, daß Sie vor ein paar Jahren, ebenso wie andere Wissenschaftler, für eine bestimmte politische Partei Sympathie und Interesse gezeigt haben«, begann Poirot. »Bei Leuten Ihres Berufes steht man diesen Sympathien automatisch mißtrauisch gegenüber. Ich bin davon überzeugt, daß Sie sich niemals ernsthaft kompromittiert haben, aber daß Ihnen nahegelegt wurde, auf eine Weise Stellung zu nehmen, die Ihnen nicht paßte. Daraufhin versuchten Sie, sich

zurückzuziehen, und Sie fanden sich bedroht. Man verlangte, daß Sie einen bestimmten jungen Mann treffen sollten – ich bezweifle, daß ich seinen Namen jemals erfahren werde. Für mich wird er wohl immer *der junge Mann im Schildkrötenhemd* bleiben.«
Alec Legge lachte plötzlich laut und herzlich.
»Das Hemd war wirklich ein Witz, nur hatte ich damals keinen Sinn für Humor.«
Hercule Poirot fuhr fort:
»Die Sorge um das Schicksal der Welt und um Ihre eigenen Probleme ließ Ihnen keine Zeit für Ihr Privatleben, und es wäre deshalb für eine Frau fast unmöglich gewesen, mit Ihnen glücklich zu sein. Leider hatten Sie nicht den Wunsch, sich mit Ihrer Frau auszusprechen; und das war ein Jammer, denn ich halte Ihre Frau für treu und anhänglich. Sie hätte sich bestimmt auf Ihre Seite gestellt, wenn sie gewußt hätte, wie verzweifelt unglücklich Sie waren. Statt dessen begann sie, Sie mit ihrem früheren Freund Michael Weyman zu vergleichen, und der Vergleich fiel nicht zu Ihrem Vorteil aus.«
Poirot stand auf.
»Ich möchte Ihnen den Rat geben, Ihre Sachen so schnell wie möglich zusammenzupacken, Ihrer Frau nach London zu folgen, sie um Verzeihung zu bitten und ihr alles zu erzählen, was Sie durchgemacht haben.«
»Das raten Sie mir also«, meinte Alec Legge. »Und darf ich fragen, was Sie das angeht?«
»Es geht mich gar nichts an«, erwiderte Hercule Poirot und ging zur Tür. »Aber ich habe immer recht.«
Es folgte ein kurzes Schweigen; danach brach Alec Legge in ein wildes Gelächter aus.
»Sie werden lachen«, sagte er, »ich werde Ihrem Rat folgen. Eine Scheidung ist verflucht teuer, und außerdem ist es eigentlich eine Schande, wenn man es nicht fertigbringt, die Frau, die man liebt, zu halten. Finden Sie nicht? Ich werde nach Chelsea in ihre Wohnung gehen, und wenn ich dort Michael Weyman vorfinden sollte, werde ich ihn mit seinem handgestrickten Schlips erwürgen. Das würde mir einen Rie-

senspaß machen.« Plötzlich breitete sich ein charmantes Lächeln über sein Gesicht. »Bitte verzeihen Sie mir meine widerlichen Temperamentsausbrüche, und tausend Dank!«
Er schlug Poirot so herzlich auf die Schulter, daß dieser strauchelte und fast hinfiel. Die Freundschaft des jungen Mr. Legge war unbedingt schmerzhafter als seine Feindschaft.
M. Poirot verließ das Mühlenhaus auf schmerzenden Füßen; er blickte zum dunklen Abendhimmel empor und fragte sich: Wohin gehe ich jetzt?

20

Als Hercule Poirot hereingeführt wurde, blickten der Polizeichef und Kommissar Bland interessiert auf. Der Polizeichef war nicht sehr gut gelaunt. Bland hatte es nur durch große Beharrlichkeit erreicht, daß er seine private Verabredung für den heutigen Abend abgesagt hatte.
»Jawohl, Bland, ich weiß, daß der kleine Belgier früher eine Kanone war«, hatte er zugegeben, »aber die Zeiten sind vorbei. Wie alt ist der Mann eigentlich?«
Bland vermied es taktvoll, diese Frage zu beantworten, da ihm die korrekte Antwort nicht bekannt war. Poirot selbst erwähnte sein Alter nie.
»Aber er war *dort,* er war an Ort und Stelle, und wir kommen ohne ihn nicht weiter. Wir sind in einer Sackgasse.«
Der Polizeichef putzte sich laut und ärgerlich die Nase.
»Ich weiß, ich weiß. Ich beginne schon, an Mrs. Mastertons perversen Mörder zu glauben, und ich würde sogar Bluthunde ordern, wenn ich wüßte, wo man sie einsetzen sollte.«
»Bluthunde können keine Spur übers Wasser verfolgen.«
»Ja – de Sousa. Ich wäre geneigt, Ihnen zuzustimmen, aber wo ist das Motiv? Ich kann mit dem besten Willen kein Motiv finden . . .«
»Vielleicht liegt das Motiv außerhalb der Britischen Inseln.«

»Sie glauben, daß Hattie Stubbs etwas über de Sousa wußte, nicht wahr? Das scheint mir durchaus möglich zu sein. Und bei jemandem wie Hattie mußte man natürlich damit rechnen, daß sie jeden Augenblick mit dem, was sie wußte, herausplatzte. Meinen Sie das?«
»So etwas Ähnliches.«
»Wenn diese Vermutung zutrifft, hat er jedenfalls erstaunlich lange damit gewartet, übers Meer zu fahren und etwas zu unternehmen.«
»Vielleicht wußte er nicht genau, was aus ihr geworden war. Seine eigene Version ist, daß er in einer Zeitung unter ›Nachrichten aus der Gesellschaft‹ etwas über Nasse House und seine schöne Herrin gelesen hat, und ich halte es für durchaus möglich, daß er bis dahin *wirklich* nicht wußte, wo sie war und wen sie geheiratet hat.«
»Und sobald er es erfahren hatte, kam er schnurstracks mit seiner Jacht nach England, um sie zu ermorden? Das scheint mir doch ziemlich an den Haaren herbeigezogen zu sein, Kommissar Bland.«
»Möglich wäre es immerhin.«
»Was könnte sie denn gewußt haben?«
»Erinnern Sie sich, daß sie zu ihrem Mann gesagt hat: ›*Er bringt Leute um*‹?«
»Eine Erinnerung an einen Mord? Ein Mord, der vor ihrem fünfzehnten Lebensjahr geschah und von dem nur sie allein etwas wußte? Das erscheint mir denn doch zu lächerlich.«
»Die Tatsachen sind uns nicht bekannt«, stellte Bland halsstarrig fest. »Sie wissen selbst, daß man die Einzelheiten ergründen kann, sobald man weiß, *wer* etwas getan hat, Sir.«
»Hm. Wir haben uns auf die übliche Weise diskret über de Sousa erkundigt und damit nichts erreicht.«
»Eben deshalb erscheint es mir wichtig festzustellen, ob der schrullige alte Belgier zufällig auf irgend etwas gestoßen ist. Er wohnte zur Zeit des Verbrechens in Nasse House, und das ist ein wichtiger Punkt. Lady Stubbs hat sich mit

ihm unterhalten, und vielleicht ist es ihm gelungen, Sinn und Verstand in ihr verwirrtes Gerede zu bringen. Auf jeden Fall ist er heute fast den ganzen Tag in Nassecombe gewesen.«
»Er hat angerufen und gefragt, was für eine Jacht Etienne de Sousa habe, nicht wahr?«
»Bei seinem ersten Anruf hat er mir diese Frage gestellt; beim zweiten Mal bat er mich, eine Zusammenkunft mit Ihnen zu arrangieren.«
Der Polizeichef sah auf seine Uhr.
»Wenn er in fünf Minuten nicht hier ist . . .«
Aber in diesem Augenblick wurde Hercule Poirot hereingeführt.
Er sah nicht so adrett aus wie gewöhnlich. Sein Schnurrbart war schlaff, wahrscheinlich von der feuchten Luft in Devonshire, seine Schuhe waren mit einer Lehmkruste überzogen; er hinkte, und sein Haar war unordentlich.
»Wir haben Sie bereits erwartet, M. Poirot.« Der Polizeichef schüttelte ihm die Hand. »Wir brennen darauf zu erfahren, was Sie uns mitzuteilen haben.«
Hercule Poirot entging die leichte Ironie seiner Worte nicht, aber er war trotz seiner körperlichen Erschöpfung nicht in der Stimmung, sich deprimieren zu lassen. Er sagte:
»Es ist mir unbegreiflich, daß ich die Wahrheit nicht schon längst herausgefunden habe.«
Der Polizeichef blieb weiterhin kühl.
»Wollen Sie uns damit zu verstehen geben, daß Ihnen die Wahrheit jetzt bekannt ist?«
»Ja. Es fehlen noch gewisse Einzelheiten, aber die Umrisse sind klar.«
»Wir brauchen mehr als Umrisse«, bemerkte der Polizeichef trocken. »Wir brauchen Beweise. Haben Sie Beweise, M. Poirot?«
»Ich kann Ihnen sagen, wo Sie die Beweise finden werden.«
»Ja? Wo?« erkundigte sich Bland.
Poirot wandte sich ihm zu und stellte ihm eine Frage.
»Ich nehme an, daß Etienne de Sousa das Land verlassen hat, stimmt das?«

»Vor zwei Wochen«, erwiderte Bland und fügte hinzu: »Es wird nicht leicht sein, ihn zurückzuholen.«
»Vielleicht könnte man ihn dazu überreden.«
»Überreden? Sie haben also keine stichhaltigen Beweise, auf Grund deren wir einen Auslieferungsantrag stellen könnten?«
»Ein Auslieferungsantrag kommt nicht in Frage. Wenn ihm die Tatsachen unterbreitet werden . . .«
»Welche Tatsachen, M. Poirot?« fragte der Polizeichef irritiert. »Von welchen Tatsachen sprechen Sie eigentlich?«
»Von der Tatsache, daß Etienne de Sousa eine hochelegante Luxusjacht besitzt, die darauf hindeutet, daß seine Familie reich ist, von der Tatsache, daß der alte Merdell Marlene Tuckers Großvater war (was mir selbst erst seit heute bekannt ist), von der Tatsache, daß Lady Stubbs gern breitrandige Kulihüte trug, von der Tatsache, daß Mrs. Oliver, trotz ihrer hemmungslosen und unzuverlässigen Phantasie und obwohl sie es selbst nicht weiß, eine sehr gute Menschenkennerin ist, von der Tatsache, daß Marlene Tucker in einer Schublade ihrer Kommode Lippenstifte und Parfümflaschen versteckte, von der Tatsache, daß Miss Brewis behauptete, sie hätte den Auftrag, Marlene ein Tablett mit Erfrischungen ins Bootshaus zu bringen, von Lady Stubbs erhalten.«
»Tatsachen?« Der Polizeichef sah ihn erstaunt an. »Das nennen Sie Tatsachen? Sie haben uns nichts Neues mitgeteilt.«
»Sie würden Beweise vorziehen, konkrete Beweise – wie zum Beispiel den Leichnam von Lady Stubbs?«
Jetzt starrte Bland ihn entgeistert an.
»Haben Sie die Leiche von Lady Stubbs gefunden?«
»Nein, gefunden habe ich sie nicht, aber ich weiß, wo die Leiche versteckt ist. Sie werden zu der Stelle gehen, und nachdem Sie sie gefunden haben – ich betone: *nachdem* –, werden Sie alle Beweise haben, die Sie brauchen. Denn nur eine Person kann sie dort versteckt haben . . .«
»Und wer ist diese Person?«
Hercule Poirot sah so zufrieden aus wie eine Katze, die eben einen Teller Rahm ausgeschleckt hat.

»Der Mann, der sich eines solchen Verbrechens schon oft in ähnlichen Fällen schuldig gemacht hat«, sagte er leise. »Der Ehemann. Sir George Stubbs hat seine Frau ermordet.«
»Aber das ist unmöglich, M. Poirot. Wir *wissen*, daß es unmöglich ist.«
»Es ist durchaus nicht unmöglich«, entgegnete Poirot. »Hören Sie zu, ich werde es Ihnen erklären.«

21

Hercule Poirot blieb einen Augenblick bei dem hohen, schmiedeeisernen Tor stehen und blickte auf die gewundene Auffahrtsstraße, die vor ihm lag. Die letzten goldbraunen Blätter flatterten von den Bäumen. Die Alpenveilchen waren verblüht. Poirot seufzte, dann trat er einen Schritt zur Seite und klopfte sachte an die Tür des kleinen, weißen Pförtnerhauses.
Nach einigen Augenblicken hörte er zögernde Schritte, und dann öffnete Mrs. Folliat die Tür. Dieses Mal überraschte ihn ihr zartes, zerbrechliches Aussehen nicht.
Sie sagte: »M. Poirot? Sind Sie wieder hier?«
»Darf ich hereinkommen?«
»Natürlich.«
Er folgte ihr ins Zimmer. Sie bot ihm Tee an, aber er lehnte ab. Dann fragte sie leise: »Warum sind Sie gekommen?«
»Ich glaube, Sie können es sich denken, Madame.«
Ihre Antwort war unverbindlich.
»Ich bin sehr müde«, sagte sie.
»Ja, ich weiß«, erwiderte er und fuhr dann fort: »Inzwischen hat sich die Zahl der Ermordeten auf drei erhöht – zu Hattie Stubbs und Marlene Tucker ist der alte Merdell hinzugekommen.«
»Merdell?« wiederholte sie schroff, »das war ein Unfall. Er ist vom Kai gefallen. Er war sehr alt, halb blind, und er kam aus dem Wirtshaus.«

»Es war kein Unfall. Merdell hat zuviel gewußt.«
»Was hat er gewußt?«
»Er hat entweder ein Gesicht, einen Gang oder eine Stimme wiedererkannt. Ich sprach am Tag meiner Ankunft mit ihm. An diesem Tag erzählte er mir alles über die Familie Folliat; er sprach über Ihren Schwiegervater, über Ihren Mann und über Ihre beiden Söhne, die im Krieg gefallen sind. Nur daß sie nicht *beide* gefallen sind, nicht wahr? Ihr Sohn Henry ist mit seinem Schiff untergegangen, aber James, Ihr zweiter Sohn, ist nicht umgekommen. Er ist desertiert. Zuerst hieß es vielleicht, er wäre *vermißt, wahrscheinlich gefallen,* und später erzählten Sie jedermann, er *sei* tot. Und niemand kam auf den Gedanken, Ihnen nicht zu glauben – warum auch?«
Poirot machte eine kurze Pause, dann fuhr er fort:
»Glauben Sie nicht, daß ich kein Mitleid mit Ihnen habe, Madame. Ich weiß, daß Sie ein schweres Leben hatten. Sie konnten sich über Ihren jüngeren Sohn keine Illusionen machen, aber er war und blieb Ihr Sohn, und Sie liebten ihn. Sie taten alles, was in Ihrer Macht stand um ihm zu helfen, sich ein neues Leben aufzubauen. Unter Ihrer Aufsicht befand sich ein anomales, aber sehr reiches junges Mädchen – ja, sie war sehr reich. Sie verbreiteten das Märchen, daß ihre Eltern alles Geld verloren hätten, daß sie arm wäre und daß Sie ihr geraten hätten, einen um viele Jahre älteren, reichen Mann zu heiraten. Warum sollte man Ihnen diese Geschichte nicht glauben? Außerdem ging es ja auch niemanden etwas an. Ihre Eltern und ihre nahen Verwandten waren tot. Eine französische Anwaltsfirma in Paris befolgte die Anweisungen der Anwälte in San Miguel. Nach ihrer Heirat übernahm Ihre Schutzbefohlene die Verwaltung ihres eigenen Vermögens. Wie Sie mir selbst erzählten, war sie sanft, zärtlich und gefügig. Sie setzte ihre Unterschrift unter jedes Dokument, das ihr Mann ihr vorlegte. Wahrscheinlich wurden viele Wertpapiere und Aktien gekauft, mit Profit verkauft und umgeschrieben, bis schließlich das gewünschte Resultat erreicht war. Die neue Person, in die Ihr Sohn sich verwandelt hatte – Sir George Stubbs –, war ein reicher Mann geworden, und

seine Frau besaß keinen Pfennig mehr. Es ist keine strafbare Handlung, sich ›Sir‹ zu nennen, wenn man den Titel nicht dazu benutzt, sich unter Vorspiegelung falscher Tatsachen Kredit zu verschaffen. Durch einen Titel erwirbt man sich das Vertrauen seiner Mitmenschen; er deutet auf eine gute Familie hin oder zumindest auf Reichtum. Und so kaufte sich der reiche Sir George Stubbs Nasse House – er war älter geworden und hatte sich einen Vollbart wachsen lassen –, um dort zu leben, wo er hingehörte, obgleich er seit seiner Kindheit nicht mehr in Nassecombe gewesen war. Nach dem Krieg gab es niemanden mehr, der ihn wiedererkennen würde, mit Ausnahme des alten Merdell, der diese Tatsache jedoch für sich behielt. Nur als er zu mir sagte: *›In Nasse House wird es immer Folliats geben‹*, muß er sich heimlich über seinen kleinen Scherz ins Fäustchen gelacht haben.
Wie Sie glaubten, hätte sich alles zur Zufriedenheit entwikkelt, und ich nehme an, daß Sie keine weiteren Pläne schmiedeten. Ihr Sohn war ein reicher Mann, lebte in seinem angestammten Heim, seine Frau, obwohl geistig nicht voll entwickelt, war ein schönes und sanftes Geschöpf, und Sie hofften, daß er sie gut behandeln und glücklich machen würde.«
»Ich hoffte, daß es so kommen würde«, flüsterte Mrs. Folliat. »Ich wollte für Hattie sorgen, ihr helfen ... ich wäre nicht im Traum auf die Idee gekommen ...«
»Sie kamen nicht auf die Idee – und Ihr Sohn sorgte dafür, daß Sie nichts davon erfuhren, daß er vor seiner Heirat mit Hattie *bereits verheiratet war.* Ihr Sohn hatte in Triest ein Mädchen geheiratet, und zwar ein Mädchen aus dem Verbrechermilieu, das ihn, nachdem er desertiert war, bei sich versteckte. Sie hatte nicht die Absicht, ihn gehen zu lassen, und auch er wollte sich nicht von ihr trennen. Er heiratete Hattie, um auf diese Weise zu Geld zu kommen, aber seine Pläne standen von Anfang an fest.«
»Nein, nein. Das glaube ich nicht. Das kann ich nicht glauben ... Es war diese Frau, diese bösartige Person!«
Poirot fuhr erbarmungslos fort:

»Er plante einen Mord. Hattie hatte keine Verwandten und nur wenige Freunde. Er brachte sie sofort nach seiner Ankunft in England hierher. Die Dienstboten sahen sie am ersten Abend kaum, und *die Frau, die sie am nächsten Morgen zu sehen bekamen, war nicht Hattie,* sondern seine italienische Frau als Hattie verkleidet, die versuchte, sich mehr oder weniger wie Hattie zu benehmen. Und damit hätte die Sache enden können. Die falsche Hattie würde für den Rest ihres Lebens als die ›richtige‹ Hattie gelten; ihre geistigen Fähigkeiten hätten sich zweifellos im Laufe der Zeit, dank moderner Behandlungsmethoden, wesentlich gebessert. Miss Brewis, die Sekretärin, hatte bereits gemerkt, daß Lady Stubbs keineswegs schwachsinnig war.
Aber dann ereignete sich etwas völlig Unvorhergesehenes. Ein Vetter von Hattie schrieb, daß er mit seiner Jacht zu Besuch nach England kommen werde, und obwohl er seine Kusine seit Jahren nicht gesehen hatte, war es unwahrscheinlich, daß er sich von einer Betrügerin irreführen lassen würde.«
Poirot unterbrach seine Erzählung einen Augenblick, um Atem zu schöpfen, und fuhr dann fort:
»Obwohl mir der Gedanke gekommen war, daß de Sousa nicht der wirkliche de Sousa sein könnte, hatte ich niemanls daran gedacht, daß es umgekehrt sein könnte, nämlich, daß Hattie nicht die wirkliche Hattie war.
In der schwierigen Situation, die durch de Sousas Brief entstanden war, hätte man verschiedene Wege einschlagen können. Lady Stubbs hätte Krankheit vortäuschen und so ein Zusammentreffen mit de Sousa vermeiden können, aber falls er längere Zeit in England geblieben wäre, hätte das nicht geklappt. Außerdem gab es bereits eine weitere Schwierigkeit: Der alte Merdell, der etwas geschwätzig geworden war, sprach oft mit seiner Enkelin Marlene. Wahrscheinlich war sie die einzige Person, die sich Zeit nahm, ihm zuzuhören, und selbst sie glaubte das meiste nicht, weil sie ihn für ›verblödet‹ hielt. Jedoch machten einige seiner Erzählungen genügend Eindruck auf Marlene, daß sie etwas da-

von Sir George gegenüber andeutete. Sie sprach von ›einer Frauenleiche im Wald‹ und davon, daß ›Sir George eigentlich der Mr. James wäre‹. Und damit unterzeichnete sie natürlich ihr eigenes Todesurteil. Sir George konnte es nicht zulassen, daß sich diese Gerüchte verbreiteten. Ich nehme an, daß er ihr kleinere Summen als ›Schweigegeld‹ gab und dann entsprechende Pläne machte.

Ihr Sohn und seine Frau trafen ihre Vorbereitungen mit größter Sorgfalt. Sie wußten bereits, an welchem Tag de Sousa in Helmmouth erwartet wurde, und zwar war es der Tag, für den das Gartenfest geplant war. Die Umstände, unter denen Marlene ermordet werden sollte, und das Verschwinden von Lady Stubbs würden dazu beitragen, den Verdacht auf de Sousa zu lenken. Deshalb auch die Bemerkung: ›Er ist ein schlechter Mensch‹ und die Anschuldigung: ›Er bringt Leute um.‹ Lady Stubbs würde für immer verschwinden (möglicherweise würde eine bereits unkenntliche Leiche später von Sir George identifiziert werden), und eine andere Person würde an ihre Stelle treten. Tatsächlich sollte es darauf hinauslaufen, daß ›Hattie‹ wieder ihr ursprüngliches italienisches Selbst werden würde. Sie hatte die Doppelrolle nur für etwa vierundzwanzig Stunden zu spielen, und das war mit Sir Georges Hilfe nicht schwer. Am Tag meiner Ankunft sollte ›Lady Stubbs‹ bis kurz vor dem Nachmittagstee in ihrem Zimmer bleiben. Dort wurde sie nur von Sir George gesehen. Tatsächlich rückte sie aus, fuhr mit dem Autobus oder mit dem Zug nach Exeter und reiste von Exeter in der Gesellschaft eines anderen Mädchens, dem sie die Geschichte von der Freundin, die eine schlechte Fleischpastete gegessen hatte, anvertraute. Sie kommt in der Jugendherberge an, belegt ein Bett und geht auf ›Erkundungsfahrt‹. Um die Teezeit ist Lady Stubbs im Wohnzimmer. Lady Stubbs geht kurz nach dem Abendesen ins Bett, aber Miss Brewis sieht sie kurz danach aus dem Haus schlüpfen. Sie verbringt die Nacht in der Jugendherberge, geht aber frühzeitig weg und ist – wieder als Lady Stubbs – zum Frühstück in Nasse House. Wieder verbringt sie angeblich den Morgen mit

›Kopfschmerzen‹ in ihrem Zimmer, während sie tatsächlich als Studentin, die unbefugterweise die Besitzung betreten hat, erscheint. Sie wird von Sir George, der am Schlafzimmerfenster seiner Frau steht, vom Grundstück gewiesen. Sir George dreht sich während dieses Vorfalls um und gibt vor, mit seiner Frau im Innern des Zimmers zu sprechen. Die Verkleidungen waren nicht schwierig: unter einem ihrer übereleganten Gewänder zog Lady Stubbs einfach kurze Hosen und eine Sportbluse an. Das weißgeschminkte Gesicht der Lady Stubbs wurde von einem breitkrempigen Kulihut beschattet; das italienische Mädchen trug einen lustigen Bauernschal, der rötliche Locken und ein sonnengebräuntes Gesicht umrahmte. Niemand wäre auf den Gedanken gekommen, daß diese beiden ein und dieselbe Frau waren.
Und dann wurde das endgültige Drama inszeniert. Lady Stubbs bat Miss Brewis kurz vor vier, Marlene ein Tablett mit Erfrischungen zu bringen, und zwar deshalb, weil sie fürchtete, daß Miss Brewis von selbst auf diesen Gedanken kommen könnte und weil es eine Katastrophe gewesen wäre, wenn Miss Brewis im falschen Augenblick im Bootshaus erschienen wäre. Vielleicht bereitete es ihr außerdem ein teuflisches Vergnügen, es so zu arrangieren, daß sich Miss Brewis um die ungefähre Zeit des Verbrechens am Tatort aufhielt. Dann wählte sie den richtigen Zeitpunkt, um in das leere Zelt der Wahrsagerin zu schlüpfen, unbemerkt durch die rückwärtige Zeltklappe hinauszugehen und sich im Schutz der dichten Hecke zu der kleinen Gartenlaube zu schleichen, in der sie ihren Rucksack und ihr Wanderkostüm verborgen hatte. Dann eilte sie durch den Wald zum Bootshaus, bat Marlene, sie hineinzulassen, und erwürgte das ahnungslose Geschöpf auf der Stelle. Sie warf den breitkrempigen Kulihut in den Fluß, schminkte sich ab, zog ihr Wanderkleid an, packte das violette Georgettekleid und die Schuhe mit den hohen Absätzen in den Rucksack, und bald darauf traf die italienische Studentin ihre holländische Freundin auf der Festwiese und verließ Nassecombe mit ihr im Autobus – wie geplant. Wo sie jetzt ist, weiß ich nicht,

aber ich nehme an, in Soho, wo sie zweifellos in der Unterwelt Bekannte ihrer eigenen Nationalität hat, die ihr die notwendigen Papiere verschaffen können. Auf jeden Fall sucht die Polizei nicht nach einem italienischen Mädchen, sondern nach der schönen, exotischen und einfältigen Lady Stubbs. Jedoch, wie Sie selbst nur zu gut wissen, Madame, ist die arme Hattie Stubbs tot. Das haben Sie mir, als ich mich am Tag des Gartenfestes im Wohnzimmer mit Ihnen unterhielt, ohne es zu wissen verraten. Marlenes Tod war für Sie ein großer Schock. Sie hatten keine Ahnung, was geplant war, aber aus dem, was Sie sagten, ging deutlich hervor, daß sich Ihre Bemerkungen über Hattie auf zwei verschiedene Personen bezogen, obgleich ich das damals dummerweise nicht sofort durchschaute. Sie sprachen von einer Frau, die Sie nicht mochten, die ›besser tot wäre‹; Sie warnten mich, dieser Person auch nur ein Wort zu glauben. Von dem anderen Mädchen sprachen Sie, als gehörte es der Vergangenheit an, und sie verteidigten es mit warmer Zuneigung. Ich glaube, Sie hatten die arme Hattie Stubbs wirklich gern, Madame ...«

Es entstand eine lange Pause.

Mrs. Folliat saß wie versteinert auf ihrem Stuhl. Schließlich nahm sie sich zusammen und begann zu sprechen. Ihre Stimme war eiskalt.

»Diese ganze Geschichte ist einfach phantastisch, M. Poirot. Sie müssen wahnsinnig sein ... Sie haben das Ganze frei erfunden ... Sie haben nicht *einen* Beweis in Händen.«

Poirot ging zum Fenster hinüber und öffnete es.

»Hören Sie das, Madame ...?«

»Ich bin etwas schwerhörig ... was sollte ich hören?«

»Hackenschläge ... das Geräusch eines Brechhammers ... sie brechen den Betonfußboden des Folly auf ... Ein sehr geeigneter Platz, um eine Leiche zu verbergen, ein Platz, an dem die Erde durch einen entwurzelten Baum bereits aufgelockert war. Und etwas später wurde der Grund, unter dem die Leiche lag, mit einer Betondecke überzogen, und man errichtete ein Lusthäuschen – das Folly ...«

Mrs. Folliat seufzte lange und tief.
»So eine herrliche Besitzung«, sagte Poirot, »bis auf den einen Schandfleck – bis auf den Eigentümer, der ein von Grund auf verdorbener, schlechter Mensch ist.«
»Ich weiß«, stieß sie heiser hervor. »Ich habe es immer gewußt . . . selbst als Kind habe ich ihn gefürchtet . . . er war von klein auf rücksichtslos, mitleidslos, gewissenlos. Aber er war mein Sohn, und ich liebte ihn . . . Nach Hatties Tod hätte ich ein Geständnis ablegen müssen . . . aber er ist mein Sohn! Wie könnte ich ihn anzeigen? Und durch mein Schweigen ist das arme, dumme Kind ums Leben gekommen . . . und danach der brave, alte Merdell . . . Wo hätte es geendet?«
»Wenn es sich um einen Mörder handelt, kann man das Ende nicht absehen.«
Sie senkte den Kopf und bedeckte ihre Augen mit den Händen. So blieb sie einen Augenblick sitzen.
Dann setzte sich Mrs. Folliat von Nasse House, Abkömmling einer alten, tapferen Familie, kerzengerade auf, sah Poirot in die Augen und sagte kühl und gefaßt:
»Ich danke Ihnen, daß Sie hergekommen sind und mir das alles persönlich mitgeteilt haben. Würden Sie jetzt bitte gehen? Es gibt Dinge, mit denen man ganz allein fertig werden muß . . .«

Agatha Christie

Agatha Mary Clarissa Miller, geboren am 15. September 1890 in Torquay, Devonshire, sollte nach dem Wunsch der Mutter Sängerin werden. 1914 heiratete sie Colonel Archibald Christie und arbeitete während des Krieges als Schwester in einem Lazarett. Hier entstand ihr erster Kriminalroman *Das fehlende Glied in der Kette.* Eine beträchtliche Menge Arsen war aus dem Giftschrank verschwunden – und die junge Agatha spann den Fall aus. Sie fand das unverwechselbare Christie-Krimi-Ambiente.
Gleich in ihrem ersten Werk taucht auch der belgische Detektiv mit den berühmten »kleinen grauen Zellen« auf: Hercule Poirot, der ebenso unsterblich werden sollte wie sein weibliches Pendant, die reizend altjüngferliche, jedoch scharf kombinierende Miss Marple (*Mord im Pfarrhaus*).
Im Lauf ihres Lebens schrieb die »Queen of Crime« 67 Kriminalromane, unzählige Kurzgeschichten, 7 Theaterstücke (darunter *Die Mausefalle*) und ihre Autobiographie.
1956 wurde Agatha Christie mit dem »Order of the British Empire« ausgezeichnet und damit zur »Dame Agatha«. Sie starb am 12. Januar 1976 in Wallingford bei Oxford.

Von Agatha Christie sind erschienen:

Das Agatha Christie Lesebuch
Alibi
Alter schützt vor Scharfsinn nicht
Auch Pünktlichkeit kann töten
Auf doppelter Spur
Der ballspielende Hund
Bertrams Hotel
Der blaue Expreß
Blausäure
Das Böse unter der Sonne
oder Rätsel um Arlena
Die Büchse der Pandora
Der Dienstagabend-Klub
Ein diplomatischer Zwischenfall
Dreizehn bei Tisch
Elefanten vergessen nicht

Die ersten Arbeiten des Herkules
Das Eulenhaus
Das fahle Pferd
Fata Morgana
Das fehlende Glied in der Kette
Ein gefährlicher Gegner
Das Geheimnis der Goldmine
Das Geheimnis der Schnallenschuhe
Das Geheimnis von Sittaford
Die großen Vier
Das Haus an der Düne
Hercule Poirot's größte Trümpfe
Hercule Poirot schläft nie
Hercule Poirot's Weihnachten
Karibische Affaire
Die Katze im Taubenschlag
Die Kleptomanin
Das krumme Haus
Kurz vor Mitternacht
Lauter reizende alte Damen
Der letzte Joker
Die letzten Arbeiten des Herkules
Der Mann im braunen Anzug
Die Mausefalle und andere Fallen
Die Memoiren des Grafen
Mit offenen Karten
Mörderblumen
Mördergarn
Die Mörder-Maschen
Mord auf dem Golfplatz
Mord im Orientexpreß
Mord im Pfarrhaus
Mord im Spiegel oder Dummheit ist gefährlich
Mord in Mesopotamien
Mord nach Maß
Ein Mord wird angekündigt
Die Morde des Herrn ABC
Morphium
Nikotin
Poirot rechnet ab
Rächende Geister
Rotkäppchen und der böse Wolf
Ruhe unsanft
Die Schattenhand
Das Schicksal in Person
Schneewittchen-Party
Ein Schritt ins Leere
16 Uhr 50 ab Paddington
Der seltsame Mr. Quin
Sie kamen nach Bagdad
Das Sterben in Wychwood
Der Tod auf dem Nil
Tod in den Wolken
Der Tod wartet
Der Todeswirbel
Tödlicher Irrtum oder Feuerprobe der Unschuld
Die Tote in der Bibliothek
Der Unfall und andere Fälle
Der unheimliche Weg
Das unvollendete Bildnis
Die vergeßliche Mörderin
Vier Frauen und ein Mord
Vorhang
Der Wachsblumenstrauß
Wiedersehen mit Mrs. Oliver
Zehn kleine Negerlein
Zeugin der Anklage